U0455757

有爱的青春陪伴者

远山

沈逢春

shenfengchun

—— 著

北京燕山出版社
BEIJING YANSHAN PRESS

图书在版编目(CIP)数据

远山 / 沈逢春著. -- 北京 : 北京燕山出版社,
2023.10
ISBN 978-7-5402-7012-4

Ⅰ.①远… Ⅱ.①沈… Ⅲ.①长篇小说－中国－当代
Ⅳ.①I247.5

中国国家版本馆CIP数据核字(2023)第135351号

远山

著　者	沈逢春	
责任编辑	王　迪	
封面设计	刘　艳　姜　苗	
出版发行	北京燕山出版社有限公司	
社　　址	北京市西城区椿树街道琉璃厂西街20号	
电　话	010-65240430	
邮　编	100052	
印　刷	长沙鸿发印务实业有限公司	
开　本	880mm×1230mm　　1/32	
字　数	247千字	
印　张	9	
版　次	2023年10月第1版	
印　次	2023年10月第1次印刷	
定　价	42.80元	
书　号	ISBN 978-7-5402-7012-4	

目录

CONTENTS

目录

CONTENTS

第一章

初遇

犹记得，那是一个阳光明媚的春日午后。

琴房空空荡荡，阳光透过那并不算大的窗户照进来，落在木地板上。她坐在椅子上，背对着阳光，将大提琴架在腿间，一只手按着琴弦，另一只手拿着琴弓，微微侧着头，手上拉琴的动作不停。

琴声悠扬，时而低沉复杂，时而高亢热烈。

北方的春天不比南方，大风天多，卷起的风沙也多，即使是阳光明媚的天气，也无法避免从西北被风裹挟着带过来的黄沙。

这一天是一个清闲的日子，是一年三百六十五天中很普通的一天。她闲来无事，一个人躲进了空无一人的琴房练琴。比起宿舍，她更愿意待在琴房，安静又孤独。

练琴时她突然收到了老师发来的消息，让她去办公室一趟。老师并不是一个喜欢给学生发信息的人，如若发了信息，那便定是有事情的。

她也不是一个喜欢多问的人，老师让她去，她便去了。

她将大提琴放进琴盒里收好，然后单肩背着琴盒，走出了琴房。

周六，教学楼里没有太多的人，楼梯间也是空空荡荡的，老师的办公室在三楼最拐角处，她不常来，但总归是不会走错。

刚刚走近门口，便听见了办公室里面传出来的交谈声音。老师应该是有客人在，她脚步微顿，不知是否应该进去。

思虑片刻，她还是缓缓地敲了敲门。

"进来。"

直到听见了办公室里应答的声音，她才缓缓地推开了门。

办公室面积不大，一个办公桌，一个茶几，一张会客用的沙发，一个一整面墙的书柜，书柜上还摆放着老师喜欢的绿植。

她开门便看见了陈老师那张不算严肃的脸。

陈老师名叫陈宏康，是她的老师，也是音乐学院的院长。

陈院长获得过不少国际大奖，专业素养自然无须多说。但是能当上院长，不仅仅是靠能力，很大一部分，得仰仗他夫人的娘家，这算得上是一个公开的秘密了。

每年想成为陈院长学生的人比比皆是，但是他从不对外招生。

能成为大名鼎鼎的陈院长的学生，徐一言也是费了些力气。

她在沙发上看见了一个意想不到的人。

有些意外，但她还是率先开口，微微屈身示意："魏爷爷。"

沙发上的老人将手中的茶杯放下，抬头看了她一眼，说："许久不见了。"语气不咸不淡，带着些常居高位的威严，"上次见你还是你高中毕业，你爷爷带着你来找我的时候。"

是了，她之所以能在众人中脱颖而出，成为陈院长的学生，还得多亏了坐在沙发上的这位老人。

当初为了能成为陈院长的学生，爷爷带着她去找了一个老人，她从未见过，只是听说爷爷与这位老人在年轻的时候有过交集，他曾身居高位，近些年才退下来。

后来据说是魏老爷子家族和陈院长夫人的娘家有姻亲关系，关系亲近，所以才会同意帮她引荐。

"跟着你们陈院长学习得怎么样？"

不知是有意无意，魏老爷子突然提起她的学业。

"仰仗魏爷爷的帮助，我在老师身边学习到了很多知识。"她回答得中规中矩，既不谄媚也不疏离，分寸把握得恰到好处。即使是在学校这种所谓的象牙塔里待着，她也不是单纯到什么都不懂的学生了。

"小徐是一个很有灵气的学生，假以时日必成大器。"陈院长忍不住夸赞。当初本以为来的是一个烫手山芋，结果却是一块璞玉，也算是捡到宝了。

魏老爷子似是不想与她过多交谈，淡淡询问了一句便继续端起茶杯。

"小徐啊，这次喊你来是为了学校校庆演出的事情。"陈院长说着从办公桌上拿起了一张报名表递给她，"你上台去表演个节目吧，随便拉个曲子。"

此时的徐一言心里明镜儿一般。

这哪是什么单纯的校庆，校庆这种东西，就只是个噱头罢了。彼时会来许多知名校友，各行各业，学校从中能得到的利益也很多。再深入一些的内幕，就不是她这个学生所能了解到的了。

陈院长此番之举，应该不是单单让她去表演助兴这么简单，无论是出于想在校庆上出风头，还是有什么别的原因，徐一言都一一应下了。

陈院长简单交代了几句，她拿着那张表便准备出门。

手还没来得及握上门把手，便听见门外有人敲了几下，没等门内的人应答，门便被人从外面打开。

外面的阳光像是倾泻般从缓缓打开的缝隙中涌进来，洒了满地。

迎着光，徐一言隐约地看见门口站着一个人。

是个男人。

阳光很刺眼，迎着光，她看得并不是很清楚。

随着男人走进来，缓缓拢上门的动作，阳光被阻挡了大半儿，徐一言这才看清了站在自己面前的男人。

灰色立领衬衫，领口处解开了一颗扣子，露出了白皙的脖颈，既不显得过分老派也不显得过分轻佻。他手腕处的袖口微微挽起，左手手腕上戴着一款棕色表带的手表，表盘简约。他手指细长，骨节分明。腿上是一条简单的黑色西装裤。

视线往上，便看见了他的脸。

五官棱角分明，下颌角锋利明显，他是单眼皮，眼睛狭长，眼眸漆黑，深不见底。鼻子高挺，薄唇，微微抿成一条直线。

都说嘴唇薄的人薄情，不知道他是不是这样的。

徐一言并不是一个看重外表的人，她自诩长得还算不错，从小到大也不乏追求者，那些追求者中，也不乏长相英俊的男孩子，他们或阳光，或温柔。

但是他不一样。

他长得很好看，却不是一眼惊艳的那种。

也不知道是为何，就是这么简单的一眼，她的心跳突然乱了节奏。

这个时候的徐一言并不知道，就是在这个春日午后的一眼，竟让她彻底沦陷。从此她便深深地陷入了这个以他名字命名的泥潭，无法自拔。

不过，这都是后话了。

男人单手插兜，另一只手还扶在门上，维持着关门的动作。似乎是发觉到她要出去，关了一半的门突然停住，他又将门轻轻地推开了。

他不咸不淡地打量了她一眼，没有说话，而是朝着沙发那边走过去。

被他眼神打量过之后，徐一言整个人都僵硬了，不知道是应该出去还是怎的，一时间竟然手足无措。

然后像是落荒而逃般，她快步走出了办公室，并且顺手关上了门。

在关上门的那一瞬间，她听见了办公室里面的人喊他的名字：阿衍。

她的大脑一片空白，几近是机械性地背着琴下了楼。

走出教学楼门口的那一片阴影，阳光迎面而来，有些刺眼。

即使被太阳映照着，她也能感觉到胸腔那强烈的震动，像是被注入了活水的封闭池塘，又像是午后的一场春雨，似乎一切都变得生动了起来。

她穿着简单的印花白色卫衣、浅蓝色牛仔裤，脚下是一双小白鞋，肩膀上背着的琴盒很重，在她肩膀处压出来了一道浅浅的褶子，她的手紧紧地握着带子，骨节泛白。

徐一言走了几步，突然停住脚步，回头看了一眼三楼角落里的那扇窗户。光线反射，她有些看不清，只能隐约地看见站在窗边的人影。

她突然笑了。

其实，这不是她第一次见他。

那不是她第一次见他。

或许他来说，那天在办公室里是他第一次见她，但是她不是。仔细想一想，第一次见他的时候，应该是一年多以前了。

那是她刚刚上大学的时候。

明明那天只是很普通的一天，普通到那天发生的所有事情，都只是在脑海中轻轻飘过，但是那天出现的人，却让她久久难以忘怀。

以至于在后来漫长的日夜里，每每回想起，总是让她又怀念又唏嘘。毕竟那个时候的她不会想到，自己竟然会非他不可。

如果再给她一次机会，她宁愿自己不要遇见他，她一定不会再傻傻地掉进一个名为"霍衍"的泥潭。

不过，人这一辈子，若是能撕心裂肺地爱一场，也算是无憾了，足够了。

军训过后的第一晚，舍友夏姚不小心崴了脚。

用夏姚的话来说，那段时间简直就是她的"水逆"期，诸事不顺。

徐一言刚刚从外面推门进来，就看见了瘫坐在地上的夏姚，捂着脚踝，满脸的痛苦，抬头看向她的时候，眉头紧皱，脸上表情狰狞。

夏姚从入学起，头上就顶着"钢琴女神"的称号。毫不夸张地说，明恋她的追求者从宿舍门口能一直排到学校大门口，暗恋的就更不用说。夏姚对外一直都是优雅温柔，人设屹立不倒，倒是难得看见她这副样子。

宿舍里面只有夏姚和徐一言两人。夏姚不想叫救护车，嫌太丢人，硬是逼着徐一言扶着她打了个车去医院。

距离学校最近的是济仁医院。

医院本来人流量就大，她们挂的还是急诊。毫不夸张地说，几乎是人挤人。

将夏姚安排好之后，徐一言又忙着去缴费窗口缴费。

人挤着人，距离很近，身边人身上散发出来的淡淡汗味直冲鼻腔。四周声音嘈杂，徐一言耳朵比较敏感，她听见了很多的声音，吵得她耳朵疼。

不知道外面发生了什么事情，一阵刺耳的救护车声音传来，由远及近，随后便看见几个急诊的医生进进出出。

徐一言刚刚缴完费，经过门口便看见了从门外推进来的人，浑身是血，脸已经被血糊上了，看不清楚样子，整个人昏迷不醒。伤者躺在病床上被医生推进抢救室，沾满了血的手微微垂挂着，鲜红色的血顺着手指尖落下，滴落在医院冰凉的地面上，随着人们焦急地进出，地面上留下了一片污渍。

刺眼的红色，凌乱的衣服，无措的哭声，扑面而来浓重的血腥味。

饶是一向淡定的徐一言，此时此刻也被这个场面惊了一下。

门外陆续还有伤者被送进来。

这个时候的她才知道，是附近路口发生了车祸。

她收回视线，下意识地后退让路，准备等伤患过去了之后再走，但没想到的是，刚刚后退了一步，就和身后的人撞上了。

力道很大的碰撞，再加上她没有任何防备，一下子被撞倒在地，手中的单据撒了一地，手机也从手中滑落。出于自身的保护机制，她下意识地用手撑地。

手中摩擦的感觉明显，手心火辣辣的。

那人似乎很着急，匆忙说了声抱歉就小跑着离开了。

徐一言瘫坐在地上，目光所及之处都是来来往往的脚步。她蒙了一瞬之后立马反应过来，忍着疼，挣扎着从地上爬起来，蹲在地上，一张一张地捡起落在地上的单据。

毫无预兆，眼前出现了一双手。很白，手指细长，骨节分明，手背上青筋明显，指甲修剪得很干净。视线缓缓往上，是白色的袖口。

　　徐一言缓缓地抬头，看见了蹲在自己面前的人。

　　是一个男人，一个穿着白大褂的男人。

　　他戴着口罩，只露出了半张脸。他的眉眼坚毅，是单眼皮，眼皮微垂，视线停留在地面上，他将捡起来的单据递到了她的手里。

　　他没有说话。

　　"霍医生，你原来在这里！急诊那边在等着你呢！"

　　不远处有护士跑过来，朝着蹲在地上的人说话。

　　"我马上过去。"

　　这是徐一言第一次听见他的声音，低哑深沉，像是大提琴拉出来的低音，缓缓的，语气很淡却有些冷漠，微微带着些许的疲惫。

　　徐一言闻言，立马接过了他手中的那些单据，不想过多耽误他的时间，毕竟在医院里，时间是最宝贵的。

　　"谢谢。"她低着头道谢。

　　"给她处理一下伤口。"男人起身，回头和护士说了一句话，便小跑着离开了。

　　这是他离开之前说的最后一句话。

　　在他起身的时候，微微带起了一阵风，裹挟着他身上的味道，从她的鼻间飘过，是淡淡的消毒水味。

　　她一直以来对于医院都不太喜欢，也不喜欢医院的消毒水味。但是她今天第一次发现，自己对于这种味道其实并不讨厌，甚至闻着还有些舒服和安心。

　　直到后来她才明白过来，这种舒服和安心，也仅仅只限于他罢了。

　　"跟我来吧。"护士说。

　　徐一言迷迷糊糊地被带到了处置室，迷迷糊糊地被处理了伤口。

　　等她走出处置室的时候才反应过来，猛地回头——

什么也没有。

不知道是不是鬼迷心窍了，她竟然走到了急诊，想要看一看他还在不在那里。

还没来得及探出头去看，就听见了护士说话的声音：

"霍医生又做手术去了？"

"他值了个大夜，本来是可以回家休息的，急诊这个患者伤到了头，又被叫下来会诊，看样子有的忙了。"

"不过话说，霍医生真帅啊。"

"名字也好听，霍衍。"

那两个说话的护士从徐一言的身边经过。从别人的对话中，徐一言知道了，原来他叫霍衍。

那天晚上回去之后，她登上了济仁医院的官网，找到了他的照片。

那是一张很小的一寸照片，二次上传到网站上，画质已经不算清晰了，稍稍有些模糊。

但她还是看清了他的样子。

在后来的那些日子里，她曾自告奋勇地陪着夏姚来医院。

甚至那段时间夏姚还以为她是不是中了什么邪，明明对什么事情都不是很上心的徐一言竟然还会主动陪人去医院。

这样的行为，宛如太阳从西边升起。

但是后来无论她来了医院多少次，都没有遇见他，他好像总是很忙。直到陪夏姚最后一次去医院时，十分幸运地，她隔着人群，远远地看过他一眼。

她原以为他们之间只不过是匆匆一瞥，就像是两条平行的线，不会再有任何的交集，但没想到会在学校再次见到。

徐一言认为，或许是他们两个人冥冥之中有着缘分。

但她没有想到的是，这缘分，是孽缘。

百年校庆。

这天的天气并不是很好，一大早便阴阴沉沉的，乌云遮蔽着天空，整个天空都雾蒙蒙的。即使是这样，校庆现场依旧如火如荼。

那天学校里面豪车云集，出现了好多没有见过的牌子，抑或是高调的车牌，来的都是业界知名人士、政客、商人。

A 大作为百年名校，人才辈出，校庆自然办得气派。

因为老师指派的演奏任务，徐一言提早准备好了一套象牙白的一字肩小礼服，长度刚刚好到脚踝的位置，搭配一双同色系的高跟鞋。

她脖子上没有什么装饰，耳朵上有一枚小小的耳钉，微微闪着细碎的光，手腕上戴着一串白色的珍珠手链，乌黑的长发自然地垂落在肩头。

衣服是好友向彤帮忙挑选的，徐一言穿好之后，按照要求，拍了一张照片给向彤。

照片中的她站在大大的落地镜前，身形窈窕，皮肤白皙，貌美动人。

"喊！"

顺着声音转头，徐一言看见了身后的刘念念，她的另一个舍友。

刘念念打量了一眼站在镜子面前的徐一言，眼神并不是很友好。

刘念念："果然是院长的学生，就是不一样，别人抢破了头皮都争取不到的机会，你倒是轻而易举就得到了。"

刘念念对徐一言怨念已久。

她们两人是一个专业，同样是拉大提琴的，同时竞争陈院长的学生名额，同时竞争校庆演奏资格。但是每次徐一言都在她前面，所以她一直看徐一言不爽，处处找碴儿，处处找不痛快。

徐一言对于刘念念的嘲讽，从来都没有回应过。

她能成为陈院长的学生，确实是走了后门，能上台演奏，也确实是陈院长给的机会。

她不冤。

但是，她的专业水平没得说，这毋庸置疑。

"那也是人家有本事。有的人就不要吃不到葡萄说葡萄酸了，有时间还是提升一下自己的琴技吧。"

夏姚倚靠在椅子上，微微低着头，手中正拿着一瓶指甲油在涂，奶白色的指甲油涂在手指甲上，特别符合她对外的女神人设。

夏姚看不惯刘念念很久了，自己没本事还事儿多，动不动就找碴儿。

"这宿舍我真的是待不下去了，一个假一个装，两个神经病！"刘念念气急，头也不回地走出了宿舍，大力地关上门，发出"砰"的声响，震耳欲聋。

徐一言将视线从门口收回，看向身边继续涂着指甲油的夏姚："谢谢。"

"嗯。"夏姚也没有和徐一言客气。

其实她虽然是看刘念念不爽，但也有一方面在帮徐一言说话，所以这声谢谢她应下了。

她和徐一言在同一个宿舍住了一年多，发现徐一言人还行，挺对她口味的，只是不大说话。再加上上次帮了她一个大忙，帮徐一言说句话也没什么。

徐一言上台之前没有见到陈院长，只是收到了院长的消息，让她好好表现，别给他丢脸。不过想想也是，堂堂音乐学院的院长，在校庆的时候自然是要陪着那一群大领导的，没空到后台来指点她。

徐一言的节目被安排到最后，算是压轴出场。

她从小学琴，参加的比赛大大小小，多到已经数不清了，即使后来家里遭遇变故，她也从来没有停下过学琴的脚步。

上台表演这种事对于她来说，是很普通的一件小事。

就像是很多次那样，拿着琴上台，鞠躬，表演。

她今天演奏的是海顿的一首曲子，一首她曾经在琴房里练习过无数遍的曲子，此刻在台上再次演奏，也是为了万无一失，不会出现什么差错。

台下多的是领导和业界人士，她自然不能给陈院长丢脸。

校庆演出在学校最大的一号厅举行，台下乌压压一片都是人。

霍衍是替他外公来的，老爷子年纪大了不喜欢瞎折腾，就把好不容易有时间休息的他给叫来了。

跟着的还有陆谦。听说霍衍今天有空，陆谦想着喊他出去聚一聚，结果他要来看校庆，陆谦也就跟着来了。

霍衍对这种活动向来不感兴趣，他坐在椅子上，漫不经心地摆弄着手中的打火机，"咔、咔、咔"的。他思绪出走，连台上主持人说话的声音都没有听见。

直到耳朵里面传进一阵悠扬的大提琴声。

他并不是对这个琴声敏感，但就像是被什么东西牵引着似的，他莫名其妙地抬起了头——

台上的女孩子一身白色的长裙，长发自然垂落在肩头。她微微低着头，眼眸垂下，十分专注，好像对所有的事情都不在意，眼里就只剩下了自己面前的琴。

不知怎的，他突然想起那天在办公室里面第一次见到她，唯唯诺诺，低着头不说话，匆匆忙忙地从办公室里出去，以至于他都没有看清楚她的样子。

他站在窗边朝外面看，远远望去，他看见了那个背着笨重大提琴的女孩子，她站在阳光下，突然转头朝着楼上看，他看见她在笑。

不知道她在笑什么，只是莫名其妙地，被她感染了似的，他也跟着笑了。

或许是那次印象深刻的见面，让他记住了她，记住了她的琴，所以他才会在听到琴声的时候下意识地抬头。

台上的徐一言拉着琴，不经意间抬头，看见了坐在台下的霍衍。

明明台下那么多人，她还是第一眼就看见了他。

前三排是软皮椅，是专供观看演出的领导坐的，陈院长坐在第二排，他坐在第一排。他一身黑色的西装，坐在那群鬓角发白的领导中间。

第一排的几个领导不知道是说到了什么，侧头去和他说话，只见他微微侧头，静静聆听，随后像是赞同般地点了点头。

他和其他人都不一样。

他安静地坐着，隐藏在那半明半暗的空间里，就好像真的只是单纯地来观看演出那样简单。简单到身边其他人的意图都昭然若揭，但他却不谄媚、不低头，只是别人提到他的时候，他才会微微点点头。像是这个墨色的大染缸中，突然凭空出现了一个人物，一个置身其中却还不沾染墨色的人。

唯一不同的是，他对待身边另一个人的态度不一样，那人像是和他关系很不错，无论和他说什么，他都会回应。

她发现，无论在什么状况下，他都好像是人群中的主角，而其他的人，只是陪衬。

恍惚间就结束了这一首曲子，在众人的掌声中，她拿着琴，微微鞠躬以示感谢，随后便下了台。

结束后去后台拿了自己的包，徐一言刚刚准备出来，就听见了说话的声音。

那两个人就站在她的身后，毫不掩饰，明晃晃的意图。她知道，这是说给她听的：

"压轴出场啊，这待遇，真的是没有谁了。"

"那个拉小提琴的，也没见她这么个排场啊。"

"都说落毛的凤凰不如鸡，我看她真的还以为自己是凤凰呢。"

"也就现在仗着院长的名头呢，装清高，以后就说不准了。"

那两人中的一人和徐一言是旧相识，她们的父亲之前是同事，不过在她父亲出事之后两家就已经不来往了。趋利避害，人之常情，但是没想到今天会听到她的侮辱。

徐一言静静地听着，没打算说什么，她不是落毛的凤凰，她也不是鸡。

虽然她们说话很难听，但她也就只是听听，没往心里去，这些话，听得多了，也就习惯了。

她很少刻意地去在乎人际关系这种东西，她总是觉着这种东西是可有可无的。在她之前的人生中，见过太多的表面功夫，人性丑陋，虚与委蛇。人际关系对于那些位居高位者来说适用，于普通的人来说，只是徒劳。

但是此时此刻的徐一言却觉得她之前是错误的。

她像是停滞了一般，心里乱成了一团，似有狂风暴雨掠过，又似天空中一道惊雷劈下，电闪雷鸣，眼前白光闪现。

因为她看见了站在不远处的霍衍。

她不确定刚刚她们说的话是否被他听了去，那些不堪的语言，污秽的话语。

在从小到大自尊心的加持下，她微微抬头，握着胸前带子的手微微收紧，像是什么事情都没有发生似的，挺胸抬头。

她现在最想要的，就是不想让他看见她的狼狈。

仅此而已。

"徐一言？"

他突然朝前走了几步，喊她的名字。

一如初见时那个样子，他的语气冷静平淡，像平静的湖面，掀不起一丝波澜。

他很不一样，看她的眼神和别人不一样，他看着她的眼神太干净。

他只是静静地站在那里，没有动，也没有别的话，安静得像是一座雕像。

门口走廊里的窗，挡不住傍晚的夕阳，那一缕橘红色的微光落在了他的身上。那束光好像透过他的眼睛，反射到了她身上，恰巧就落在左胸口处的位置，落到了她的心上，灼热无比。

光线明明暗暗，她看见他朝着她走过来，一步一步，直到走到她的面前，再次喊她的名字："徐一言？"

这是她第一次听见他喊她的名字。

他高，她矮，她需仰头看他，但是她却从他的眼睛中看见了她。

装着她的他。

这短短的三个字，就好像一束正午的阳光，轻轻地从她的心头拂过，带走了她所有的狼狈，眼前只剩下明亮。

他说："徐一言，陈院长找你。"

徐一言被人当头一棒打醒。

是了，他并不是来找她的。他怎么会找她？能有什么理由？他们之间又有什么交集？他只是受人所托罢了。

"嗯。"她点了点头，朝着他走去，每一步都显得那么漫长。

在她走过去的时候，他也转身，两个人一齐朝着外面走去。他们的步伐并不一致，像是他们两个的人生，一前一后，一上一下。

走出后台的走廊，来到大厅正门，徐一言看见了站在大门口的陈院长，以及他身边的那个穿着花里胡哨的男人。

"介绍一下，这是我最得意的学生，徐一言。"陈院长笑眯眯地给众人做着介绍，"上次在办公室见的就是她，还有没有印象？"

"有点。"霍衍点了点头。

"你应该认识的，是你外公魏老先生做的介绍人，她才做了我的学生。"

此话一出，霍衍忍不住多看了她几眼，似是很意外。就连霍衍身边的那个男人都看向她，似乎是在说，没想到她还有这本事。

徐一言觉得，如果这个世界上有巧合，这便是了，兜兜转转，她还是和他认识了。

她也没有想到，他竟是魏老先生的外孙。

也是，北城霍家，谁人不知，谁人不晓。

魏家和霍家的联姻，是那个圈子里面最成功的一例，虽说是家族联姻，但是胜在两情相悦，皆大欢喜，再好不过。

陈院长似乎没有想到他们互相不认识，没有在意到他们之间这丁点儿的暗潮涌动，自顾自地说："以后还得仰仗着二少多多照顾。"

徐一言觉得，陈院长还真是一个称职的老师，什么资源都想着她，有演出第一个安排给她，争着介绍那个圈子里的人给她。

究竟是什么原因呢？她不知道，也不想知道。

"那当然了，以后跟着哥哥混！"一旁一直都没有开口说话的男人开口，"我叫陆谦，是霍衍的好兄弟。"

吊儿郎当，二世祖。

这是徐一言对于陆谦的第一印象。

"好。"她点头答应，给足了面子。

"正好今晚我们有个聚会，怎么样，赏脸不？"陆谦向来自来熟，第一次认识的人就带着出去玩，丝毫不在意别人的感受。

听到这句话，徐一言的第一反应是：陆大少的邀请，谁敢不赏脸呢？

陆家的名号，她也是听说过的。

瞬间，她的脑海中一阵闪光过去，像是想到了什么似的，思绪突然明朗过来，眼前一片明亮，在纠结与矛盾的同时，又十分清醒，心中逐渐涌起一股复杂的情绪。

她抬头看向霍衍，静静地看着他。

"去吗？"直到他突然开口。

"去。"她说。

第二章

✦

他的泥沼

夜晚的这条街道她曾坐在公交车上看过很多次，她总是喜欢坐在最后一排，看着车窗外的车流，看着行色匆匆的行人，看着亮着灯光的店铺。

但是无论哪一次，都没有这次印象深刻。

饶是刚刚认为自己是在最清醒的状态下做的选择，但直到坐上了这辆车，就好像是被揉皱了揉成一团的纸，展不平，即使展开了，上面的折痕依旧明显，明晃晃地昭示着这个不理智的选择。

透过车窗，可以看见窗外的车水马龙，傍晚车流拥挤，路边各色灯光闪烁，灯光晃眼，渐渐迷了她的眼。不到一分钟的时间里，黑色的车很快就消失在了这车流之中。

鬼迷心窍。

这并不是徐一言第一次用这个词语来形容自己。

她竟然上了他们的车，这个满打满算今天才正式认识的人。因为什么呢？她在心里问自己，是迫于陆谦的压力？还是因为自己自有打算？抑或是，因为他？

都不重要了。

她还穿着校庆演出时的小礼服，走得匆忙，没来得及换衣服。在那样的情况下，又怎么能说她想要回宿舍换一件衣服？她何德何能能够让他们等她？

她只得灰溜溜地进了他们的车。

这并不是霍衍的车，在徐一言踏进车里的第一秒，她便有了这个结论。车的内饰是红色，非常显眼，车厢内部散发着淡淡的香水味，是女士香水的味道。

按照正常人的逻辑思维来说，任谁都会觉得这是陆谦的车，毕竟他看着就是一个二世祖，"豪车美人香水"是他的标配。

有司机开车，陆谦坐在副驾驶的位置，霍衍和徐一言坐在后座。两个人明明隔得不远，却好像是相隔着万水千山，两个人中间隔着的是一条无法逾越的鸿沟，越不过。

他懒洋洋地倚靠在椅背上，西装扣子解开，内里是一件白色的衬衫，没有系领带，领口微敞。他双腿微微分开，一只手手肘撑着车窗边，另一只手垂放在大腿上，食指有节奏地敲打着。

而她浑身僵硬，身体绷得紧紧的，笔直地坐着，后背不贴着靠背，双手规规矩矩地放在大腿上，没有任何多余的小动作，像是一个即将冲锋陷阵的士兵，严阵以待的样子。

不知怎的，一时间竟然没有人说话。

本就不大的寂静的空间里，她甚至能够听到自己呼吸的声音，即使已经尽量克制，但是传进耳朵里，依旧清晰明显。

史无前例的窒息感，像是落入水中的人，陷入半溺水的状态，明明还有意识，却感觉呼吸在逐渐丧失，挣扎着想要摆脱这个困境，却越陷越深。

直到有人率先开口说话，打破了这个寂静的局面。

"妹妹，你叫徐一言是吧？那我就叫你'言妹妹'？"副驾驶上的陆谦转头向后看，自顾自地朝着徐一言说话。他语调上扬，明明是疑问的语气，其中却带着一丝不正经。

徐一言礼貌地点头。

"是魏爷爷介绍给陈院长的？怎么之前没有听说过你？"

他们这个圈子，说小不小，说大也确实是不大，消息都是流通的。

就算是不熟悉，最起码也听说过名字。但是他却从来都没有听说过姓徐的，心中难免好奇，毕竟能让魏爷爷出面的，应该不是什么小人物。

虽然没听说过，看着也算是气质不凡，挺有教养，不像是之前他身边的那些莺莺燕燕，看着像是个端着的。

"没听说也没关系，今天认识了，咱们就是朋友，以后经常出来一起玩。"

陆谦平时最喜欢和漂亮小姑娘一起玩了。

"话这么多？"车厢里，一直沉默的霍衍冷不丁地突然开口，将陆谦想要说出口的话给堵了回去。

只是一句话，就轻松让陆谦闭上了嘴。

陆谦瘪了瘪嘴，白了后座上的男人一眼，转头不再朝着后面看。

他心想，那老男人莫不是春心萌动了，毕竟这天晚上的表现有些反常。

从他们坐在演出大厅里，台上出现了那个演奏大提琴的少女的那一刻，霍衍整个人都不一样了。从小一起长大的兄弟，霍衍一点细微的反应都逃不过他的眼睛，即使霍衍本人感受不到，作为身边的人，他还是看出来了。

当那个一身白裙的大提琴少女走上台，拿着琴弓拉响第一个音符的时候，一向不苟言笑、喜怒不形于色的霍衍，突然抬起了头。他看着台上的那个少女，一向平静似水的眼眸，突然起了波澜，像是春日的微风，轻轻地拂过水面，留下了一圈一圈细微的涟漪。

因为陆谦看见了，所以才会在结束时，对徐一言发出邀请。

本就不大的空间里面，因为陆谦不再说话，又瞬间恢复了寂静。

直到徐一言的手机突然振动。

她从放在腿上的包里拿出手机，摁开便看见了夏姚的消息。

夏姚问徐一言演出已经结束了，怎么还不回来，如果要回来的话，帮她从楼下拿个快递。

徐一言在手机上快速地打字：【今天回去会很晚，如果来得及帮你拿。】

发完这条消息她便摁灭了手机，没有在意接下来夏姚的回复，顺便将手机调成了静音。

她明显地感觉到了身边人加重的呼气声，那声音像是轻笑，像是叹息，轻轻地从她的耳边拂过。

随后她便听见了他说话的声音："紧张？"他的声音平淡，带着些许的询问的语气，似笑非笑。

"没有。"她侧头看他。

就在这短暂的几秒钟里，两个人四目相对。

猝不及防。

她没有想到他也在看她。

半明半暗的车厢里，窗外的灯光不停地掠过，映照在他的脸上，忽明忽灭。他的眼睛看着她，没有挪开，越来越清晰。

他们两个人一言不发地对望，莫名地，像是在对峙。可是只有她知道，那些藏在内心深处的战争，只是她自己一个人的独角戏罢了。

他看着她的眼神太清澈透明，又带着些淡淡的审视，并没有让人感到很大的压力，反倒是恰到好处，没有多一分，也没有少一分。以至于她好像发现，自己所有隐藏在心底的那些小心思，在他的面前，总是无所遁形。

后来，徐一言再次回想这天晚上在车里发生的事情，她的记忆已经模糊不清了。很多具体的情形已经忘记了，忘记了那天晚上车窗外的车水马龙和各色的灯光，忘记了说过的话，也忘记了自己的小心翼翼。但总还能莫名其妙地记得，记得他看着她的时候，嘴角微微扬起的那个细微弧度，以及他白色衬衣的领口处，有一道细微的褶皱。

而于霍衍来说，那天在车里的情形，他在很久以后依稀还记得，记得她紧张的时候，下意识地捏紧大拇指和食指的动作。

慌张又可爱。

他们带着她去的地方是一家会所，鼎铭会所。

挥土如金、纸醉金迷、灯红酒绿、声色犬马的销金窟。

徐一言听说过这家会所的大名。这里是会员制，只招待拥有会员的客人，以及常年在顶层拥有包厢的特殊客人。需要提前预约，非预约者不可入内。

下车之后，陆谦殷勤地想要帮着徐一言拿着大提琴。

这毕竟不是个小乐器，又或者是出于常年追求女孩子的习惯，陆谦很自然地就开了口，不过却不是真的对徐一言感兴趣。

再说了，这个拉大提琴的言妹妹，或许已经有人看上了。

大提琴对于徐一言来说，是一个很私人的东西，这是很重要的人送的，她向来不允许别人碰，所以便拒绝了陆谦的帮忙。

陆谦也不介意，不需要就不需要呗，他还省力气了。

徐一言在霍衍的身后，紧跟着他，像是小尾巴似的，亦步亦趋。

在这个陌生的环境中，好像她所能倚靠的人，也就只有他了。明明只是见过短短几面的人，她却如此信任吗？

很多事情是没有原因的，也没有理由。

若是硬要说出一个理由，大概是那天嘈杂慌乱的急诊门口，他蹲下身子，替她捡起了那散落在地上的单据，又或是那一句关心她伤口的话，一句平淡至极的、没有什么温度的话。

让她记住他，并且久久无法忘怀。

霍衍似乎是感受到了她的依赖，不动声色地放慢了脚步，让她跟上了他的步伐。

徐一言随着他们坐电梯来到了顶层。

一出电梯，便是会所走廊里那刺眼的灯光，很亮很亮，照在她的身上，仿佛是站在照妖镜下的妖怪，无所遁形，无处躲藏。

格格不入的环境，格格不入的人。

走廊的尽头，888 号包厢。

门口一直站立着等候召唤的侍应生看见迎面走来的两个人，恭敬地打了招呼："霍二少，陆少。"

在他们两个人点头的工夫，侍应生便将包厢的大门给打开了。

徐一言站在他们身后，静静地看着门被一点一点打开，像是慢动作似的，门内的灯光也随之倾泻出来，越来越亮，越来越清晰。

像是一个无尽的沼泽，在朝着她招手，只要向前一步，便会坠入这无边的深渊，越挣扎，陷得越深。

包厢门被打开，徐一言跟在霍衍的身后走进去。

应该怎样形容门一下打开之后她的感受呢？

各色的灯光晃动着，像是不平静的海面，光晕一圈一圈地在她的眼前晕开，光线不停变换着各种各样的颜色。晃动的人影，男男女女，酒杯碰撞的声音，嬉笑打闹的声音，包厢中升腾着的烟雾缭绕。

感受最深刻的并不是包厢里那些晃动的灯光，也不是各种嘈杂的声音，而是包厢里面的音乐声。

是一首粤语歌，《墨尔本的翡翠》——

　　　　我奋力追，追到没法追。追到没法分清我是谁。不止我一人感到疲累，翻天的雨水能令你我都粉碎。

　　　　我继续追，伤痛亦要追。紧接下去想不想都退。不管你的人被谁占据，都请你原谅我，始终带不到墨尔本的翡翠。

徐一言喜欢听歌，尤其喜欢粤语歌。

但是此时此刻，身处这样的环境里，这首歌传进她的耳朵里面，竟然会显得这么刺耳。

陆谦明显轻车熟路，撇下身后的两个人率先走了进去，在中间的沙发上找了个合适的位置，懒洋洋地半躺下："可把我累死了，陪着二哥去看校庆演出，太无聊了。"

说着，他拿起一个空杯子，给自己倒了杯酒。

包厢里男男女女都有，人不算多。

徐一言眼神缓慢地掠过每一个人的身上，在他们打量她的同时，她也在打量他们。

陆谦身边是一个穿着黑色衬衣的男人，身上的纽扣解开了一半，露出了锁骨以及精瘦的胸膛，十分浪荡不羁。"黑色衬衣"半仰靠在沙发上，手中拿着一杯酒。最显眼的还是他身边的女人，穿着抹胸和黑色紧身包臀裙，衬出了女人性感妖娆的好身材。她正依偎在"黑色衬衣"的身边，上半身紧贴着他，殷红色的指甲蹭在他的领口，摩挲着，举止暧昧。

再往左，是一个穿着卡其色风衣的男人，穿衣打扮没有上一个人高调，但是耳朵上的那颗钻石耳钉却异常晃眼。他的手中没拿酒，只是拿着一部手机，不知道在看什么。他身边也坐着一个女人，吊带裙，长鬈发。女人倒是没有依偎在"卡其色风衣"的身上，只是静静地坐在他身边，不大敢靠近。

角落里还有一个男人，隐藏在半明半暗的灯光里，一身黑，坐在沙发上，弯着腰，头微微低着，手中夹着一根正在燃烧的香烟。顺着他抽烟的动作，烟雾从他的面前散开，缭绕，升腾。她看不清他的脸，只能看见他夹着烟的那只手，以及手腕处戴着的一串佛珠。他的身边没有人，或者说，他身边一米之内没有女人。

明明坐在这个位置，存在感应该是非常低的，但是他却让人感到格外有压迫感。

开门的动静不算大，但是陆谦在人群中向来是焦点，在他们三个人进来的那一瞬间，所有的人都抬头看了一眼，看见了进来的他们，以及霍衍身边的女孩儿。

女孩儿一身简洁的白裙子，身上背着一个大提琴，年纪看上去实在是不大。

一身纯白的她进到这个包厢里面，像是进了妖怪洞的唐僧，格格不入，突兀又显眼。

人是陆谦和霍衍带来的，自然是由他们介绍。陆谦见霍衍没开口，他便替霍衍开了口，急着将徐一言介绍给大家。

他将酒杯放下，从沙发上起身，走到他们两个人的身边。

"给各位介绍一下，这是我新认识的妹妹。徐一言，A大音乐学院，拉大提琴的。"话音刚落，他顿了下，紧接着补充一句，"是我们霍二少的朋友。"

霍衍的朋友。

短短的这几个字，就足以让在场的所有人对徐一言刮目相看。

霍衍是什么人，一直以来这种聚会是从来都不带女人的，安静又低调，今天难得地带着个女孩子过来，陆谦还特意介绍是朋友。

什么类型的朋友？

是可以做到哪一步的朋友？

在场的所有人都是人精，什么场面看不懂？陆谦话里话外的意思有的琢磨。虽然没点明，但是单单"霍衍带来的人"这点，就足以让在场的所有人好脸色对待着。

徐一言跟着霍衍坐下，坐在靠角落里面的位置，安静不受打扰。

她刚坐下就有人迫不及待地打招呼。

"新鲜的妹妹？"那个敞着领口、佳人相伴的"黑色衬衣"突然开口，探出头来看她，眼神中带着些打量，但更多的还是轻佻，"我叫杨泽轩，霍衍的好兄弟，欢迎来玩。"

"这还有新鲜和不新鲜的差别？"身穿卡其色风衣的男人突然开口，像是不赞同杨泽轩的话，"这明明就是咱二哥第一个带来的小姑娘。"

"啧，漂亮啊。"但他也只是微微打量了几眼便挪开了视线，"哥哥叫沈临南，有事可以找我。"拿着酒杯的手朝着她扬了扬。

说着，沈临南又指了指角落里面的那个一身黑的男人："他叫季行止。"

　　明明看样子大家都是在这个包厢里玩的，但是此时此刻的徐一言却觉得，他们这几个人，才是一个小圈子，与世隔绝。

　　从话语间便能感受得到，兄弟和朋友的区别。

　　没有外人敢随便过来献殷勤，霍衍虽说从事的工作不在这个圈子里面，但是霍家的名头，拿出来谁都不敢得罪。更何况，霍衍的身边还坐着季家那位，那位最近风头正盛，稍有不慎得罪了，有的是苦头吃，还是安分点儿好。

　　"妹妹，你喝什么？酒喝不？"陆谦转头和身边的徐一言说话。

　　突然被人一问，徐一言还没反应过来，就听陆谦紧接着开口："哥哥给你点个度数低的吧，适合你们小姑娘喝的。"

　　虽然陆谦身边常年莺莺燕燕环绕，他也不是什么怜香惜玉的人，但是霍衍带来的人，总归不能轻浮对待。毕竟他们已经有了前车之鉴，角落里的那个就是个例子。

　　陌生的环境，陌生的人，陌生的领地。

　　徐一言来到这样的环境，自然是不能由着自己的性子来，她从很小的时候就学会了什么叫妥协，什么叫低头。

　　正当她准备点头应下的时候，身边的人突然开口，冷不丁地，语气有些严肃："一小孩儿喝什么酒，给她来杯果汁。"

　　她和他挨着坐，再加上刚刚陆谦说话的时候朝着她的位置靠近了一点，她下意识地躲避，使得他们两个人坐得更近了，几乎是腿挨着腿的程度。

　　他没躲开，她也没有远离。

　　徐一言微微侧头看向霍衍。

　　她看见他从角落里那个男人的手中接过了一根烟，随着打火机"咔嚓"的声音，夹在两根手指间的香烟被点燃。夹着烟的手伸到嘴边，他缓慢地吸了一口，随后烟雾便从嘴巴和鼻间散了出来，一瞬间，烟雾缭绕。

　　这是她第一次看见他吸烟，不知怎的，她突然觉得，原来一个人吸烟也可以如此有魅力。

似乎是注意到了她的眼神，他皱了皱眉，将烟从唇间挪开，轻飘飘地看着她，语气似笑非笑，问道："闻不得烟味？"

他以为她是不能闻烟味。

"没。"她摇了摇头。

她从小跟着爷爷，爷爷抽烟，她也算是闻着烟味长大的，对香烟的味道并不反感。

"那就行。"他没再看她，继续抽着烟，有一搭没一搭地和角落里面的男人说着话。

很快，侍应生便给徐一言上了一杯果汁和一份新鲜的果盘。

徐一言充当着旁观者的角色，安静地待着，静静地听着他们说话，只是当他们提到自己的时候才会回答，或是轻声应一句。

大概因为真的是好兄弟，所以说起话来更加随意。

陆谦看着沈临南那个明显和身边女人保持着距离的样子，忍不住笑着调侃道："咱康隆沈大少花花公子的名头扬名在外，怎么，今天改性了？"

沈临南："老子订了婚的人了，过不了多久就要结婚了，哪还敢在外面瞎来？"

"怎么，怕老婆？"

"谁怕她？我就是单纯玩够了，觉得没意思。"沈临南不自觉地端起酒杯喝了一口酒，转移话题，将话锋转移到了角落里的人身上，"哎，你们别说我啊，我这叫'浪子回头'好不好，多亏了咱行哥教得好。"

"咱行哥回头回得晚了，人都跑了没影儿了。"陆谦忍不住吐槽。

他心中不禁感叹这牧遥的威力可真大，看看现在季行止的这个样子，真是颓废。

自从牧遥走了，季行止整个人都变了，手段更毒辣了，更不近人情了，更沉默了，同样，身边不再有女人了。他陷入了名字叫"牧遥"的那个泥沼中出不来了。

从别人的你一言我一语中，徐一言逐渐听懂了他们说的话，说的事情。

她忍不住侧头看了一眼那个坐在角落里的人。

面对众人的调侃，他一声不吭，仿佛是听不见似的，但是更似麻木，像一具行尸走肉。

每个人都有自己的泥沼。而对于角落里的那个人，那个被所有人说起来都会感叹的女人，应该是他的泥沼吧。

她将视线转移到自己身边的男人身上，就只是淡淡的一眼，随后便挪开了视线。

视线转移，徐一言看着放在他面前的酒杯，里面是半杯酒，刚刚倒上，他没碰。想来也是，他是医生，应该是不怎么碰酒的。

包厢里那晃动的灯光落在酒杯上，透过灯光的反射，她看见了倒映在酒中的他，失了焦距，模糊，看不清。

看着酒杯中晃动的人影，她忍不住想：

那他呢？他也有他的泥沼吗？是谁呢？

回到学校的时候已经很晚了。

这一整天的天气都不算是很好，漆黑的夜空像是被打翻了的墨水。夜晚的天空中看不见一颗星星，没有月色的天空压抑得让人喘不上气。晚风轻轻吹拂，带着凉意滑过皮肤，留下了细微的战栗。

宿舍门口还亮着灯，快要到门禁的时间，进进出出的人已经陆续减少，宿舍楼外只剩下三三两两的几个人，磨蹭着不肯进去。

徐一言背着大提琴上楼，高跟鞋踩在楼梯上的声音，"哒哒哒"，像是有回音似的，一遍一遍，声音不停地在耳边环绕着，循环往复。本就不宽敞的楼梯，上上下下都没有人，就只有她自己一个人走着，空荡寂寥。

徐一言刚刚走到宿舍的门口，就迎面看见了摔门而出的刘念念。

她的脸色不大好，甚至看着刚刚回来的徐一言，也是满眼的愤怒。她对徐一言向来是没有什么好脸色。

刘念念这样气势汹汹地摔门而出，想来应该是在夏姚那里受了气。经过她身边的时候，徐一言都能感受到刘念念身上散发出来的浓重怒气。

这种情况很常见，徐一言没怎么在意。

推门而入，一眼便看见了正坐在桌前卸妆的夏姚。

夏姚的脸上倒是没有什么特别的表情，淡淡的，看不清喜怒，只是在看见推门进来的徐一言时，微微侧头打了声招呼："回来了。"

"嗯。"徐一言走到夏姚的面前，将快递放在她的桌子上。

"谢了。"

"不用。"说着，徐一言走到自己的桌前，将身上背着的大提琴拿下来，放好。打开衣柜找换洗的衣服，手中翻找的动作不停，她不紧不慢缓缓地开口，"刚刚发生了什么吗？她好像很生气。"

"哦，她回来和我叫嚣了一顿，说是要搬走，不想和我们两个人住在一起。

"她爱上哪儿去就上哪儿去，谁管她？我让她赶紧走。

"然后她就走了。"

夏姚说着还摇了摇头，表达了对刘念念的无所谓和不屑，又问："你今天怎么回来这么晚？回家了？"

徐一言从来都是一个不会晚归的人，每次回宿舍第一个见到的就是她，今天却难得回来得很晚。夏姚也并不是一个喜欢多管闲事的人，但是徐一言太特别，根本看不透，所以对她总归是有一些好奇的。

"没回家，陈院长找我有些事，耽搁了。"

在回来的路上，徐一言在脑海中组织了很多的语言，各种各样，五花八门。想着如果夏姚问起来，自己应该怎么去回答。

理由千奇百怪，但是当她真正面对夏姚询问的时候，嘴巴里面说出来的话却和脑子里面想的完全不一样。

那些个理由她都没有说，只是说了自己下意识的回答。

莫名其妙地，有些心虚。

她为什么要撒谎呢？

她在心里这样问自己。

因为身份？地位？背景？抑或是为了隐藏自己内心的那份悸动？

思绪混乱，根本找不到理由。

你看，人啊，天生就是个会撒谎的动物。

脸不红心不跳，十分坦然。

但好在夏姚并不是喜欢打破砂锅问到底的性格，随口问一句就结束了，继续自己手中的事情。

徐一言有个微博账号，从来未发过任何的动态，仅仅用作浏览各种新闻或者八卦。

这天晚上，破天荒地，徐一言的微博名字从一串乱码变为了一个大写的字母"Y"。

空空如也的页面终于有了一条微博：

【初春，遇Y，一眼，沦陷。】

在这天晚上，她做了个梦，这个梦很长很长，长到看不见尽头。

梦中的她陷入了大雾中，雾气升腾缭绕，她似乎身处于一个极度吵闹的空间里面，周围都是人，嬉笑打闹，轻声交谈，悠扬歌声，所有的声音都传进了她的耳朵里。

"言言——"她似乎听到有人在喊她的名字，猛地顿住。

声音很轻，带着些许的疑惑，但更多的还是温柔缠绵。像是被召唤般地，她站在原地，四处寻找。

在雾中，在晃动的人影中，她突然看见了那个熟悉的侧脸，有些模糊。

他看着她在笑，他说："言言，过来——"

大梦初醒，恍恍惚惚。

日有所思夜有所梦，也不过如此了。

她醒来的时候已经是第二天了。

天气很好，晴朗，万里无云。

一整天都没课，徐一言准备回趟家。

她打开衣柜找衣服，一眼便看见了挂在衣柜里的裙子。昨日的场景依旧历历在目，脑海中突然想到了什么似的，她猛地看向自己的手腕——

空空如也。

她的手链不见了。

落在哪里了？

她脑海中不停地回想着昨天晚上的种种，从包厢出来之后，手上的手链还在的，下车时的各种细节在脑海中重现，一帧接着一帧。

不，应该是落在了车里。

站在衣柜前的徐一言，手还停放在准备拿出来的那件外套上，一动不动，动作仿佛是停滞了般的。

片刻，她突然笑了。

笑出了声音。

是吧，上天还是给了我机会去找你。

徐一言在记事之前是在江南水乡生活的，后来随家搬到了北方。在这里生活了十几年，依旧脱不掉外地人的影子。

她拎着东西，从学校坐公交车回了家。

老城区，还没拆迁改造，这一片都是老房子，住着的人也都上了年纪。她从小在这里长大的，从咿呀学语到亭亭玉立，一直没有离开过。

老旧小区三楼东边这一户是她的家。徐一言从包里找出钥匙开了门，进门后将钥匙放在玄关，换好鞋后进了家。

家里干净整洁，爷爷有洁癖，家里总是打扫得很干净。他喜欢各种绿色植物，喜欢种花，不大的阳台上摆放着各种各样的盆栽，嫩绿色的，生机勃勃。

阳台上摆放着一张不大的矮桌，桌子上是一副还未下完的象棋。

徐一言好奇地走过去看了一眼，小时候被爷爷带着学过象棋，她是能看懂的，看着这个局面，双方应该陷入了僵局。

"下一步怎么走？"身后突然传来了一道苍老慈祥的声音。

"我才疏学浅，哪里知道应该下哪里。"她转过身子便看见了身后的老人，头发花白，脸上布满了皱纹，但是看着她的眼神中，却明亮无比，身体也不似其他老人那样佝偻，即使历尽千帆，也依旧是一个精神抖擞的老头子。

"我给您带了您最喜欢的桂花酥。"徐一言将手中拎着的点心在老人面前扬了扬，似是邀功般的。

"怎么突然想起回家看我这个老头子了？"老人坐在沙发上，看着小姑娘拆开点心的包装，眼神中带着些笑意。

"好久没回家了，想您了呗。"

"臭丫头还知道想我？"老人说着敲了敲茶几，"先去书房里给你爸妈上个香。"

徐一言拆着点心包装的手突然顿了顿："好。"

她父母是在她十岁的时候去世的。

当年发生的很多事情她虽然已经记忆模糊了，但该记得的还是记得。即使有些忘记了，后来那些牛鬼蛇神，那些闲言碎语，也让她再次想起，铭记在心。

当年她父亲工作上出现了重大失误，草草入狱，检察院查封，处罚，最后只剩下了现在的这个老房子，以及并不算多的存款。

自尊心极强的父亲因为承受不住压力，在狱中自杀。父亲自杀的消息传出来的第三日，母亲在家中自尽。

一辈子恩爱的夫妻，无论去哪里，都要在一起。

最后只剩下了老人和孩子，孤苦伶仃，相依为命。

人已死，很多事情好像都不需要追究了，所谓的真相究竟是什么呢？没有人在乎。

老人带着孩子安静地生活，仿佛什么都没有发生过，那些事情就像是烟一样，随风飘散了。

看着照片中的这对夫妻，男人英俊，女人貌美，相配极了。

对于儿时与父母在一起的那些记忆，徐一言已经记不清了，隐约有些记忆，也早已模糊。每每见他们，她也只是静静地看着，无话可说。

唯一印象深刻的，是母亲撕心裂肺的哭声，以及爷爷无奈的叹气声。

徐一言简单地上过香之后，便走出房间。

中午陪着老人吃了个午饭，她便离开了家。

午后的阳光明媚，她没乘车，缓慢地步行，享受着这短暂的宁静。阳光强烈得让她无法直视，仿佛此时此刻心中稍微想一些什么事情，都会被看透。

徐一言自嘲般地轻笑一声。

她站在阳光下，从包中拿出了手机，找到了列表中的一个人。

名字是简单的一个字"霍"。

头像是一棵树。

关于怎么得到他联系方式这件事，她也觉得莫名其妙，只是那天晚上他们将她送回学校的时候，陆谦提议交换联系方式，如此而已。没想到，只不过是陆谦简单的一句话，就让她得到了他的联系方式。

不知究竟是想要找回她遗失的手链，还是什么别的原因，她点开了他的头像。

她的手指在屏幕上打下了一行字。每打出一个字，她的手指都微微地颤抖着，很沉重，又很紧张，就好像是他本人此时此刻就站在她的面前，心脏剧烈地跳动，紧张又心虚。

【你看见我的手链了吗？】

很无厘头的一句话，徐一言并不知道当他看见这句话的时候是不是能够看懂，但她还是就这样发了。

等到他的回复的时候，已经是下午了，她刚刚拉完一首曲子。她收好琴，拿起手机便看见了他的两条回复。

【珍珠手链？】

【在我这里。】

【那条手链对我很重要，不知道你什么时候有空？我去找你拿。】几乎是不加停顿的，徐一言这样回复。

本以为又会是很久之后才得到回复，可出乎意料的是，他很快回复了她：

【明天早上，我下了班去你们学校送给你。】

【好。】

任何事物的发展，不过是你进一步，我进一步；我退一步，你进一步；抑或是我进一步，你退一步。

你来我往，来来往往。

你看，这样我们之间就有了交集。

真的有人会为了别人的一句话而彻夜难眠吗？

有的。

究竟是一种什么样的心理在作祟？

这个问题一直围绕着徐一言，在这无比漫长的黑夜中，让她辗转反侧，昏昏沉沉直到天色将明。

她早早地起床，找了一件简约得体的衣服，是上次向彤来找她玩的时候，两个人一起逛街买的。她很喜欢，放在衣柜里，没穿过几次。

她对于购物买衣服这些向来没有什么太大的欲望，很多衣服都是向彤拉着她去买的。

在收到他发来的消息时，徐一言几乎是不加停顿地立马出了门。她下楼的脚步很快，恨不得一步迈下两三个台阶，飞奔下楼去见他。

说来也是可笑，若是现在她的这个样子让远在海城的向彤看见了，定会是一大通批评的话。毕竟在向彤的认知里，她的好朋友徐一言是天生要被别人追的。

清晨，室外大雾四起，根本就看不清路。所有从宿舍楼里出来的人，刚刚走入雾中，身影便很快消失了，面前的大雾像是会吃人似的，一个人接着一个。

大雾中，徐一言最先看见的，是停在楼下的一辆黑色的车，是一辆黑色的奥迪。在那些富家子弟的众多豪车之中，他的车实在是算不上高调，只能算是平平无奇。

徐一言忍不住多看了几眼他的车牌，A21026，很低调，不像他的朋友那样，一连串的"8"，一连串的"6"，高调得显眼。

后来，直到她跟在他身边的时候才知道，他的车牌是有特殊意思的，他在家中排行老二，生日是十月二十六，所以才有了这个车牌。

霍衍坐在车中，并没有下车。只是在看见她从宿舍里面出来的时候，缓缓地降下了车窗。

大雾散尽是什么感觉？

是冬天玻璃窗上的雾气凝成了水珠，缓缓地滑下。是近视的人突然恢复了光明，前路明朗。是苦尽甘来，是枯木逢春。

不，都不是。

是此时此刻的她看见了他。

仅此而已。

他的车陷在大雾中，透过那缓缓降下来的车窗，隐约可以看见他的手，他皮肤很白，骨节分明，指甲修剪得很整齐干净，手背上青筋明显，从指关节一直蔓延到手腕，最后隐藏在他衬衣的袖口中。隔着雾气，她甚至还能看见他的袖扣，是低调的宝蓝色。他的一只手轻轻地搭在方向盘上，漫不经心地敲着，没有什么节奏。

"上车。"他看着站在车旁边的她，轻声开口。

他的声音有些低沉沙哑，想着应该是熬了个大夜，下班便来找她了。

明明声音并不大，但传进她耳朵里的时候却是那么清晰。

她不明白为什么只是为了拿回自己的手链，却要进他的车。其实明明还有很多别的方式，很多不用与他接触的方式就可以拿到自己遗落的手链。

当然了，她自然也是忘记了，明明只是想要拿回一条手链，她竟然费心打扮了这么久。

徐一言推开车门上了车，坐在副驾驶的位置，她有些紧张，不自觉地摩挲着手指，但却还是忍不住侧头看他——

他眼皮低垂，没有什么精神气，神色恹恹，看样子应该是很累了。

其实她并不明白，为什么像他这样家世的人，会选择医生这个职业。毕竟以他的家世背景，从商，从政，抑或是别的职业，都比医生要轻松得多。

在她出神间，他不知道从哪里随手拿了根烟，随着打火机"咔嚓"的声响，手中夹着的烟被点燃，雾气四起，他指间的烟头，在混沌的空间里发散着猩红的火光。

他没说话，她也没说话。

两个人就这样静静地在车厢里面坐着，安静着，沉默着。

空气安静到似乎能够清晰地听到彼此呼吸的声音，以及自己心跳不断跳动的声音。

车窗没关上，半敞开着，从他唇边以及鼻间呼出的烟雾，通过车窗飘出去，消散在空气中，和车外的雾气融合在一起。

她就静静地看着他。他今天穿的是一件黑色的衬衫，黑色的休闲裤，一身黑，细长又骨节分明的手夹着烟，朦胧又性感。

他没抽完，只抽了一半就将烟掐灭，猩红的烟头很快就消失在了他的手指间。

在她还没有回过神来的时候，他拿着一个方形的盒子，递到了她的面前。

是一个黑色的盒子，盒子的表面印着一串烫金色的英文字母，徐一言认不出牌子，也并不知道这个盒子是装什么的。

后来常见他衣帽间有这个牌子的盒子，她那个时候才知道，这是一个国外定制袖扣的品牌，他所有的袖扣都是这个牌子。

他是一个长情且念旧的人。

徐一言接过盒子，打开之后才知道原来是她的手链。

他将她的手链用盒子装了起来。

"谢谢。"徐一言紧紧地握着这个盒子，思绪繁乱，手指的力气大到骨节都泛了白。

自从遇见了他，她就莫名地有一种被支配的感觉，不知缘由，让她慌张又紧张。

他问她："吃饭了吗？"

她回答："没有。"

他又问："一起吃个早饭？"

她回答："好。"

不过是短短十几个字的交流，就让她坐上了这辆车，车发动开出，就没再下来过。

如果徐一言有预知能力，如果她能预知到后来发生的所有事情，如果能再给她一次选择的机会，那些爱恨纠缠，那些痛苦的、开心的、悲伤的，通通都不会发生。

她必定不会在这天上了他的车。

这个时候的她并没有想到，这一坐，就坐了很多年。

在那些影视剧里，通常世家子弟带女孩子吃饭会选择什么地方，海景餐厅？法式餐厅？日式料理店？

不，都不是，他带她去了一个很特殊的地方。

是一个四合院。它身处寸土寸金的地段，隐藏在一个巷子里，甚至连门口都没有挂牌子，让人看着，真的以为只不过是一个普通的院子而已。

直到他领着她走进去。四四方方的院子里站着一个小姑娘，小姑娘一身得体的旗袍，头发整齐地梳在脑后，像是在等人似的。

见到霍衍过来，小姑娘迎面而来，在距离两米远的地方站定，恭敬地弯腰打招呼，然后带着他们去了一个包厢。

没有菜单，只是不过片刻的工夫，就上了菜。

很简单的白粥、小菜，以及小巧玲珑的包子、精致的点心。

这是徐一言第一次来这样的地方，很奇怪，这里处处显露着不同寻常的高端，因为即使是很普通的食物，也制作得如此精美。

在她疑惑的眼神中，霍衍缓缓地开口："这是一家私房菜馆，饭菜每天是限定的，做什么全凭心情，不由客人选择。"

他将筷子递给她："吃吧。"

徐一言看着是一个挺好说话的女孩子，实际上却很执拗、固执，却又很会隐藏，心里想的从来都不表现在脸上，只是安静地藏着，所以即使心中有很多想要问他的，却一句话也不说，只字不提。

不问他为什么要带她来吃饭，不问他是怎么发现的那条手链。

两个人都不是话多的人，良好的家庭教养已经让他们养成了在餐桌上不说话的习惯。

吃完饭，他带着她离开，刚刚出了包厢的门，就看见迎面走来的一个老太太。

老太太微微发白的头发整齐地梳好，穿着一身改良版的青色旗袍，即使已经年老，依旧隐藏不住身上的优雅从容。

老太太："稀客啊。我就没见你带小姑娘来过，上次见了个水灵的姑娘还是当时季家那个小子带过来的。"

简单地被霍衍介绍着打了个招呼之后，徐一言就安静地站在他的身后，听着他与那位老太太交谈了几句，然后便跟着他出了四合院。

他似乎是临时有事，将她送到学校门口就离开了。

学校门口人很多，人来人往，徐一言站在人群中，很不起眼。她静静地看着那辆车远去，直至消失在车流中，渐渐失了神。

片刻，她猛地按住左胸口，试图按住那狂跳不已的心脏，却束手无策，耳边的声音清晰、明确，一下一下。

这跳动的声音，明晃晃地昭示着一个离谱的事实——

她好像，真的喜欢上他了。

无法说出口的那种。

爱是什么？

爱其实并不是一件很漫长的、需要时间过渡的、感情渐变的、逐渐日久生情的事情，爱是猝不及防的，是从看见他的第一眼开始便轰然沦陷，然后越陷越深。

毕竟没有一见钟情，又怎么会有日后长久的相处。

所以，一见钟情是确确实实真真实实存在的。

我们任何一个人，都不应该低估一见钟情的力量。

傍晚霍衍赶到 BLUE 的时候，人已经到齐了。

他们这群人，副业多的是，涉及各行各业。BLUE 是陆谦自己开的，平日里也不叫什么乱七八糟的朋友来，一般二楼的这个休闲场地是他们几个好兄弟没事聚一聚的场所。

霍衍刚推门进来，就看见了正在打台球的陆谦，身边没跟着女人。

"二哥来了？"今天的陆谦见到霍衍格外兴奋，像是看见了钱似的，两眼发光，凑到他的身边，"吃饭了？要不要叫人给你弄点吃的来？"

霍衍的工作特殊，和他们这群人都不一样，吃饭没什么规律，所以大家看见他的时候，总是喜欢问这么一句。

"不用。"

"你这是早上吃多了，所以晚上不饿吧。"陆谦随着霍衍在沙发上坐下，语气中是明晃晃的调侃。

他这句话里明显有别的意思，任谁都能听出来。

霍衍侧头看他，眼神实在是算不上很友善。

霍衍这个人，看着不狠，但真的要是狠起来，那可是比季行止还要难搞的。

"哎哎哎，我可不是跟踪你啊，我就是路过恰巧看见了。我一早就觉得你和那拉大提琴的姑娘关系不简单。"还没等霍衍开口，陆谦便不打自招。

"什么不简单，说话有点分寸。"霍衍皱了皱眉，显然是对于陆谦的用词表示不满意。

"单纯的关系怎么会带到四合院去吃饭？

"那天晚上车里的手链，你不是收走了？

"二哥，这你就不用避着兄弟了，这事还有怕人的？"

陆谦记得很清楚，那天晚上将那个姑娘送回学校，在那个小姑娘下车之后他就去了后座，和霍衍坐在一起。车刚驶出学校的大门，他就在车后座的缝隙中看见了一条白色的珍珠手链。

他送女人礼物，从来都不送珍珠这类东西，他一直喜欢送钻石，闪耀明亮，符合他的身份和气质，所以这条手链绝对不是他任何一个女伴的。

而坐过后座的女人，珍珠手链。

就只有一个人，徐一言。

明明可以返回去，给她送回去的，时间完全来得及，但是却被人从手中将那条手链给拿了过去。

陆谦就这样眼睁睁地看着霍衍将那手链装进了自己的西装口袋里面——举止自然流畅，完全没有一丝停顿。

看着这一幕，陆谦突然乐了。

这男人心机起来，还真的就没女人什么事了。

烟雾缭绕，升腾，酒杯碰撞，谈笑声不绝。

霍衍坐在沙发上，手中拿着一个酒杯，杯中装了半杯酒，晃晃荡荡，杯子和灯光反射出的细碎的光落进了他的眼睛。

　　隐隐约约，恍惚间，他好像是在杯中看见了那个白色的身影，固执又瘦弱。

　　片刻，他轻笑一声，将杯中酒一饮而尽。

远山

第三章

以后陪我吃饭

这天是周末，将老师留的任务完成之后，徐一言去医院给爷爷拿药。

算着时间应该来得及，能在医生下班之前将药拿出来。

爷爷早些年前做过心脏手术，需要定期复查和吃药，家里的药已经快要吃完，她趁着周末有时间去医院拿些药在家里备着，防止爷爷因为家里没药了而忘记吃药。

爷爷不喜欢来医院，上次带他来，他就臭着一张脸。

想想也是可以理解的，儿子儿媳都是在这家医院离世的，每每踏进这个医院的大门……不，更加准确一些，只要是看见这个医院的牌子，过往的事情就排山倒海一般扑面而来，回忆翻涌。

白发人送黑发人的痛苦，早就已经让老人承受不住。

所以徐一言一般不会强迫他来医院，除了必须复查，实在是没有办法的时候才会带他过来。

从医生办公室里出来，徐一言拎着一袋子的药，一边将药往随身携带的托特包里面装，一边摁下了电梯，低着头等待，脚上穿着的帆布鞋有一下没一下地蹭着地上那被擦得发亮的地板砖。

电梯门打开，她走到了最里面的位置站定，后背靠着电梯边缘，让身体微微放松下来。

随着电梯不停地下行，徐一言站在电梯最里面，看着一个又一个的人进来又出去。

不知为什么，脑海中突然浮现出第一次见到他的时候，他穿着白大褂的样子。

来到济仁医院，来到了有他的地方，难免会想起他，想着他今天应该是在医院的吧。

这究竟是一种怎样的复杂的情感呢？每每走到一个与他有关的地方，总是会想到他，想要偶遇他，但是又犹豫着不敢向前。

恍惚间，电梯到了一楼，她跟随着人流走出电梯。

医院大厅里来来往往的都是人，她没抱着能遇见他的心态。

医院很大，能遇见一个人的概率实在是算不上大，但一旦遇见了，心跳还是忍不住失了频率。

"徐一言？"

隔着人群，徐一言听见了有人在喊她的名字。

是熟悉的声音。

她猛地转头，随后便看见了，站在自己身后不远处的那个男人——

他没有穿白大褂，只着简单的白上衣、黑裤子，就站在她身后不远处，安静地、脊背笔直地站着。

他在看她。

他看着她的眼神平淡又温柔。就像是他的职业一样，既有足够的共情力，又足够的冷静。

像是一杯温和的白开水，温温热热的，却没有任何的味道。

像是夏夜里一阵清凉的微风，又像是烈日下的一片树荫。

在看见他的一瞬间，她浑身上下那些不安的细胞仿佛完全被他给抹平了。

毫无疑问，她知道，是他在喊她。

此时此刻，医院大厅里面嘈杂的声音仿佛全都消失了，像是播放电影一般，人影一个接着一个在她的眼前缓缓掠过，但是此时此刻她的眼睛里只有他，也只能装下他。

看着他穿过人群，一步接着一步地朝着她走过来，没有明显的脚步声，但就是莫名其妙地，沉重的脚步声在她的耳边响起，踏在她的心上。

她想，她是真的喜欢他。

喜欢到仅仅只是看着他朝着她走过来，就难以控制自己狂跳不已的心脏。

他问："生病了？"

"没有，我给我爷爷来拿药。"错开他看着她的眼神，徐一言尽力让自己的眼神挪到别的地方，眼眸微微下垂，看着两个人之间的地面。透过大厅地砖的反光，她依旧可以清晰地看见他倒映在其中的人影，他棱角分明的脸在地砖的反光中若隐若现。

"吃饭了？"霍衍不确定她是不是吃过了饭，但按照现在的时间来说，应该是还没有的。

"没有。"徐一言的回答正如霍衍所料。

"一起？"他看着站在他面前的，隔着大概只有一米距离的女孩子，看着她微微低着头，额间的碎发微微下垂，他看见了她忽闪着的长长的眼睫毛。

也没等她的回答，他自顾自地说道："我还没吃饭。"

"好。"徐一言开口，"我也没吃饭。"

后来徐一言想想，就算是她已经吃过饭了又能怎么样呢。即使那样，她想，她也是会陪着他去的。毕竟无论哪个人，在面对着自己喜欢的人时，都无法拒绝。

霍衍带她去了一家餐厅，装修很有南方的味道。逼真的假山流水，价值不菲的屏风。

虽然是南方菜，但是因为店开在北城，需要照顾到北方人的口味，菜单里面另外还添加了不少北方特色美食。

徐一言看着桌子上摆放的菜，有些疑惑。

霍衍是土生土长的北方人，按照道理应该是不怎么喜欢这些清淡口的，上次和他去四合院的时候，看他的口味不是清淡的才对。

"怎么？"见她迟迟不动筷子，霍衍挑了挑眉，开口询问，"不喜欢？"

"没有。"徐一言连忙摇了摇头，实在是按捺不住好奇的心情，缓缓地开口询问，"霍医生喜欢清淡口的食物？"

他终于明白过来了坐在自己对面的女孩子为什么迟迟不动筷子。想想也没有什么不能说的，他将手中的筷子放下，双手手肘撑在桌面上，身子微微探出去，眼神停留在她的身上："请女孩子吃饭，自然是要照顾着对方的口味。"

那次他带着她去四合院吃饭，看她似乎是偏爱那些清淡口的食物，本以为她是北方人，应该和自己一样，但没想到她竟然是个南方胃。

徐一言低着头，刚刚拿起筷子的手突然顿住了。

她完全没有想到他竟然是为了她。

这是她第一次体会到被人放在心上的感觉。

从小到大她都是一个比较独立的女孩子，身边朋友不多，可以说是寥寥无几。一个没有父母，跟在爷爷身边长大的女孩子，再加上爷爷对她的教育比较严厉，她的性格完全不如其他女孩子活泼。也是因为这个，她从小就不期待别人的关心。谁都靠不住，能倚靠的人，只有自己——这是她从小便明白的道理。

但是现在的她遇见了他。

一个让人感觉很遥远的人。

即使两个人面对面坐着，聊的也是很普通的话题，明明近在咫尺，但她却感觉两人之间隔着万水千山。

她静静地看着他，眼中却早就已经失去了焦距。

他和她四目相对，谁都没有说话，但是又好像已经互相诉说了千言万语。

"吃吧。"他没有继续沉默，算是给了她一个台阶下，自然而然地接下了话，行事举止完全恰到好处。

　　头顶的灯光刺眼，透过勺子的反射，晃了徐一言的眼，刺眼的灯光冲散了两个人之间那一丝一缕微弱的暧昧感。

　　此时此刻的两人完全忽略了一个事实，这个时候他们的关系，已经不能完全用"单纯"来形容了。

　　新一周的周一，徐一言背着琴，拿着一摞老师让她准备的资料，去了办公室。

　　正是上课的时间，楼梯间里面都是人。有人刚刚结束了一节课，有人的课才刚刚开始，大家都匆匆忙忙。

　　走到办公室门口，徐一言正好碰见了一位在大一的时候教过她的老师，从陈院长的办公室里推门出来。他似乎是认出了徐一言，毕竟陈院长的关门弟子，徐一言的大名谁人不知。

　　"徐同学？"

　　"老师好。"对于曾经教过她的老师，徐一言向来是尊敬的。她有一个特点，就是表面工作做得非常好，一丝不苟，十分得体。

　　"来找院长的？"

　　"嗯。"徐一言点头。

　　"进去吧，院长在里面。"老师抬手指了指办公室的门，示意徐一言可以进去。

　　"好，谢谢老师。"

　　徐一言朝着那位老师点了点头，走到门口，轻轻地敲了敲门。

　　听见了里面"进来"的声音，徐一言缓缓地推开了门。

　　还是熟悉的办公室，陈院长在办公椅上坐着，一边翻看资料一边喝茶。

　　"来了？"看见进来的徐一言，他微微抬头看了她一眼。

　　徐一言没说话，点了点头，将资料递给院长。

　　陈院长接过，看了几眼。他对于徐一言的能力是完全没有怀疑的，她做事一向很妥帖，完全不需要担心。

徐一言余光见院长茶杯中的茶已经见了底，伸手将旁边的茶壶端起来，补了大半杯。她的动作很轻，没有发出很大的声音。

放下资料的陈院长正好接过徐一言倒好的茶，喝了一口。

"拉一把椅子坐下。"他示意徐一言坐下。

虽然陈院长在外的评价不是很好，但那些大多是出于嫉妒，嫉妒陈院长娶了一个好妻子，嫉妒他妻子的娘家家族势力庞大，所以陈院长才会一路青云直上，没有人敢从中使绊子。

嫉妒心人人都有，自从成了陈院长的学生，徐一言遭到的嫉妒也不少。或许是出于师生之间的默契，徐一言和陈院长一样，对于外界的那些话丝毫不在意。

"这是国外音乐学院的资料，你看一下。"陈院长将手边放着的几张资料递到徐一言面前。

"你是拉大提琴的，国内的情况对于你的继续发展有一定的局限，倒不如出国去。"

他一开始对于徐一言成为他的学生是不满意的，但魏老做的介绍，他没有办法拒绝。

他本来以为是哪位世家小姐，正愁着怎么解决，但没有想到的是，这位学生只是一个普通家庭的女孩子，更加难得的是，她是真心想要跟着他学习的。

或许因为他自己也是一步一步爬上来的，知道其中的心酸，所以对于徐一言也算是用心。

现在她是本科阶段，在Ａ大继续读研究生的本事是有的，但是用处已经不大了，倒不如去更好的学校学习。

难得遇见一个有天分的学生，自然是想要她更加出色，他脸上也跟着有光。

"你可以先拿回去看一下，不着急回复我。"

毕竟这不是一件小事情，还是要给她一些考虑的时间。

　　说话间，陈院长想起了之前徐一言和霍衍他们的事情。

　　"那天你和霍衍他们去玩了？"

　　"嗯。"对于陈院长，她也没有什么可隐瞒的，陈院长想要知道的事情，很容易就能查出来，在他的面前，不需要撒谎。

　　陈院长想起那天霍衍对于她的态度，像是想到了什么，不禁多看了她一眼："今天有人约我去打高尔夫，你跟着我去吧，顺便介绍几个人给你认识一下。

　　"直接跟我去，背着琴。"

　　"好。"陈院长的话，她从来都不会拒绝。

　　认识一下，认识谁呢？她并不在意。

　　徐一言背着自己的琴，跟着陈院长来到了一家高尔夫会所。

　　来来往往的都是她在平常日子里面没有见过的车。在推开车门下车的那一刻，她稍微有些无所适从。

　　下车的时候她没有注意，在背起琴时踩到了路边台阶的边缘，脚下落空的感觉，一下子让她的整个身体站不稳，摇摇晃晃着就要摔倒。

　　她的平衡感一向很差，很容易站不稳摔倒。

　　徐一言大脑一片空白，完全控制不住自己的身体，只想着自己今天要完蛋了，要在会所门口丢脸了。

　　没有想到的是，落地感并没有袭来。

　　身后突然出现了一股力，帮她向前推了一把，让她站稳了脚。

　　"不看路？"身后突然传来了一道男声，淡淡的，但是语气中稍稍有些责备和担忧，并不明显。

　　霍衍的手还停留在徐一言的琴盒上，等到她站稳了，才微微松开了手。

　　"你怎么在这儿？"她看见了站在她身后的霍衍，也看见了他收回手的动作。

　　"打球。"他看着她的眼神中有些许的疑惑。

"我是陪着老师来的。"徐一言看懂了他眼中流露出来的疑惑，是在反问她，她为什么会在这里。

"嗯。"他不经意间看见了她背着琴盒的肩膀，被琴盒压着有了一道浅浅的印子，握着带子的手也有些微微发红。

"不沉吗？"他问。

"不沉的。"她立马就听明白了他话中的意思。

没给她任何的反应时间，他直接伸手接过了她身上背着的大提琴。

他的手指细长白皙，骨节分明，指甲修剪得很干净，就是这样的一双手，从她的肩膀上取下了她的琴，背在了他的身上。

大脑里"砰"的一声，像是烟花爆炸般炸开，徐一言所有的思绪被他这突然的动作给扰乱，像是扯乱了的毛线团，缠在一起，怎么做都无法捋顺。

她刚想和他说句话，话已经到了嘴边了，却看见他看向自己的身后，喊："陈院长。"

"你来了，林总应该已经到了，我们进去吧。"陈院长的眼神在两个人之间转了转。

都是千年的狐狸，没有必要去装什么小白兔，陈院长看见霍衍和徐一言的互动，也像是什么都没有看见似的。那些想法，那些弯弯绕绕，也只是在自己的心里面装着，没有表露出来。

陈院长和霍衍并肩走在前面，徐一言小步跟在他们的身后，眼神一直牢牢地放在霍衍身上背着的那个大提琴上。

她的视线突然一阵恍惚。在后来的很多个日子里，她见过形形色色的人，但是唯独清晰地记得，记得在一个阳光明媚的日子里，他背着琴盒的背影。

进到一个休息室，随着门被推开，徐一言看见了里面的人。

是一个中年男人，身边还跟着一个年轻的男人。徐一言并不认识他们，所以只是安静地待在一旁。

一行人"热情"地打过招呼之后，为首的那个中年男人看见霍衍身上的大提琴，以及他身后的徐一言。

"这是小霍总的女朋友？"

身边跟着个女孩子，身上还背着一个明显是女孩子的大提琴，任谁都会这样想。

"这是我的学生。"陈院长率先开口。毕竟现在还没搞清楚霍衍和徐一言两个人的关系，所以有些话还是不能乱说，避免让人误会。

"了解了解。"

了解。

这两个字有很多的含义，也能引申出很多的解释。

徐一言并不在意，当然了，在场的所有的人也都不在意。

霍衍身边有什么样子的女人，没有谁在意。

在他们几人的交谈中，徐一言听懂了此行的目的。

他们要谈一个医疗项目，这位林总是做医疗器材的，霍衍是代替大霍总来的，也就是霍衍的哥哥。想想也是，像霍衍这样家庭出身的人，自然不会单单只待在医院里。

不是什么困难的项目，很快便谈拢了。

既然已经带着徐一言来了，就压根儿没打算让她当一个背景墙。陈院长叫人陪着她去换了一套衣服，给她准备了一套装备。

徐一言拿到这套装备的时候还是蒙蒙的状态，她不会打高尔夫。

"小姑娘会打球？"林总难得将目光放在了她的身上。

"她不会，所以让她来学一学。我这个学生整天就知道在琴房里练琴，带着她出来学习点新鲜事物。"陈院长开口，"本来是让她带着琴准备给大家表演一下的，但是这个环境不大适合。"

"是不大适合，下次吧。"

"行啊，林总有时间就好。"

站在一旁的徐一言这个时候终于明白过来，为什么今天陈院长要带着她，原来是这个用处。想想也是，如若她没有什么利用价值的话，陈院长怎么会带着她这个什么都不会的人来打球呢？

你看，人总是自私的，都是利己的，根本不会在意那些对于自己没有利用价值的人。

原来像她这样的人是有利用价值的，那还不算是太失败。

但是为什么让陈院长放弃了……

徐一言忍不住微微侧头看向自己身边站着的男人。

一身纯黑色的运动装，让他劲瘦的身材显露无遗，容貌和身材都属上乘。只见他眉头微微皱着，不知是哪里让他感觉到不满意了。

她稍稍有些紧张，不自觉地握紧了双手。

是因为她吗？

她并不是很清楚。

"不会？"

霍衍侧头看着一个人孤零零站在原地的徐一言。

小姑娘一身白色的运动装，扎着高高的马尾，白皙的皮肤完全暴露在空气中，白得晃眼。

看着她站在原地无措的样子，霍衍心中角落里的一小块位置突然软了软，忍不住走过去和她说话。

"嗯，不会。"她点了点头。

她会网球、乒乓球、游泳，但是高尔夫还是第一次接触。

"我教你。"

他是这样说的，他教她。

"双手握杆。

"放松，身体自然站立。

"髋和膝微微前屈。

"手臂和肩自然下垂，双肩之间倾斜大致十五度，左肩略高于右肩。

"眼睛瞄准要击打的方向。"

两个人一黑一白。

他站在她的身后，因为需要教她的原因，他身体微微贴着她。

他说话的声音在她的耳边缓缓响起，一字一句，带着热气的呼吸不停地扑洒在她的耳边，像燃烧般灼热。

这是他们两人隔得最近的一次，几乎是身体相贴，让她更加明确地感受到了他身上传来的温度，以及他身上淡淡的洗衣液的味道，夹杂着淡淡的香烟味。

她突然发现，他出了医院之后，身上的消毒水味全部都消失了。

她并不知道医院是否让医生喷香水，在这一刻她突然想，要是他喷了香水，那会是什么味道呢？他喜欢什么味道的香水呢？

他在认真教，她却并没有认真听。

她的思绪早就已经被占据，完全没有了学习的心思，满心满眼里都是身后的这个人。

他的手很大，覆在她的手上，很轻易就把她的手遮盖住，他手心的温度渐渐渗入她的手背，通过皮肤，血管，通过每一个细胞，传输到了身体的各个角落。

徐一言发现，她整个人就好像被霍衍环绕住了似的，完全溺在当中。

霍衍似乎发现了她的走神，手中的动作微微使了力。

"听见了？"他的声音很轻，但是以他们两个人之间的距离来说，已经足够了。

"嗯。"她点头。

身后的人一阵沉默。片刻后，才再次听见了他的声音，像是一阵温柔的春风，拂过她的脸颊，语气轻飘飘的，没有什么力度，又似是宠溺般轻轻低喃：

"撒谎。"

她羞愧到不敢说话。

他很有耐心，又教了她一遍。

这次的徐一言是真的有认真听了，每一字每一句都听到了心里。

不知道是她的学习能力很强，还是因为他教得好，她很快就上了手。

在连续进了三个球后，她还是忍不住激动起来："进了！"

霍衍站在她的身边，看着小姑娘手舞足蹈的样子，也忍不住跟着笑了起来。

一个人在高兴的时候，总是会下意识地看向自己比较亲密的人，而徐一言的目光，则是转向了霍衍。

她看见他在笑。

两个人四目相对，彼此的眼睛里都是笑意。

"小姑娘还是活泼点好。"他说。

"那我之前是什么样子的？"她忍不住开口问。

心里对于自己自然是有一定了解的，但她还是忍不住想要听一听，在他的眼里，她是什么样子的。

突然被徐一言这么一问，霍衍顿住了，他还真的是好好地想了想。

片刻，他缓缓开口——

"明明年纪不大，却偏偏一副老气横秋的样子。"

这天从高尔夫会所里出来，徐一言上了霍衍的车。

不知道是有意还是无意，陈院长说有事要去处理，麻烦霍衍将徐一言送回去。

回去的时候，时间还早，徐一言陪着霍衍吃了顿饭。

他吃完饭要回医院，先将她送回了学校。

他们两个人自从认识的那一天起，见面的大多数时候都是在一起吃饭。

"你们医生，是不是吃饭时间都很不固定，也不规律？"徐一言问他。

霍衍在开车，现在正好是红灯，他一只手撑在车窗上，另一只手放在方向盘上。他眼睛看着前方，不知道在想些什么。

听见徐一言的话，他微微侧头看了她一眼，又很快地转过了头，透过玻璃看向远处的车流。

"嗯，不规律。"

"要按时吃饭的，要不然对胃不好。"明知道他是医生，徐一言还是将这句长辈经常说的话说出了口。

她别扭的担心他感觉到了。

他突然笑了。

此时此刻已经变了灯，霍衍打着方向盘拐弯，黑色的车重新汇入车流。

北城的夜晚繁华，万家灯火。

副驾驶室的车窗开了一半，车外的风不停地涌进车里，吹乱了她额角的碎发。

然后，她听见了他说话的声音。

他说——

"以后你陪我吃饭吧。"

第四章

她的幻想

人与人之间的关系有多少种？又可以具体细分为哪些类型？

同学，师生，朋友，亲人，恋人，爱人，情人……

人际关系被分成无数种，形成各种各样的标签。徐一言试图在这些标签中寻找出一个或者几个适合她与霍衍之间关系的标签，但是找来找去，竟没有一个合适。

他们之间的关系，如此突兀又格格不入。

自从那天之后，两个人竟然成了非传统意义上的"饭友"。

他们经常一起吃饭，久而久之，你来我往，之间的关系便不似从前的陌生，甚至有些"亲密"。

这种"亲密"究竟应该如何去定义，她并不能用她匮乏的知识和语言来解释，只是平静地接受。

在很多事情上的选择，都不是我们自己所能决定的，既然已经拿到了属于自己的剧本，那么就要顺从地演下去，除此之外，别无他法。

这天下午，结束了课程的徐一言背着琴从琴房里出来，一边低着头看手机，一边下楼。

她本是准备看一下有没有收到霍衍的消息，但是手机屏幕上突然弹出了一条娱乐新闻。

徐一言向来不关注这方面的事情，但是这则新闻让她多看了几眼。

这是一条花边新闻，人们对于这种新闻，向来是乐此不疲，同样也是人们茶余饭后的谈资。

这个新闻的热度很高，原因有二。

其一是因为新闻中男主角的身份，杨泽轩，富二代，背景很深，换女人如衣服，一年四季都不带重样的，私生活十分混乱，尤其喜欢交往女网红，喜欢唱歌好听的。因为交往的女生大多和娱乐圈有关，所以他的名字在娱乐新闻上经常能看见。

徐一言记得这个名字，并且印象深刻。

霍衍的朋友，那天在会所里面见过，身边跟着一个美女，穿着黑色衬衫的男人。

其二是该新闻的女主角参演了一部网络剧的女一号，演技差到全网喷。所有人都觉得她能出演女一号是因为她背后有什么大佬，当时被她否认了，甚至还出了律师函警告与澄清。现在出了这档子事，之前那些的否认都成了笑话。

现在两个人分手的闹剧搞得沸沸扬扬，不少人都跑到评论下面来嘲笑她。

被富二代分手后的女网红死缠烂打，不肯分手，甚至闹到了网上，这真的是够那群"吃瓜人"乐好几天的。

徐一言走出大楼便看见了停在门口那辆黑色的车。

不似之前第一次见到的那样紧张，现在的她看见他在等她，心态已经放得很平稳。但是当她看见他背影的时候，还是会下意识地笑出来。

没有为什么，只是因为看见他就高兴。

霍衍瞥了一眼还在一边傻乐着的徐一言，像是被她此时此刻的心情给感染了，嘴角微微扬起一个微小的弧度，但还是忍不住出声提醒她："安全带。"

看着她赶忙将安全带系上的动作，他好奇地开口："想什么呢？安全带也不知道系？"

"没想什么。"她低着头，头发顺着低头的动作微微垂下，遮挡住了她的半张脸，不大的声音在头发后面传了出来。

"秘密？"霍衍并不是一个喜欢八卦的人，也不是一个喜欢追问的人，但面对着现在副驾驶上的小姑娘，还是忍不住出口，想要逗一逗她。

"是啊。"她难得这么理直气壮。

"和长辈这样说话？"他存了心思想要逗她。

"你算我哪门子的长辈？"她瞪他，意思好像是让他别占她便宜。

"我可比你大了十岁。"他出声提醒。

他不说她还忘记了，她比她大十岁，今年有二十九了。都说三岁一代沟，这样算一算，他们之间都隔了三个代沟了。但是每每在他面前，她都忘记了他们之间年龄的差距，好像他们两个一直是同龄人一样。

"那怎么了？"

"我上大学的时候，你还在上小学呢。"

徐一言就好像被什么堵住了嘴巴，什么话都说不出来，心中是难掩的不舒服，眼眶酸酸的，比她误食了酸柠檬还要难受。

"生气了？"他发动车子，侧头看了她一眼，意识到这小姑娘真的是因为他的话有些不开心了。

"我就是随口一说。

"别生气了。

"嗯？"

霍衍伸手将她脸侧的碎发拢了拢，手指指腹不经意间擦过了她脸颊的皮肤，温温热热、酥酥麻麻的感觉由他们之间相贴的皮肤开始，传到她身体的各个位置。

"没生气。"她强忍住颤抖着的眼睫毛，扭过头不去看他。

霍衍带着她来到了 BLUE。这个酒吧之前他和她说过，是他们那群人经常一起聚的地方，却一直都没有带着她来过。

BLUE，顾名思义，整体基调以蓝色为主，一进门，就好像陷入了蓝色的海洋。

徐一言跟着霍衍上楼，一推开门便听到了包厢里说话的声音。

包厢里的背景音乐不算是很大，隐隐约约的，主要的声音还是站在包厢中间的、手中拿着手机的杨泽轩。

"你也好意思和我要钱？

"告诉你，一分也没有。

"看在你还算勉强让我满意的份上，我放你一马，麻溜儿地消失，再让我看见你，就不是这么好说话的了。"

杨泽轩气势汹汹地挂断了电话，拿起桌子上的酒杯猛地喝了一口酒："又当又立，真以为自己是什么好货色。

"她这是设好了套让我跳呢，都这份上了还想要钱？做梦吧。"

有人出声调侃："你这是翻车了啊。能让我们流连花丛中这么久的杨少生这么大的气，这女人也不是什么普通人啊。"

这种事情发生在杨泽轩身上也算不上稀奇了，在这方面，谁都比不过他，换女人太频繁，太高调。

他们这群人看上去肆无忌惮，但关键时候，还是要顾着背后家里的面子，总是不能太过分。

但是杨泽轩就不一样了，一生放荡不羁爱自由，谁都管不住他。

这以后啊，迟早是要出事的。

不过片刻的时间，杨泽轩的手机便又响了起来。

这次杨泽轩的语气和上次不一样，明显柔和了些："好，今天晚上没时间，明天，明天带你去逛街？"

杨泽轩："最新款的包……嗯，好。"

挂断电话之后，他又听到了众人的调侃："杨少这是一茬接着一茬，都不带停的啊。"

"人生短暂，及时行乐。"他将手中的酒一饮而尽。

"说起来也是巧了，她和言妹妹是一个学校的，连专业也一样，拉大提琴的。"

杨泽轩随口那么一提，也没指名道姓。

徐一言并不知道他这句话是什么意思，但她觉得北城这个圈子是真的不大，怎么就能这么巧呢？不过他们学校拉大提琴的并不少，也不会那么巧她刚好认识。

一群人凑在一起，总是要找些乐子。

他们聚在一起，无非就是打台球、搓麻将、推牌九，有的时候也会玩二十一点。

前几个都玩腻了，众人提议，那就玩二十一点吧。

一群人玩了好几轮，不知道是谁将主意打到了徐一言的身上。

徐一言是霍衍带来的人，霍衍平时不怎么参与这种事情，但是今天不一样了，有姑娘在，让姑娘替霍衍玩，趁着这个机会"挣"一下他的钱。

"我和言妹妹玩一把。"陆谦看了霍衍一眼。

他还没赢过霍衍的钱，今天他可得趁着这个机会，好好地赢一把。

若是打个麻将徐一言还是会的，但是二十一点，她还从来都没有接触过。

她悄悄拽了拽霍衍的衣角，身体微微朝着他靠近，声音很小："我不会。"

霍衍还没来得及说话，就被陆谦给抢先了："没事儿，言妹妹这么聪明，和你说一次规则你就懂了，很简单的。"

在陆谦的坚持下，霍衍点了点头："去吧。"

二十一点又名BlackJack（黑杰克），起源于法国。游戏者需使用除了大小王之外的五十二张牌，目标是手中牌的点数之和不超过二十一点且尽量大。

这次是陆谦和徐一言两个人玩，只有他们两个人，本着女士优先的原则，徐一言坐庄。

前几轮徐一言一直输，她才刚刚上手，在很多的时候还是蒙圈的状态。

对面的陆谦看着自己面前越来越多的筹码，心想自己今天可真的是赚得盆满钵满。

徐一言在连输几把之后心态稍稍有些不稳了。

坐在旁边的霍衍自然注意到了此时此刻徐一言的不安，他抬手轻轻拍了拍她的肩膀："放心，放手去玩，有我给你兜底。"

"听见没有，妹妹放手玩，二哥输得起。"陆谦太高兴了，看来今天霍衍是要大出血了。

霍衍的话，相当于给徐一言吃了一颗定心丸。

已经放出大话的陆谦，在接下来的几把之后，再也笑不出来了。

徐一言不仅将前几次输的都赢回来了，甚至还赢了更多，现在大部分的筹码全部都到了她那边。

这姑娘好像会算牌似的，次次都能拿捏住他，心理素质也是极好的，甚至在他慌神间，还钓他的鱼，整个就是游刃有余，完全没有前几次的慌忙。

到最后，陆谦缴械投降："停停停，不玩了不玩了。"

其他人打趣：

"言妹妹真的是厉害，完全不像是第一次玩的样子，看着倒是像一个老手。"

"上次能赢陆谦这么多筹码的女孩子，还是橙子那小姑娘。"

"今天可算是赚到了，今天言妹妹赢的，能买好几个包。"

赢的钱徐一言本是不想要的，但在陆谦的坚持下，她收下了。

他说这点钱对他来说是小钱，给女朋友买几个包的事，再说了，输了就是输了，他从来就没干过耍赖的事情。

拒绝陆谦不会让他高兴，所以徐一言并不会干这种吃力不讨好的事情。

她不拜金，但这是她正儿八经赢来的钱，她便坦坦荡荡地拿了。

霍衍工作很忙，在众多富家子弟里面，他属于工作比较忙碌的那种。本着为人民服务的宗旨，他毅然决然地投身于伟大的医务工作这个行业。

由此，徐一言已经连续几天没有看见他了。

他们两个人倒是经常在微信上说话，但每次也不过寥寥几句，他太忙，而她又不忍心打扰到他。

不过徐一言倒是经常和陆谦见面。

徐一言并不傻，她不觉得她真正融入了他们这个圈子。

北城这个圈子，并不是一个人轻易就能融入进去的，它和周围好像是有一层厚厚的壁垒，进不去也出不来，有人挤破了头皮想要进去，想要出来的，除非是消失或者离开这个世界，要不然很难让人遗忘。

她为什么能半只脚踏进去，大概是因为霍衍吧，毕竟能攀上霍衍的女人，任谁都得高看几眼。

从那天玩游戏徐一言占了上风之后，陆谦就觉得这个小姑娘是真的有意思，明明有心机、有手段，却从来都不表现出来，做事还特别通透、有分寸，很难得。

更何况霍衍嘱咐过要照顾她一点，作为霍衍的好兄弟，陆谦自然是照做。

这不，那位还在医院工作的人让他来送门票他就来了，抛下了和女伴温存的时间，开着车来 A 大给徐一言送门票。

徐一言一走出宿舍大门便看见了宿舍楼门口停着的那辆红色法拉利，十分显眼。陆谦打扮得人模狗样的，倚靠在车身上，脸上戴着个墨镜遮挡住了半张脸，手中还夹着根正在燃烧的香烟。在来来往往的人投过来的各种打量眼神中，他丝毫没有不好意思，反倒是任人打量。

看见从宿舍楼里面走出来的徐一言，他将脸上的墨镜摘了下来，朝着她打了个手势："这儿呢！"

"你怎么来了？"徐一言只是收到了陆谦的消息说在楼下等她，但并不知道是要做什么。

"二哥托我给你送东西。"陆谦说着从口袋里面拿出两张门票。

"这是演奏会的门票，一直放在我这里，二哥让我今天给你送过来，他说周六上午来接你。"

陆谦身边女人不断，自诩对女人也是了解——这女人嘛，不就是喜欢买买买，包包、口红、衣服、首饰，只要是值钱的，能让她们漂亮的都喜欢。

陪她们逛逛街，他也还能接受，不就是刷卡嘛，很简单，但是演奏会这种高雅的东西他向来是接受不了。

"言妹妹喜欢这样的？"

"喜欢啊。"徐一言也没有避讳，心里知道自己在陆谦眼里和他们圈子里面的那些女伴没有什么不同，也不遮遮掩掩，喜欢就是喜欢，何必装清高呢。

徐一言："这可是著名大提琴手Cecelia的演奏会，别人想看还看不到呢。"

"也是，你毕竟是学音乐的。二哥也是了解你。"

陆谦说着将手中那根已经燃尽的香烟随手扔在地上，手中拎着的墨镜也重新戴上，遮住了那双桃花眼："行了，东西我也送到了，就先走了。"

徐一言看着那辆红色法拉利完全消失在自己眼前后，才转身上楼。

周围来来往往的都是人，自然看见了陆谦的红色法拉利以及他和徐一言的交谈场面。

豪车在A大里面很常见，学校里有不少富家子弟，经常开着豪车上下学，这种情况已经是见怪不怪了。

吵闹的医院，寂静的手术室门口，霍衍从手术室里面走出来，换好衣服之后便看见了手机上陆谦发来的消息：【二哥，门票已送达！】

【嗯。】

霍衍刚刚回复了一个字，陆谦的消息便铺天盖地地袭来：

【怪不得人家还没从国外回来你就叫我给你去弄门票，原来是言妹妹喜欢啊。】

【你这又带去 BLUE 又送门票的，有情况啊。】

他回复：

【没有。】

【就一小姑娘。】

霍衍在周四说要和她周六见面，徐一言从周四便开始期待，期待着周六的见面。

提前一天她便开始从衣柜里面翻找着衣服。看演奏会，不能穿着太随便，但是也不能太隆重，得找一件中规中矩的衣服。

宿舍里面只有徐一言和夏姚，刘念念本来就不经常回宿舍，自从和她们两人闹僵之后，回宿舍的次数更是屈指可数。

夏姚饶有兴趣地看着正不停地在衣柜里面翻找着衣服的徐一言，好奇地开口："约会啊？"

"没。"

"得了吧，这样子还不是约会？又不是什么见不得人的，有什么遮遮掩掩的？"

"不是男朋友。"

不是男朋友。

这句话有待斟酌，意思就是是个男的了。

"那就是还在暧昧，要是哪天成了记得领来给我看看。"夏姚真的挺好奇的，好奇像徐一言这样的人喜欢的男人究竟能是什么样子的。

"有机会的话会带给你看。"

她说的是有机会。

在后来的很多年里，徐一言已经忘记了当时的这个约定。偶然在异国他乡遇见了夏姚，说起这件事情，两个人都笑了。

那年宿舍里面的随口一句话，直到很多年后才兑了现。

不过那个时候，他们已经不是当时的他们了。

早已经面目全非。

时光如梭，人也会跟着时间的流逝而改变。

周六，徐一言穿着一身套装裙，上身是一件烟灰色的短袖短款小西装，下身是一件烟灰色的百褶裙，长度到膝盖上方的位置，背着一个迷你链条包。

她下楼便看见了等在楼下的霍衍，熟悉的车，熟悉的人。

他静静地站在车边，一身黑色的休闲西装。

徐一言有一个习惯，在真正去认识一个人的时候，总是喜欢拿某种东西来形容他们。比如，夏姚像玫瑰，披着白玫瑰皮的红玫瑰；向彤像气泡水，装在瓶子里没见和其他的水有什么区别，一拧开瓶盖便立马泛起了气泡。

而霍衍，他像是一座山，屹立于远方，连绵不绝，可望而不可即。而她却像是一个背包远行的登山者，一直在朝着那座山奔徙。

——"但是这短短的一生，我们最终都会失去，不妨大胆一些，爱一个人，攀一座山，追一个梦。"

所以，即使他再难以攀登，她也想要试一试。

"二哥！"

徐一言也不知道，自己为什么会这样喊他。只是经常听陆谦他们几个人这样喊他，在看见他的那一刻，她也忍不住开口出声。

他好像对于这个称呼没有什么意见，只是身子微微顿了顿，随后便替她拉开了车门。

他开车带着她去了 Cecelia 的大提琴演奏会。

演奏会在大剧院举行，门外早早就拉起了横幅，还摆放着 Cecelia 的个人大海报，很是气派。在这里举办演奏会，也衬得上 Cecelia 在这个行业的名气和地位。

进进出出的人全部穿着得体，徐一言在心中庆幸，庆幸自己选对了合适的衣服。

霍衍拿到的门票在前排，她规矩地坐在他的身边，安静地看着台上的演奏，时不时地忍不住侧头偷看他一眼，才发现他也正很认真地在看演奏会，她这才不再偷看他。

台上的人穿着及地的长裙，灯光全部都打在她的身上，她低着头拉琴的样子美丽又迷人。逆着光，流光溢彩。

徐一言一时间竟然看呆愣住了。

"喜欢？"他注意到了她的出神。

他问她是不是喜欢。

不是喜不喜欢演奏会的主人公，而是问她，是不是喜欢这样在台上演出的感觉。

"喜欢啊。"她是这样回答的。

没有哪一个学乐器的人不想要在这样的舞台上演出。

她亦如此。

徐一言并不知道为什么演奏会结束了，他还迟迟不肯离开。他没有起身，所以她也没有动作，只是静静地坐在他的身边，时不时转头看一下他。

直到最后一个人走出了演奏大厅，他才微微起身。

"走。"

"回去吗？"她连忙跟着起身。

"带你见个人。"

见个人。

在这些日子里，他带着她见的人并不少，只是这次，不知道是要见谁。

直到她看见了从后台走出来的 Cecelia。Cecelia 换下了之前演奏穿着的那一身长裙，换上了一件简单的女式西装，长发扎在脑后，妆容精致，看着既优雅又干练。

Cecelia：“无事不登三宝殿啊，特意来看我的演奏会，是有什么事？”

看样子，他们似乎认识。

“带个人来看演奏会，顺便介绍给你认识一下。”霍衍微微侧了侧身，将身后的徐一言露了出来。

“徐一言。”霍衍给予双方介绍，“这是陆玥，Cecelia，你认识，她是陆谦的堂姐。”

徐一言之前听说过 Cecelia 是北城人，家族势力庞大，但没有想到的是，她竟然是陆谦的堂姐。毕竟姐弟两个看起来实在不大像是一家人。

徐一言：“他那天给我送门票的时候没说过。”

“他能说就奇怪了。”陆玥上下打量了徐一言一眼，“拉大提琴的？”

这个其实并不难猜，毕竟霍衍这种人，在她的印象中可是永远不会看演奏会这种东西的。

徐一言：“是。”

陆玥：“还在读书？”

“是的，在 A 大。”

陆玥看了霍衍一眼，心中了然：“没想到霍衍还有你这样的朋友。”

她并没有像别人那样直白地谈论他们两个人的关系，只是淡淡的一句“朋友”略过。

在两人说话间，霍衍转身离开，出门抽根烟，透透气——听了这么长时间的琴，耳朵都累了。

相同领域的人共同话题自然很多，很容易说到一起去，再加上是霍衍带来的人，陆玥对徐一言刮目相看。

看着站在自己面前的徐一言，陆玥体内的八卦因子实在控制不住，忍不住问出口：“你和霍衍是什么关系？”

"没有什么关系。"徐一言摇着头回答。

"真的?"陆玥明显不相信,这两人肯定关系不一般,就照着霍衍做的这些事情就能看出来他待这个姑娘是不一样的。

"真的。"徐一言重复。

陆玥不相信,只是看着她笑了笑:"肯定喜欢。"

徐一言没有说话,只是缓缓地抬眸,看向霍衍离开的方向。门敞开着,外面的光透过敞开着的门照进来,而那里早就已经没有了人影。

"爱是一种幻想。"

而他,也是她的幻想。

大二升大三的暑假,霍衍带着徐一言参加了一场婚礼。

康隆建设和楚氏地产的联姻,两大豪门的世纪婚礼,隆重盛大,备受瞩目。

婚礼在北城 K 酒店举行。从一大早开始,酒店门口便聚集着各家的媒体记者,闪光灯不停地交错,这场世纪婚礼,势必会成为今天新闻的最大头条。

但是这次的婚礼仅仅邀请了两家媒体进入,每家媒体仅限两个人,守卫严格,密不透风。

不算是什么众所周知的公众人物,不需要很大的曝光量,圈子里面利益相关的知道就已经足够了。

沈家和季、霍、陆三家的关系摆在那里,一向稳固。这三家的姻亲关系还连带着其他的家族,比如魏家、程家等。

现在有了楚家的加入,更加是固若金汤。稳固的关系维系这么多年,已经无法割裂开。

各界名流纷纷到场,这场婚礼的风头一时无两。

沈、楚两家一旦联手,将会全面垄断建筑以及房地产行业,即将形成一个鼎盛的局面,但这对于那些中小企业来说,无疑是莫大的噩梦。

他们这个圈子里面的人,想要什么得不到,金钱?地位?名誉?

不，有一样东西，爱情，更准确一点，是婚姻，他们不能对自己的婚姻做主。

看似光鲜亮丽，挥土如金，纸醉金迷，但实际上和傀儡没什么区别，他们生来就是为了家族的鼎盛和荣耀，得到了什么，就需要付出同等的报酬。

有些人从小培养到大，最后就是为了成为一条纽带。

霍衍贴心地为徐一言打开车门，眼中带着些许的温柔，但是笑意却不达眼底。

徐一言并不知道为什么这场婚礼霍衍竟然会让她当女伴，毕竟以她的身份，平时连这家酒店的大门都进不去，何况是参加这场世纪婚礼。

而且，她又是以什么身份进去呢？

她并不知道。

她穿着霍衍送给她的白色礼服，站在他的身边。裙摆流光溢彩，两人并肩站在一起的时候，她的裙摆微微蹭着他的裤腿，两个人的衣服像是轻轻地交织在一起。

不分你我。

"走吧。"他朝着她伸出手臂。

她本能地挽上他，脸上带着浅浅的微笑。

婚礼上各界名流云集，霍衍并不是一个喜欢热闹的人，进去之后直接带着徐一言来到了角落里的位置。前几桌都是和两家交好的大人物，其他的人坐在哪里，其实并不是很重要。

这看似是一场婚礼，实则是一个名利场。

所有人都心知肚明。

徐一言见到了沈临南的新婚妻子楚梦，那个传说中楚家唯一的千金。听说这位楚家千金也是 A 大毕业的，和她是校友，是一名画家。

第一印象确实和之前以为的不一样，原以为能老老实实听从家里的话接受联姻的女孩子应该是一个温温柔柔与世无争的人，像是傀儡一样任人摆布。

毕竟，沈临南的"光荣事迹"也不少。这样的一个富家子弟，很少会有女孩子会主动同意联姻的。

　　但并不是。

　　楚梦是一个很张扬、很明媚的女孩子，桃花眼微微扬起，长发红唇，看向众人的目光中，带着些许的、不自觉流露出来的高傲。这是一个锋芒毕露的女孩子，再夸张一点来说，是嚣张。

　　对，很嚣张的女孩子。

　　不难想到，出身于这样的家庭，尤其还是独生女，性格过分张扬也并不让人感到意外。

　　但就是一个这样张扬明媚、看着很有主见的女孩子，轻易就答应了联姻。这是一辈子的事情啊！

　　在他们的这个圈子里，"外面彩旗飘飘，家里红旗不倒"的例子可是太多了。

　　这个女孩子看着并不像是会受这种气的人。

　　私人定制的奢华婚纱穿在身上，头上是长长的头纱，若隐若现地遮挡着她那张明媚艳丽的脸，薄纱下的红唇明显。

　　她看着所有的人都是笑着的，包括她的那位新婚丈夫，但也仅仅只是笑罢了。

　　笑很难吗？其实很简单的。

　　他们这群小辈坐在一桌，霍衍、陆谦、前段时间见到过的陆玥，以及今天罕见地没带女伴的杨泽轩，还有姗姗来迟的季行止。

　　高朋满座，杯盏更迭，欢声笑语，头顶的水晶吊顶在光的映射下十分刺眼，在模糊的视线中，她看见很多人都在笑。

　　真诚的，不真诚的。

　　"真没想到最先结婚的竟然是我们这群人中年纪最小的。沈临南和楚梦啊，真是太难得了。"

　　陆谦忍不住出声，沈临南和楚梦两人也算是欢喜冤家了，明明看着最不可能的两个人，竟然结婚了。

"对啊，看咱这一桌最老的，咱二哥还没结婚呢。"

"二哥不算最老吧，最老的还数霍徇哥。"

"二哥抛下了家里的产业去当了医生，霍家的担子全部都压在了霍徇哥的身上，他一直忙着工作，哪有时间结婚啊，三十多岁了还没结婚。"

"得了吧，咱二哥也要三十了。"

"都说男人四十一枝花呢，三十还早。"

"怎么光说二哥啊，咱行哥和二哥同龄。"

这时，所有人的视线都转移到季行止的身上。

他好像从来不怎么说话，比霍衍还沉默。此刻，他手中拿着一个酒杯，摇晃着，有一下没一下地喝着酒，时不时地，抬头看一下门口的方向。

他戴着一副眼镜，大厅里的灯光落在他的镜片上，有一些反光，让人看不清他眼里的神色。

"她不会来的。"身边突然响起了霍衍的声音，声音低沉。

这句话他是说给季行止听的。

在场的所有人都沉默了。

那个霍衍口中的"她"似乎是一个对于季行止很重要的人。

"我知道。"季行止突然开口，像是自嘲般的。

这个圈子里的消息向来是流通的，很多事情不难打听。

婚礼之后，徐一言从沈临南的新婚妻子口中得知了那个"她"的名字，牧遥。

很好听、很温柔的一个名字。

是一个在江南水乡长大的女孩子，安静温柔清醒，不争不抢，不卑不亢，为爱飞蛾扑火，在遍体鳞伤之后，毅然决然地离开了北城。

是一个一开始被他们这群人所看不上的，到最后却敬佩无比的女孩子。

是一个很有才华的人，A大毕业，学画画的，尤其擅长山水画，也是季行止放在心上的人。

北城有个画廊"1221"就是季行止为她创建的。

也是楚梦为数不多的好朋友。

一个很普通的女孩子，硬是让季行止这个浪子回了头。

这个圈子里有爱吗？

他们对这个都是抱着怀疑的态度。

这个圈子里多的是虚情假意、虚与委蛇，那些为了利益而结合的婚姻，数不胜数。

灰姑娘与王子的故事，愣是让这两个人开了个先河。

在不在一起其实已经不重要了，最重要的是，原来是有爱的。

有爱便好。

第五章

◆

醒不来的梦

徐一言大三那年的秋天，发生了很多的事情。

JS 集团出现项目意外。那场意外闹得沸沸扬扬，牵连甚广。霍、沈、陆三家向来与季家交好，利益相关，不好置身事外，纷纷想要伸出援手相助，却被季家老太爷全部挡了回去，扬言说要季行止自己一个人解决，谁都不许帮助。

不知道到底是在闹什么，陆谦气得破口大骂、焦头烂额，甚至霍衍也难得地露出了为难的神色。但季家老太爷的态度也让众人松了一口气，毕竟是自家孙子，他能这样做，应该是留有后手的，无须太多担忧。

徐一言并不是这个圈子里的人，很多的事情是说不得也碰不得的，她一向有自知之明，闭上了嘴，只是安静地陪着霍衍的身边，看着局势发展。

秋天新学期开学，宿舍里面就只剩下了徐一言和夏姚。属于刘念念的床位空荡荡的，大部分的东西都搬走了，只剩下一些零零碎碎的杂物还放在柜子里。

听说刘念念搬出了宿舍，但是并不知道她为什么要搬走、搬去了哪里。

她们只是偶尔在上课的时候看见她，匆匆一瞥，多数时候妆容精致，名牌傍身。

至于发生了什么，没有人在意。

工作、生活、学习，所有的人都很忙碌，那些不重要的事情，也就被抛在了脑后。

很快到了陆谦的生日。

陆谦是一个行事作风很高调张扬的人，生日这件事，更是要热热闹闹，恨不得所有的人都知道才好。

至于他为什么这么高兴，是因为他的好兄弟季行止终于把小人摁死在地上了。

秦家和季家早年交好，后来关系变淡，虽算不上有重要业务往来，但彼此也是井水不犯河水，相安无事。前段时间由于小辈间的恩怨，闹至两家的公司里——祸不及公司，没有想到秦家会这么拎不清。上次季家公司的危机就是秦家搞出来的，不过季行止以雷霆手段解决了，总算是稳住了。

秦家最近被他们几家抓住了把柄，有仇的报仇。他们这群人护短，本来就恨得牙痒痒，几家联手硬是把小事放大，将秦家踩在了脚底下。

商场上多的是你死我活，留一线生机是不存在的，因为心软而留下来的，早晚有一天会成为祸患。野火烧不尽，春风吹又生。他们这群人从小接受的教育是，做事就要做绝，拔草自然也是要连根拔起。

此事一出，落井下石的也不少，虽说瘦死的骆驼比马大，但任秦家也掀不起什么浪花来了。

陆谦一来是为了庆祝生日，二来就是为了庆祝这件事。

虽然那天季行止礼物来了人没来，却丝毫没有影响到陆谦的心情，现场依旧热闹欢快。好兄弟之间不需要计较这些东西，季行止那边忙着呢。

知道这天是陆谦的生日，徐一言很早就准备好了要送给陆谦的礼物。之前陆谦对她也是很照顾，而且她在他那里也赢了不少钱，哪里有只进不出的道理。

徐一言刚刚走到学校门口，就看见了那辆熟悉的车。

她快步走过去，熟练地拉开车门上了车。

她一边系着安全带一边开口："下次就像今天这样在学校门口等我就行了，停宿舍楼下有些高调，影响不好。"

其实她也不是怕别人知道，只是觉得有些不方便。

"好。"霍衍对于徐一言的提议没有意见，随她的意，她高兴就好。

他们开车走的是学校西门那条街，街道很宽、很长，街边柳树垂挂，树边停着一亮黑色的奔驰越野车。

路边停靠着一辆车不奇怪，但让人感到惊讶的是，霍衍看着那辆车的方向，皱了皱眉。

"怎么了？"她问他。

"车牌有些熟悉。"他看了那辆车的车牌一眼。

"是吗？"徐一言忍不住好奇，转头又朝着后面的那辆车看了一眼。

她只是看了一眼，就被人按着头扭了回来。

"看什么看，小姑娘。"

"我不是小姑娘，我成年了好吗！"徐一言难得郑重其事地对他说道，一字一句。

"知道了。"他轻笑着应下。

在她转过头来的一瞬间，余光隐约看见了那辆车的车窗被降下，在那降下了三分之一的窗口处，露出了一双手，白皙细长，是一双女人的手，手上一串紫色水晶手链显眼。

聚会地点还是鼎铭会所 888 包厢。这个包厢是其他包厢的三倍大，举办陆谦的生日 party 绰绰有余。

还是熟悉的人，还是熟悉的味道，这次再踏进鼎铭会所的大门，和上一次已经完全不同了。

徐一言送来的礼物和其他人的一样，被放进了门口的礼物堆里。

所有的礼物，陆谦都没有打开。

这个聚会重要的并不是礼物，他也不缺买礼物的钱，主要是喝好玩好，开心才是最重要的。

在这里，徐一言见到了沈临南，他并没有带着他的新婚妻子，毕竟并不是所有的夫妻都和睦，也不是所有的妻子都会陪着自己的丈夫来这种场合。

罕见的是，陆谦身边也没有女伴。

至于其他人，徐一言并没有特别关注，那些男男女女于她来说都是无关紧要的人。

人们都怎样定义"巧合"呢？

在词语解释中，巧合是恰巧吻合，正巧一致。

但是此时此刻的这个巧合，让她哭笑不得。

她看见了推开包厢门走进来的杨泽轩，他的身边依旧是不离女人，无论在什么场合什么情况下，他身边都有女人。

但此时此刻他身边站着的女人，让徐一言身后突然涌现出一股凉气。

对方身着白色吊带紧身上衣、黑色皮短裙，脚踩黑色红底高跟鞋，肤白貌美，细腰长腿，右手挽住杨泽轩的胳膊，手腕处的那条紫色水晶手链显眼。

傍晚，街边，柳树，越野车，水晶手链。

有人起哄："来晚了啊，来晚了。"

"罚酒！"

"好好好，我自罚三杯！"杨泽轩走到酒桌前，给自己倒了三杯酒，丝毫没有推托，直接又干脆。

杨泽轩仰头喝着酒，听见有人打趣他："杨少这姗姗来迟，身边还跟着美人，想必是春宵一刻了啊，怪不得来晚了。"

他们这群人，彼此之间浑话说得多了，丝毫没有克制的意思。

"怎么了，羡慕啊？"杨泽轩这算是变相地承认了。

"咱可没这个福分！"

谈笑的声音，包厢里的音乐声音，全部都传进了徐一言的耳朵里，"嗡嗡"

作响。

她不相信刘念念没有看见她。她想，在她看见刘念念的时候，刘念念也应该看见了她。

一向一点就着的刘念念无视了徐一言的目光，像是完全没有看见徐一言，紧紧地跟在杨泽轩的身边，任由别人给她递来酒，她来者不拒，游刃有余。

众人纷纷落座，季行止不在，主位的位置自然是霍衍来坐。霍衍的身边是徐一言，而杨泽轩以及他身边的刘念念，坐在中间这个沙发最外面的位置。

看似随意的落座，但是地位的差异依然很明显。

徐一言感受到了角落里的眼神。

打量、疑惑、不屑、轻蔑，抑或是幸灾乐祸。

她不在乎，因为她与那个人是不一样的。

霍衍和杨泽轩也是不一样的。

她心里有数。

但是面对熟人注视的眼神，她放在腿上的手却还是忍不住微微地颤抖。

心虚，难堪。

这时包厢的门突然被推开。

走进来了一个小姑娘，穿着白色短袖、黑色铅笔裤，脚上是一双小白鞋。她单肩背着一个黑色双肩包，耳朵上一排钻石耳钉，扎着个高高的马尾，脚步生风，风风火火地推门走进来。

她的一身打扮，在这个包厢里显得格格不入。

"橙子？"坐在霍衍另一边的陆谦突然开口，语气中略显疑惑，但更多的还是激动。

"怎么，几年不见，不认识你姑奶奶我了？"小姑娘将背包从身上取下来，一下子扔到了陆谦的身上。

被砸到脸的陆谦也没有丝毫的生气，反倒是笑嘻嘻地捧着那个黑色的包，屁颠屁颠地跑到小姑娘的身边："我的姑奶奶，你回来了？"

"回来了。"小姑娘在陆谦离开后空出来的位置坐下，非常自然，好像对于这样的场合已经习以为常，对于这些人也是特别熟悉。

即使打扮格格不入，但是她周身散发出来的气质，和包厢里的人却是相同的。

"昨天回来的，听说今天你在这里有聚会，我就来了。"小姑娘朝陆谦扬了扬下巴，示意他打开，"包里面是送你的生日礼物。"

面对门口堆着的那一大堆礼物没有施舍一个眼神的陆谦，此时此刻面对着这个女孩子带来的礼物，却显得格外激动。

他迫不及待地将黑色双肩包打开。

令所有人意外的是，这个礼物，是一个玩偶，绿色的乌龟。

"绿，乌龟，适合你。"女孩子先是指了指陆谦的头顶又指了指陆谦的脸，缓缓开口。

"我从美国'人肉'背回来的，喜欢吗？"

"喜欢。"

看陆谦脸上的表情，不像是说假话，倒像是真心觉得高兴。

怎么会呢？

徐一言在心中这样想。

但是，又有什么是不可能的呢？

陆谦硬挤到女孩儿旁边的位置坐下，殷勤地说："你回来我不应该没收到消息啊。"

"我回来还能让你知道？是吧哥。"女孩儿朝霍衍的身边靠了靠。

似乎是注意到了霍衍身边的徐一言，她眼神亮了亮，像是看见了什么不得了的事情。

"这是谁啊？"看着徐一言，她眼睛发着光。

"徐一言。"霍衍回答。

没有介绍身份，只是单纯地说了她的名字。

"哥你铁树开花了？"女孩儿打趣。

"这个姐姐长得真好看。"

不是敷衍和讽刺，徐一言长相虽然算不上倾国倾城，但也是个美女了。

"别瞎说。"陆谦笑着打断，"人家可是和你同岁，说不定还比你小呢，别一口一个'姐姐'地叫。"

"我是 7 月的生日，姐姐你呢？"像是不服气似的，女孩儿微微倾斜着身子，询问徐一言。

"4 月。"徐一言回答。

"是吧，是姐姐。"

她是一个很开朗的女孩子，对徐一言很热情，并不只是单纯地将徐一言当作霍衍的女伴。

从她的口中，徐一言得知，她叫程橙，是霍衍的表妹，在国外读大学。

两个人很投缘，交换了联系方式。

程橙看着手机扫过二维码之后，显示的头像和名字。

徐一言的微信头像是一座连绵不断的山，山间飘着云雾，一眼望不到边，名字是一个大写的字母"Y"。

程橙："Y？你的微信名字好奇怪哦，头像也奇怪。"

徐一言闻言，看了一眼，无声地笑了笑，没有说话。

整个包厢里很吵闹，徐一言老老实实地坐在霍衍的身边，喝着饮料。

从跟在他身边起，他就从来没有让她喝过酒，就好像他一直都将她当作一个小孩子，小孩子是不能喝酒的。

徐一言的视线忍不住投向角落里的那个人。她坐在一群男人中间，杯盏更迭间，她游刃有余，谈笑风生。

这是徐一言第一次见到这个样子的刘念念。

在她的印象中，刘念念戾气大、自私、小心眼，从来都不愿意委屈自己。

但是此时此刻的刘念念，却并不是她所认为的那个样子。

不知道角落里的人说了些什么，她从刘念念的脸上看见了为难，但是那种表情又很快地消失了。

在众人注视的眼神中，在那种算不上是好意的态度中，她从沙发上起身，缓缓地走上包厢里那个低矮的舞台。

台上有一个站立式话筒，金黄色的话筒在她的手中握着，闪闪发光，但是更加吸引徐一言目光的，还是她手上的那一串紫水晶手链。

从刘念念进到包厢里面的第一秒，徐一言就注意到了她手上的手链，徐一言相信霍衍一定也注意到了。

不知道是谁点了一首陈奕迅的《红玫瑰》。

梦里梦到醒不来的梦，红线里被软禁的红，所有刺激剩下疲乏的痛，再无动于衷。

从背后抱你的时候，期待的却是她的面容，说来实在嘲讽，我不太懂，偏渴望你懂。

当台上的人开口唱出第一句歌词的时候，台下瞬间响起掌声，其中还夹杂着暧昧的起哄声。

面对着台下的种种，刘念念依旧面色柔和，看着台下的杨泽轩，眼中还带着些许的暧昧，眼神在迷离的灯光中扩散，流逝。

不经意间瞥见台下坐在中间的徐一言，刘念念依旧面不改色，只是淡淡地扫过，就好像是看见了什么再平常不过的陌生人一样。

徐一言最后的视线放在了台上人握着话筒的手上，那紧紧握着话筒的手显然已经暴露了她此时此刻的心态——手骨凸起，力气大到骨节都微微泛白。

台上的人是什么心情呢？

徐一言无法感同身受，没有任何一个人可以对别人的遭遇完全感同身受，除非她自己亲身经历一次。

她没有办法，也没有能力去帮刘念念，只能像台下的很多人一样，冷眼旁观。

那是一种什么样的感觉，后来徐一言想一想，还是觉得有些不舒服。

她和台上的人认识，谁都不知道。这并不是一个能隐藏住的秘密，但对于这个包厢里面的人来说，这只是再平常不过的一件小事，他们并不会浪费自己玩乐或者是赚钱的时间来调查这种小事，在他们的眼里，她和台上的人一样，只不过是被带来一起玩的姑娘，没有什么值得调查的。

一曲结束，刘念念在众人的起哄声中下了台，投入台下杨泽轩的怀里。

将女人搂在腿上的杨泽轩朝众人缓缓开口："怎么样，唱得好吧。大家还满意吗？"

"当然满意了，好听，比上一位唱得好听多了！"

在众人的调侃声中，杨泽轩也没有任何不高兴的反应，仿佛自己怀里的人取悦到了身边的朋友，他很高兴的样子。

杨泽轩："这姑娘是A大拉大提琴的，和言妹妹一个专业。"

"是吗，那应该认识啊。"人群中不知道是谁提了一句。

在众人注视的目光中，徐一言没有说话，只是静静地看着刘念念，眼神平静，不起什么波澜。

"听说过她，但之前不认识。"杨泽轩腿上的刘念念突然开了口，"我哪能和院长的学生认识，只是听说过徐同学的名字。听说徐同学很有才华，唱歌也很好听。"

不知是错觉，还是刘念念故意这样说的，但是徐一言几乎在第一时间就知道了刘念念的意图。

是啊，这是一个多么好的机会，刘念念不可能会放过她的。

她其实不知道刘念念为什么这么做，但是仔细想一想，也并不难猜到。

人啊，总是想要把自己受到的遭遇找到一个人来背负，强行地、无理地将这些归咎于一个无辜人的身上，卑劣地实行报复，也让另一个人感受到同样的痛苦才算痛快。

在场的所有人没有一个人敢说话。徐一言是霍衍带来的人，不是谁都能随便将她喊上去唱歌的，就连沈临南和陆谦他们也不行。

徐一言并不想上去唱歌。

她不知道应该怎么办，她要拒绝，这是肯定的。她坐在霍衍的身边，感受着身边打量的目光，或好奇，或不屑，或幸灾乐祸，还有看热闹的。

他们都在等着她的答案。

一种深深的无力感扑面而来。她一向固执执拗，越是强迫她，她的反抗就越大，但是此时此刻，在这个嘈杂的包厢里，她却难得地束手无措。

"她唱不了。"耳边清晰地传来了霍衍的声音。

一字一句十分有分量地传进了她的耳朵。

只要霍衍开了口，她就不需要上台去唱歌。

她的手微微颤抖着，捏住了他的衣角。仅仅只是那样一片布料，在她的眼里，就像是救命的稻草，她紧紧抓住了，就不想放开，仿佛一松开手，便会坠入无边的地狱。

"别打她的主意。"

说不出来是庆幸还是后怕，只是在他的手微微覆上她的手的时候，那温热的触感，终于让她有了一种真实的感觉。

是的，他在维护她。

明明这样便已经足够了，但是下一秒，他单手搂住了她的肩膀，将她整个人紧紧地搂进了怀里。

两个人之间的距离极近，近到她仿佛能够听见他心跳的声音。她鼻间萦绕着他身上淡淡的洗衣液清香的味道，夹杂着淡淡的烟味，他和其他人都不一样，身上没有任何男士香水味。

徐一言突然鼻头一酸，有一种想要落泪的冲动。

这些日子以来，他们之间的肢体接触其实并不多。在这段不清不楚的关系中，他始终充当着绅士的角色，不轻贱她，十分尊重她，甚至会在关键的时候维护她。

这次实实在在的肢体接触，让她失了神。

她没能抬头去看他，去看他此时此刻是什么眼神，只是十分听话地靠在他的怀里，微微垂着眸子，一声不吭。

霍衍开口了，没有人能为难徐一言，众人瞬间恢复了嘻嘻哈哈的样子，就好像刚刚的事没有发生过似的。

但是所有人都明白了，徐一言并不是一个女伴这么简单的关系，最起码霍衍待她是不一样的。

霍衍本就不是喜欢乱来的人，身边突然出现了一个女人，众人充其量也只是惊讶了那么一下，没有什么实际上的感觉，毕竟他们每一个人在家族安排的婚姻之前，身边的女人都是过眼云烟，各取所需罢了。

但是今天看见了霍衍对她的维护，他们心中难免惊讶，难不成霍衍也步了季行止的后尘？

事实究竟是什么样子的，谁也不知道。

中途，徐一言去了一趟洗手间。

她猜想，刘念念会跟着来。

果不其然，正在洗手的徐一言看见了推开门走进来的刘念念。

她脸上依旧是精致的妆容，但眼中的愤怒和嘲讽无法掩盖。

徐一言一身长裙，明明已经看见了她，但还是面不改色的样子，这让刘念念更加无法控制自己心中的怒气。

刘念念在她的身后站定，看着镜子里正在抹着口红的徐一言，想起刚刚在包厢里，她被那个男人维护的画面，和自己被迫上台唱歌形成了鲜明的对比。

刘念念不是第一天混这个圈子了，看座位就能分辨出来谁主谁次。

凭什么？

凭什么她就连找的男人都比自己好？

"你比我好在哪里呢？

"不是清高吗？还不是和我一样？

"怎么，那个男人给你多少钱？

"傍上了这样的一个人，怎么还打扮得这么素？"

徐一言转身看向刘念念，突然笑了笑，上上下下打量了她一番，缓缓地开口："一样吗？"

这个世界上没有两片完全相同的树叶，也没有两个完全相同的人，每个人所遇到的人不一样，所经历的也是不一样的。

徐一言轻笑着摇了摇头："我们不一样的。"

明明知道接下来的话会激怒到刘念念，但她还是忍不住开口："我不会陪酒，不会成为众人取乐的工具，更不会被迫上台唱歌。"

如凌迟般的话一字一句地从她的嘴中吐出来，她自认为自己和霍衍的关系也算不上正常，但她只是在陈述一个事实，说这些话的意思是在提醒刘念念，同时也是在提醒自己。

"这就是我们的区别。"

天鹅离开了湖面依旧是天鹅，野鸭子即使是进入了湖中，也依旧还是野鸭子。

本质上是改变不了的。

"你别太得意了！包厢里的那群人，本质上都是一样的。而我们两个也一样，不会有什么好下场。"没有搭上这个圈子里面的人时，对于这个圈子是向往的、渴望的，但是真正接触到了，却是无边无际的后悔。

一个什么都没有的女孩子，遇上了一个单纯只是玩乐的男人，多可怕。

"是吗，那到时候再说吧。"徐一言看了刘念念一眼，无心与她再纠缠，推开门走了出去。

脚下的鞋子踩在冰冷的大理石地面上，发出"哒哒哒"的声响。

走过走廊拐角的位置，徐一言像是强撑不住似的，用尽全身的力气，猛地靠在墙壁上，大口大口地喘着气，像是搁浅的金鱼，缺了水，无法呼吸。

光线刺眼，她抬起手，遮住了头顶的灯光。那举在头顶的手微微颤抖着，明明在洗手间里还可以面不改色地和刘念念说话，但此时此刻在只有她自己一个人的这一方狭小空间里，情绪却失控到溃不成军。

片刻，徐一言放下手，无力地垂放在身侧。她缓缓地抬头，看见了头顶那个圆形的吊灯。

光线刺眼，逼得她的眼睛冒出了泪花。

第六章

◆

总是会想他

那年秋天的某银行骗贷案传得沸沸扬扬，不少业内人士瑟瑟发抖，银行业整顿，人民币加入 SDR，成为第五大国际货币。

陆家并没有受太大的影响，所有人的生活还是像往常一样继续着。

据报道，这年将迎来有史以来最冷的一个冬天，气温下降，大雪将至。

学校元旦放假。

只有短短三天的假期，夏姚在放假的前一天就已经收拾行李走了。她交了个男朋友，据说是高中同学，彼此暗恋多年，男生没考上大学，现在是个赛车手。这个假期她去找她男朋友，所以宿舍里就只有徐一言一个人。

元旦那天北城下了一场很大的雪，雪从凌晨就开始下，从一开始零星的雪花到鹅毛大雪，天刚蒙蒙亮的时候，雪已经积得很厚了。乌云密布，天空阴沉沉的，看这个样子，大概是要下一整天了。

这场雪实在是太大，导致部分公交车停运。大雪封路，路上各种清雪车不停地工作，每每经过，车后面又很快地落下一层雪，整个北城都陷入了白茫茫的大雪中。

大雪，路滑，堵车严重。

徐一言在元旦这天中午的时候接到了爷爷的电话。

大致内容就是下大雪，公交车也停运了，路上不安全，让徐一言不用回家了，老老实实地待在学校里。元旦的时候他和隔壁老向一起吃个饭、下个棋，让她自己在学校里面过元旦，不要乱跑。

霍衍元旦要上班到晚上，同事和他换了班，晚上同事再过来值夜班。本来值不值班对霍衍来说无所谓，父母现在不在国内，爷爷也去了姑姑家，他和他哥两个人没什么好过节的。

徐一言是从陆谦那边得知了霍衍元旦这天还在医院的消息。

元旦这天陆谦又组了个局，想着喊霍衍过来，但是霍衍上了一整天班，再过来通宵有些不好，所以打了电话给徐一言。

"言言妹妹！"

徐一言刚刚接通电话，就听见了电话那边传来嘈杂的音乐声。

"怎么了？"徐一言走到阳台，看着窗外鹅毛般的落雪。

"哥哥组了个局，要不要一起来玩啊？麻将、台球、二十一点都有，今天还来了不少人傻钱多的，来赚一笔？"陆谦语气激动，仿佛今天他一定会发财一样。

"霍衍去吗？"她问。

"他来不了了，听说最近医院挺忙的，等他来了都晚了。再说他也待不了多长时间，来露一面就得走。也不知道他是怎么搞的，对那份工作就这么热爱？吃力不讨好。

"大过节的，说不定今天还得加班，晚上回家都不知道是什么时候了。"

陆谦的语气中略带着些许不满，他总觉得像霍衍这样的人，就应该从商或者从政，才符合霍衍的人设。

"来吧，妹妹。二哥不来你跟在哥哥我身边，保证你今天赚得口袋里满满的。"

虽然两个人之间隔着电话，但徐一言还是能够想象到电话那边陆谦激动的手势和灿烂的表情。好歹也是在金融界名声响亮的人物，怎么私下里完全像个爱玩的小孩子。

"我不去了。"徐一言拒绝。

霍衍不在,她肯定是不会去的。

"行吧,那下次让二哥带着你来。"徐一言不想来,陆谦也没勉强,多她一个不多,少她一个也不少。

挂断电话之后,徐一言给霍衍发了一条消息:【在医院吗?】

等了很久都没有收到霍衍的回复,她又发了一条:【今天是元旦,记得吃饺子。】

傍晚的时候,徐一言在学校食堂打包了两份饺子,装在保温盒里,准备给霍衍带过去。

他值班很忙,也不知道吃饭了没有。徐一言没有提前告诉他,给他发消息他也没回,她就自作主张打算去医院。

从衣柜里找出来一件长款的白色羽绒服,围好格子围巾,头上还戴着一顶毛线帽,将自己包裹得严严实实。她手中拎着给他带的饺子,从学校步行去医院。

天色已经暗了下来,路边的路灯也纷纷亮了起来。路上基本上没有行人,雪很厚,路很不好走,徐一言小心翼翼地踩在积雪上,脚下发出"嘎吱嘎吱"的声响。

路灯昏黄,她走在路灯下。

雪很大,风裹挟着雪,不停地下坠,落在她的身上,从嘴巴里呼出去的气瞬间就凝结成了雾气和水珠,雪花落在她的眼睫毛上,糊了她的眼。

很冷。

她没戴手套,拎着东西的手裸露在外面,被冻得通红。冷风刮在身上,透过围巾和脖子之间的缝隙,不停地往脖子里面钻,冰冷的感觉渗透到身体的各个部位。

心里的目的地只有一个,所以她好像丝毫都感觉不到寒冷似的,朝着医院的方向,只奔着那一个目的地,一步一步地走过去。

雪大，路滑，她今天穿的这双鞋子不怎么防滑。

不知道踩到了什么，她没站稳，滑倒在地，手肘和膝盖先着地。幸好她穿得足够多，才不至于摔得很疼，倒是手心最后撑地的时候摩擦了一下，微微有些破皮和发红。

本来这个天气是不应该出门的，现在好了，不仅摔倒了，还将要带给他的东西给弄洒了。真是得不偿失。

徐一言忍着疼，挣扎着从地上爬起来，看着地面上的饺子，无奈地叹了一口气。她蹲下身子将盒子和饺子捡起来，收拾好，扔进了垃圾桶。

看，就是这么巧，旁边就是垃圾桶。

明明只差一个路口就能走到医院了，没想到东西洒了。

前方就是医院，远远望去，还能看见医院亮着的灯光，大厅里面人影晃动。

既然已经快到了，徐一言也没想过要回去。她拍了拍身上的雪，继续朝着医院的方向走过去。

傍晚的医院人不多，只有急诊大厅那边灯光明亮。

徐一言刚刚走进急诊大厅，就闻到了一股血腥味，味道算不上是浓重，淡淡的，但她一向对气味很敏感，所以很容易闻出来。

隔着不远的距离，她看到了霍衍。

他刚刚走出急诊室，一身白大褂，戴着一个口罩，遮住了脸。

站在空荡的急诊大厅，她就这样静静地看着他。

他也看见了她。

小姑娘穿着长长的白色羽绒服，长度刚刚到脚踝的位置，脖子上围着围巾，头上戴着一个同色系的毛线帽，小小的一只，静静地站在大厅里，看着他。

"怎么来了？"他快步走近她。看见了她围巾上沾着的雪，他伸手拍了拍，将沾在围巾上的雪拍落。他又伸手摸了摸她的脸颊，很凉。

冰冷的脸颊和温热的手掌接触，她像是寻找到了热源似的，微微蹭了蹭。

她甚至希望他的手一直都不要拿下来才好。

"今天是元旦，我给你发消息你没回，所以我就来找你了。"她并没有说自己在路上摔了一跤，将给他带的饺子全部弄洒了。

说话间，她瞥见了他袖口上红色的血迹，面积不算大，很小的一块，看样子应该是不小心沾上去的。

霍衍注意到了徐一言目光落下的位置。

"刚刚来了一个车祸患者，伤到了头，我下来看看，不下心沾上的。"他说着，从口袋里拿出一个崭新的口罩，戴在了她的脸上，"大厅里有些血腥味，你戴着口罩。"

他给她戴口罩的这个举动，就好像是放慢了动作似的，一帧一帧地在她的面前播放着，直到他给她捋了捋鬓间的发丝，肌肤相触的感觉，让她整个人都清醒了过来。

她听见了他说话的声音："你先去我办公室等着，我处理完就上去找你。"

她迷迷糊糊地坐着电梯上了楼。

神经外科在十一楼，根据他的描述，她找到了他值班办公室的位置，在走廊尽头最角落。

推开门进去的时候，办公室里并没有人，空荡荡的。

她找了个位置坐下。

环顾四周，她看见了那个简洁空荡的办公桌，应该是他的桌子吧，像是他的风格。

她突然感觉脖颈处一凉，伸手摸了摸。

是夹在围巾里面的雪化成了水，渗到了她的脖子上。

她伸手将脖子上围着的围巾取了下来，取下来的时候帽子上还带着些雪化后的水珠。她抖了抖水，将围巾放在了桌子上，规规矩矩地坐着等霍衍回来。

现在来到了医院，坐在他的办公室里面，整个人都放松下来之后，她才感觉到了膝盖和手肘处的疼痛，手心火辣辣的，十指连心，虽说伤口不大，但是疼痛的感觉很明显。

徐一言微微活动了一下，嗯，还行，还能动弹。

她伸手将口罩摘下来，动作间扯到了手上的伤，手心中那火辣辣的感觉无法忽视，疼得她直咧嘴。

突然听见推门的声音，她抬头一看便看见了走进来的霍衍。

他还是那身白大褂，一边进门一边摘着口罩。

他注意到了徐一言的表情。

或许是因为心虚，在霍衍过来的时候，徐一言下意识地将手往后缩，明晃晃的，像是有什么事情的样子。

霍衍拉了个凳子在她身边坐下，没给她反应的机会，直接就拉过了她的手腕。

白皙的手暴露在他面前，她很白，所以就衬得手心的伤口尤其触目惊心。

"怎么伤的？"他看着她。

他直白、略带着些许审视的眼神像激光似的扫射，让她所有的小心思都隐瞒不住。

她妥协了，缓缓地开口："我看今天过节，想给你送点吃的。"她似乎是有些难以启齿，"但路上太滑，我不小心摔倒了，将东西弄洒了。"

她低着头，像是一个认错的孩子。

两个人谁都没有再说话，彼此沉默着，很安静，安静到徐一言似乎还能听到墙壁上挂着的时钟指针走动的声音——"哒、哒、哒……"

片刻，她听见了他的叹气声，似乎有些无奈："下次别这样了。"

听见这句话，她心头突然一酸，竟然有些想哭。

紧接着又听见他的下一句话："天气不好，摔倒了，我心疼。"

她一直隐忍着的泪水此时此刻再也忍不住，"吧嗒"一下从眼眶中落下来，落在他的手背上。

那滴泪的热度从手背直接蔓延到心脏，霍衍觉得自己的心脏像是被烫到了似的，有些疼。

"好了，哭什么。"他伸手抹去她的眼泪，略微粗糙的指腹擦过她的脸颊和眼角。

"我又没凶你。"说话间，他无奈地将她搂进怀里，轻轻地拍了拍她的后背，安慰她，"别哭了，嗯？"

两个人四目相对，他一手扶着她的肩膀，另一只手托着她的后颈。

他们隔得极近，近到都能感受到彼此的呼吸，两个人的呼吸交融在一起。

她感觉到了后颈处那灼热的温度，烫着她，那种烫逐渐蔓延到全身上下各个地方，像是着了火般。

此时此刻，徐一言耳边有三个声音，钟表转动的声音、她心脏狂跳的声音，以及两个人已经交错在一起的，无法分出彼此的呼吸声。

"嗯。"她勉强地从嗓子眼里吐出了这个字。

"乖。"

他扶着她的后颈，缓缓地俯身。

猝不及防地，她看见了他的眼睛，似深渊，深不见底，又像是浮着一层淡淡的雾气，她好像在他的这双眼睛中迷了路，失去了方向。

两个人鼻尖相贴，他的薄唇紧贴着她的，唇齿相依。

她闻见了他身上淡淡的薄荷洗衣液的味道，夹杂着消毒水味，再仔细闻一闻，还有些若有似无的香烟味。

她感觉自己好像溺在了这种味道里，像是醉了似的，逐渐失去了意识，任他予取予求。

不知道过了多久，他缓缓地松开了她。

她看见他在对她笑，看着他微微扬起的嘴角，看着他的眼，此时此刻他眼中的雾气好像消散了，连带着迷失在他眼睛中的她一起清醒过来。

仿佛是太阳拨开了云层，她看见了自己赤裸的心。

霍衍拿来医药箱，给徐一言简单地处理了一下伤口。伤口不算严重，轻微擦破了些皮，只不过是她的手太白了，就显得格外触目惊心。

和霍衍换班的医生来得稍微晚了些，元旦佳节，自然是要在家和家人一起吃过团圆饭再来医院的，徐一言陪着霍衍等了很久，这期间他还接了几个病人，直到换班的医生匆匆赶来。

像是木偶一样，徐一言任由霍衍给她围上围巾、戴好帽子、拉上外套的拉链，他牵着她的手，带着她坐电梯下楼。

透过电梯里的反射，她偷看他。她看见他穿的是一件中长款的羽绒服，内搭一件深灰色的高领毛衣。

她是白色，他是黑色。

如果不考虑款式的话，他们也算是穿情侣服吧。

她这样想。

两个人在电梯里闲聊。

"来的时候吃饭了？"

"没，还没来得及。"

"还疼吗？"

"不疼了。"她朝着他笑了笑。

"A 大宿舍几点关门？"

"十点。"

他牵着她的手，穿过医院大厅，走到门口。

此时此刻外面的雪下得更大了，比徐一言刚来的时候还要大。大雪纷纷落下，已经看不清前面的路，整个天空都是白茫茫的大雪。

隐约间可以看见不远处的路口，以及路口处那在大雪中已经失了焦的红绿灯。

"言言。"他突然开口喊她的名字。

这是她第一次听见他这样喊她。

"嗯？"

她心头一动，侧头看他。

"雪很大。"

"嗯。"

"时间也不早了。"

"嗯。"

"言言。"

他看着她，突然笑了。

身前是漫天的大雪，身后是明亮的灯光。

他说——

"要不要跟我回家？"

霍衍的公寓在医院附近，开车不到十分钟的时间。高档公寓，一梯一户，地段寸土寸金。

没有丝毫的意外，他房子的装修风格和他本人非常像。黑白简约风，目光所及之处看不见任何的装饰物，完全没有家的味道，倒像是一个酒店的常住房间。

徐一言穿着他的拖鞋，进了屋子。

厨房的餐桌上放着些饭菜，霍衍走上前去摸了一下盘子的边缘，还是热的。

"应该是老宅那边阿姨做好了送过来的，还是热的。"说着，他转头朝着徐一言招了招手，"过来。"

霍衍："你不是还没吃饭，坐在这儿先吃点，我去换件衣服。"他将徐一言拉到椅子上坐下，轻轻拍了拍她的肩膀，随后便转身去了卧室。

徐一言呆愣地坐在椅子上，看着餐桌上的饭菜，饺子、红烧排骨、清炖鱼，还有一盅鸡汤。

并不是很多，但是她和霍衍两个人吃已经足够了。

霍衍很快便从房间里出来了，看样子，应该还冲了个澡。

他的头发还是湿的，发尾滴着水珠，水珠顺着鬓角落下。他手中拿着毛巾，有一下没一下地擦着头发，眼神停留在坐在餐厅里的徐一言的身上。

看她还一直坐着没有吃饭，他皱了皱眉，走到她的身边坐下。

"怎么还不吃？"他说着将那一盅鸡汤挪到了她面前，"吃吧，一会儿就凉了。"

霍衍并不是很饿，傍晚的时候在医院里吃了几口订的餐，所以只简单吃了点后就一直静静地看着身边的徐一言吃。

小姑娘吃饭很斯文，一小口一小口的，不知道是不是因为自己坐在她的身边，她的动作稍稍有一些不自然。

徐一言对于眼神很敏感，感觉到了身边霍衍投来的眼神，他在看她。

她的心突然一紧，手不自觉地有些发抖，脑海中是医院办公室里，他手心的温度、嘴唇的温度，以及身上不由自主散发出来的淡淡香味。

她的手再一抖，洒了些鸡汤在手上。

徐一言的一举一动全都暴露在了霍衍的视线中，小姑娘窘迫的样子看起来有些可爱。

是的。

可爱。

霍衍活了三十年了，很少有什么能让他看起来觉得可爱的，徐一言算是一个。终究是年纪不大，还是个小姑娘，一举一动都透露着紧张。

他随手抽了张纸巾给她，看着她手中还拿着勺子，他便代劳帮她擦了擦，不小心碰到了她的手臂。

徐一言："嘶！"

霍衍："怎么了？"

她皱着眉头，身体下意识地躲避。

"没什么。"她摇了摇头。

没什么事情她不会有这样的反应，霍衍伸手轻轻握住她的手腕，将她拉到自己的身前。

"是不是还有哪里受伤了？"

一定是的，她说她不小心摔倒了，肯定还伤到了别的地方。

见徐一言不说话，霍衍伸手就将她的毛衣袖子往上卷。

今天徐一言穿着的是一件雾霾蓝色毛衣，宽松的款式，所以霍衍很轻易地就将她的袖子卷了上去。

他看见了她手肘处的淤青，面积不大。

"在医院的时候怎么不早说。"他皱了皱眉。

他起身走到客厅的柜子边，从柜子里拿出来一个医药箱。

"淤青了，我给你擦点药。"

霍衍手中的动作不停，低着头给她上药。

"还有哪里受伤了？"

"没有了。"徐一言摇头。

"撒谎。"霍衍抬头看她。

他眼神中带着明显的心疼，以及些许的审视。

像是能够看清她的内心，他一下子就看出来她有所隐瞒。

"腿磕到了没有？"她说她摔倒了，不可能只是摔到了胳膊。

"嗯。"

她穿的是紧身裤，不太方便卷上去。

霍衍从他的衣柜里找了一条宽松的灰色运动裤给她，让她换上了之后再给她上药。

换完裤子出来，霍衍已经在客厅等着她了。

他的裤子很长，她卷了好几下才勉强露出脚踝。他很高，所以她穿着他的裤子，就好像是偷穿了大人衣服的小孩子。

裤子被他从脚踝卷到大腿的位置，露出了膝盖和白皙的大腿，徐一言有些不大习惯在一个男人面前露着大腿，而且两个人之间还这么近，她稍稍有些别扭。

她膝盖处的伤没有手肘处的严重，只是有些发红。霍衍低着头，认真地处理着她的伤口。

她坐在沙发上，她的腿放在他支起的膝盖上，他半蹲在地上，低着头给她擦药。

她看不清他的表情，只能看见他的头顶，以及他手部的动作。他的动作很轻很轻，认真细致。

"那条腿也有？"他问。

"嗯。"

霍衍一边给她卷着裤腿，一边叹了一口气："受伤了就和我说，不要憋着，不准撒谎，我又不会吃了你。

"受伤了不说，要是你今天回了宿舍，伤口怎么办？

"听见了没？"

徐一言："听见了。"

"还撒谎吗？"

"不撒谎了。"

"乖。"

他给她擦完药，收拾着医药箱准备起身。

不知道是中了什么邪，她突然伸手抓住了他的手臂。

他回过头来看她。

两个人四目相对，对视的时候，彼此的眼中擦出了火花。

她或许是鬼迷心窍了，对一个并没有给自己任何身份和任何承诺的男人妥协了，她看着他，渐渐迷失在了他温柔的眼神中。

此时此刻，她只是把自己当成了一个爱慕他的女人，真挚热烈，毫无保留。

再无其他。

卧室的窗帘只拉上了一半,透过窗外大厦的灯光,隐约地可以看见窗外落下的大雪,密集又急促,伴随着"呼呼"的风声。

室内却一片火热。

第二天上午,徐一言迷迷糊糊地从床上醒来。

睁开眼的那一瞬间,她大脑一片空白。

她看着这个陌生的房间,昨天晚上的一幕幕在眼前重现。手机不在身边,不知道现在是什么时间了,但是看着窗外的阳光,时间大概不早了。

昨天晚上脱下来的衣服已经不见了,徐一言起身从房间里的衣柜里找了一件白色衬衫。霍衍的衬衫很大,她穿上后下摆刚好到她大腿的位置,穿在她的身上和裙子没什么区别。

刚刚醒来的时候身边的位置已经凉了,她并不知道现在霍衍在不在公寓里。她轻手轻脚地走出房间,客厅里空荡荡的,没有任何的声音,看样子他应该是出门了。

餐桌上放着早餐。

走近,她看见了摆放的早餐旁还放着一张纸条:

【医院有事,醒来记得吃早餐,凉了记得热一热。】

这些都不重要,徐一言的目光停留在最后一句话上——

【家里的密码是201026。】

医院里,霍衍从手术室里走出来。他垂着眼眸,没什么精气神,休息时间太短了,一大早还被喊到医院来做手术,身体有些吃不消。

"今天多亏了你,本来是应该在家休息的,还被叫到医院里。"霍衍身边跟着一个一身白大褂的医生,看着霍衍的眼神中带着些感激。

"没事。"既然选择了这个工作,就没什么抱怨的,比他忙的大有人在。医院有手术,本来就应该随叫随到。

霍衍回到办公室，坐在椅子上，喝了一口科室订的咖啡，苦涩的滋味充斥口腔。他皱着眉头将咖啡放下，微微抬头，透过窗户，看见了窗外的阳光。这个时候雪已经停了，出了太阳，阳光明媚，刺眼。

相比起嘴巴里面咖啡的苦涩，霍衍此时此刻脑海中浮现的是昨天晚上发生的一幕幕。

他微微叹了一口气，伸手揉了揉太阳穴。

片刻，像是想到了什么似的，霍衍拿出放在办公桌上的手机，给陆谦打了个电话。

"喂？"电话刚接通，就听见了电话对面沙哑的男声，是宿醉之后的嗓音，想必昨天应该是玩到很晚。

霍衍抬头看了一眼办公室墙上挂着的钟，时间已经不早了，不过也不怎么稀奇，这种作息对于陆谦来说是家常便饭。

霍衍："几点了？刚醒？"

"哥？"

电话那边还处于迷糊状态的陆谦瞬间清醒了一半，挪开手机看了一眼备注，是霍衍。

"咳咳咳——"

陆谦咳嗽了几声，让自己的声音不那么沙哑。

"我昨天喝大了。有事啊？"

应该是有什么事情，所以霍衍才会找他。

"帮我个忙。"霍衍这样说。

"哥你尽管说，上天入地，一定给你办到，没有哥们儿办不成的事情。"

仿佛隔着手机也能够看见陆谦那像是发誓一样拍着胸口的样子。

"不是什么大事，不用你上天入地。帮我弄个东西……"

徐一言刚刚下楼，就看见了停在楼下的一辆车，是辆非常惹眼的红色法拉利。

她总觉得有些熟悉，好像在哪里见到过似的。她不怎么懂车，但是在北城，红色的法拉利并不少见。

从车上下来一个人，是个女孩子。

女孩子打扮得很低调，一身运动装，马尾高高地扎起，倚靠在车旁，朝着她笑，明媚开朗。

徐一言认出来了，是霍衍的表妹，程橙。

"嗨！"程橙走到她的身边，热情地和她打着招呼。

"我哥的女朋友？"她是这样问徐一言的。

在他们霍家人的认知里，霍家男人身边经常出现的女孩儿，那无疑就是女朋友了，毕竟霍家没有换女人如衣服的先例，霍家向来只出痴情种。

徐一言并不知道应该怎么形容她和霍衍的关系，饶是他们之间已是如此亲密，但是她始终没有在他的口中听到过他对于他们两个人之间关系的解释。

她没说话，程橙也没追问，只是当徐一言默认了。

"我外公让我给我哥送点东西。"

说着话，程橙从口袋里面拿出手机，给霍衍发消息，手上打字的动作不停，一边发着消息一边吐槽："我哥从来都不让别人进他家，我得给他发个消息问一下。"

不知道电话那边的霍衍说了些什么，程橙的面色有些不好，整个人都蔫儿了。

"我哥说不准我进，他向来不喜欢别人进他家，谁都不行。他让我带回去，等他自己回去拿。天啊，太烦人了。"

程橙看了徐一言一眼："哦，他还问了我有没有看见你，我说你在楼下。他说如果你要回学校的话让我送你一下。"

程橙没有问徐一言为什么会出现在霍衍家楼下，是在上面过夜了还是什么别的原因，这些她都没有问，甚至话语间也没有任何一个字眼透露出这一点，只是很单纯地问徐一言要不要回学校。

徐一言见过很多人，他们的眼神，他们的语言，他们的行为。

她有些庆幸，庆幸今天在楼下遇见的是程橙，而不是其他的任何一个人。因为无论是谁，他们的出现都会让她感觉到无地自容。

"你要回学校？"程橙问徐一言。

"嗯。"

"成吧。上车，我送你回去。"

"谢谢。"

"不用客气，我哥让我送你的。"

大雪过后路滑，程橙开车有些慢，路上两个人闲聊，说着说着便扯到了霍衍的身上。

"你和我哥认识多长时间了？"大概是心里的好奇因子作祟，程橙忍不住问出口。

徐一言仔细想了想，如实回答："大概快有一年了吧。"

程橙"啧啧啧"几声，感叹道："难得，难得看见他身边出现女人。家里也给他介绍过，没有一个成的。"

徐一言看着窗外，路上的雪已经被清得差不多了，出了太阳，阳光明媚。她没有再说话，只是看着窗外的眼睛弯了弯，似乎是在笑。

很快到了 A 大，程橙直接将徐一言送到了宿舍楼下。

这个时间点，宿舍楼下的人并不是很多。那些经过的人，本以为从法拉利上下来的应该是一男一女，但没想到是两个女的，瞬间没了兴趣。

徐一言上楼前，程橙朝她喊道："唉，美女姐姐，有时间一起逛街啊。"

程橙觉得徐一言还挺不错的，说得上话。

"好。"徐一言回答。

对于元旦那天发生的事情，徐一言没再提过一句，即使是在霍衍的面前，也是装作失忆了一般。有的时候他有意提起，也总是被她强硬地打断。

她并不是害羞，而是害怕。她怕他说出来的话，并不是她所期待的。所以，干脆就不要说了吧。

彼此心里都清楚，很多的事情，不一样了。

他对她很好，好到什么程度呢？

他记得她所有的喜好，每次和他出门，他总是处处依着她。他会带她去吃她喜欢的美食，看她喜欢的电影，陪她爬山，给她排队买每天限量的蛋糕。她喜欢抓娃娃，但技术有限抓不上来，他就会花很长的时间陪着她，只为能抓一个她喜欢的娃娃。他的身边没有别的女人，只有她一个人。

他所有的时间，除了待在医院，其余的全都给了她。

他带着她在他的圈子里面玩，他将她保护得很好很好，她在他的那些朋友那里，从来没有听到过任何的嘲讽，没有听过任何不好听的话。

那个公寓，后来她也去过，密码一直是201026，他没有换过。

他知道她不喜欢收他的礼物，所以从来都不送过于贵重的礼物，他处处维护着她的自尊心。

他对她很好很好，但是她却不大开心。

她总觉得这些好都是他给她制造的一场大雾，大雾消散不去，她一直被困在里面，逃不出去。她想要挣扎，却又陷入他的温柔中，无法自拔。

这年寒假，徐一言自回到家，就很少出门，只有时跟着霍衍去陆谦他们组的场子玩一玩。毕竟住在家里，不能像在学校一样，夜不归宿。

在家里住了一段时间之后，徐一言准备去一趟海城。向彤放假比徐一言稍晚，她在海城交了个男朋友，是大学同学，想让徐一言见一见，但又不敢带回北城来，怕被向老爷子打断腿，所以便让徐一言去海城玩几天，见一见她的男朋友，然后两人再一起回北城。

去海城的前一天，祖孙俩吃完晚饭闲聊，说到了职业规划以及对未来的打算上。

徐一言说自己暂时还没有想好。

"你们学校应该有出国交流的名额，或者说你自己申请……你应该去更好的地方学习。"

徐一言从小喜欢大提琴，是因为自己的奶奶拉得一手好琴，所以爷爷也对她抱有了很大的期望。在失去妻子、失去儿子和儿媳，承受了很大的打击之后，他依旧给徐一言提供了最好的教育资源。他希望自己唯一的孙女得到最好的。

"我再考虑考虑。"徐一言是这样回答的。

爷爷也没多说些什么，只是深深地看了她一眼："不要给自己太多的负担，想做什么就去做。"

"知道了，我会好好考虑的。"

去海城那天，徐一言在机场接到了霍衍的电话。

这个时候她正站在机场大厅里，身边来来往往的都是人，大屏幕上不断滚动着各种信息，广播一阵一阵地响着。

"在干什么？"霍衍隐约听见了电话这边的声音，有些嘈杂。

"在机场。"她回答。

"去哪儿？"他问。

"去找我朋友玩。向彤，我和你说过的，她在海城读书。"说着话，她看了一眼机场的显示大屏。

"是有什么事情吗？"她问。

霍衍站在办公室的窗边，看着楼下来来往往的人，楼层高，低头看下去，每个人都好像变小了很多，很渺小。

"没什么。"他轻笑一声，声音温柔，"只是想和你说说话。"

徐一言觉得霍衍有些可爱，她这是第一次听见他这样说话。

她站在原地跺了跺脚，笑着说道："可是我快要登机了欸。"

"嗯。"他应了一声，随即又开口喊她的名字，"言言。"

"嗯？"

"早点回来。"霍衍手中漫不经心地转着打火机，眼神却停留在楼下，不知道在看什么，没有确切的位置。

"想我吗？"她故意这样问他。

本以为像霍衍这样的人，面对这样的问题，是不会有明确回答的，但是下一秒，徐一言却在他的口中听到了意想不到的回答。

他说——

"是，想你。"

徐一言："知道啦，我会早点回来的。"

徐一言在海城见到了向彤的男朋友，他叫陈家逸，是一个很温柔很体贴的男孩子，长相也非常符合向彤对于男朋友的所有要求。他家里做家具生意，家境殷实，对向彤也是处处照顾。

在海城玩的这几天，向彤的男朋友完全充当了地陪的角色，尽职尽责。

那天晚上，她和向彤吃完饭，在外滩吹风。两人靠在栏杆上，看着水面缓缓地掀起涟漪，一圈一圈。不远处不知道是谁在求婚还是别的什么，有烟花炸开。

一瞬间，天空似被点亮，光彩炫目。

"真浪漫啊！"徐一言忍不住开口。

徐一言没有在海城多待，玩了几天之后，就和向彤一起回了北城。

飞机上，她和向彤聊天，不知怎的聊起了霍衍。向彤在徐一言的口中听到过霍衍的名字，也听徐一言诉说过她与这个男人之间的故事。

两个人是从小一起长大的发小，对彼此的事情都比较关注和在意。

她们坐在一起，向彤静静地听着徐一言细细讲述她和那个男人的故事。

最后，向彤问了她一个问题："你们是什么关系？"

她和他的关系。

徐一言曾想过无数种可能性，试图用各种词汇来定义他们两个人之间的关系。

朋友？不，没有哪个人会和朋友这么暧昧。

情侣？不，他们不是，这是确定的。

情人？也不算。

什么都不是。

徐一言沉默片刻，转头看向窗外。

她想，他是远方连绵不绝的山，而她就像是一个背包远行的登山者，因为习惯了仰望，所以不敢靠近。

他是固定的，静静地屹立在原地，看不见尽头。但是，她不一样。山就静静立在那里，她可以一步一步走过去。

她突然笑了，回答："我也不知道。"

下了飞机之后回家。

爷爷不在家，应该又是去隔壁邻居家下棋了。她回到房间收拾了一下行李，洗了个澡，然后懒懒地半躺在床上看手机。

她心中总是安静不下来，心不在焉，总是会想起他。

无论什么时候，无论在做什么，总是会想起他。

霍衍从陈院长的办公室里面出来，手中拿着一张纸，转身走进楼梯间。透过楼梯间的窗户，可以看见外面路上的学生，三三两两，成双成对，阳光洒落在他们的身上，笑容明媚灿烂。

他走出教学楼，脚步微顿，突然想起来，他在这里见到她的时候，她就站在他现在站的这个位置，背着个大提琴，瘦小的身材背着笨重的琴，她逆着光，回头看他。

明明只是朝着那个四四方方的窗户在笑，但是他却自作多情地感觉到，她是在朝着他笑。

霍衍突然自嘲一声，微微低着头，脸上看不清是什么神色，站在车前，拿着手中的那张纸再次看了几眼。

仅仅只是几眼，就见他将纸揉成一团，毫不犹豫地丢进了垃圾桶里。

隐约可以看见上面的字，是英文，Curtis Institute（柯蒂斯）。

上车后，霍衍没发动汽车，而是随手拿了包烟，从烟盒里抽出一根细烟，用打火机点燃。他没抽，或许是在想什么事情，走了神，只是静静地夹在手指间，看着烟慢慢地燃烧。

直到放在口袋里的手机振动了几下，他才将手中的烟掐灭。

他收到了徐一言发来的消息：【我回来啦！】

她去海城的这几天他们两个人并不是经常发消息，听她说过今天会回来。

他回复：【怎么不在海城多玩几天？】

【快过年了，要早点回家啊，而且，你不是说让我早点回来的。】

他看着小姑娘的回复，挑了挑眉：【这么听话？】

【当然是想你啦！】

看着这句话后面还加着个得意的表情包"小姑娘扎着个双马尾，双手托着脸在笑"，霍衍忍不住笑出声来。

他问她：【海城好玩吗？】

【好玩，我和向彤还在外滩看见了烟花秀，超级漂亮。】

【可惜了，北城市区不能放烟花。】

从她发过来的每一个字中都能感受到她的遗憾。

他食指敲了敲手机键盘，回复她：

【总会见到的。】

时间过得很快，从海城回来之后，徐一言借着和向彤玩的名义和霍衍待了一段时间，很快就到了新年。

新年，到处张灯结彩，门上贴上了大红色的对联，穿新衣过新年。

徐一言提前陪着爷爷一起置办了些年货。家里就祖孙俩两个人，逢年过节的也没什么亲戚，早年间还好些，近些年来真的是什么人都没有了，毕竟这一老一小，任谁看都是累赘，怎么还会有人来走亲戚。

人心就是这样，徐一言很早就领教过。

趋利避害是人的本性，所有的人都是如此。

不过这样也好，不用应付那些不真心的人，两个人过年也算是清净。

家里的饭菜都是爷爷做的。

徐一言不会做饭，虽然从小和爷爷相依为命，爷爷对她也算是惯着，只是在学习方面比较严格，像是做饭这样的事情，从来不会要求她去学，有学做饭的时间，还不如拿来练琴。

新年，陆谦在家里待不住，组织了些人去西山赛车，自从发现这个地方之后，这里就像是被他们征用了似的。

人少，路弯，弯道多，盘山路，刺激，适合赛车。

过年老宅里很多人，很吵闹，一起吃完饭后有人打麻将、闲聊等等，霍衍觉得无聊，便答应了陆谦去西山赛车的提议。

这天不知道是谁在西郊放烟花，刚刚到那边没多久，突然漫天的烟花在头顶炸开。

看着头顶各色的烟花不断，霍衍突然想起了那天徐一言从海城回来时说的话，说她在海城的时候看见了烟花秀。

他拿出手机，摄像头对着天空，录了一段小视频。

徐一言吃完晚饭，洗完碗便回了房间，家里就两个人，也没有守夜的习惯。

收到他发来的视频的时候，她正站在窗边。

她点开了——

漆黑一片的天空，漫天的烟花在天空中炸开。周围很吵闹，有汽车发动的声音，有很多人的谈笑声，夹杂着烟花炸开的声音。

除此之外，她还听见了另一种声音，隐隐约约，像是他说话的声音。

她顿了顿，然后将音量调到最大，将手机听筒的位置凑近耳边。

在各种嘈杂的干扰声中，连续听了两遍，她听清楚了他说的什么。

他说——

"新年快乐。"

第七章

✦

可是我偏偏喜欢

新的一年到来，又是一年春天。

开学之后陈院长催着徐一言考虑出国深造的事情，徐一言一直在犹豫，毕竟还有一年的时间，不着急，她要考虑再三，是出国还是留在北城。

话虽然是这么说的，但她还是忍不住查看了心仪学校的入学要求等等。

院长让她自己把握住时间，不要耽误了。

一天，徐一言收到了程橙的消息。两个人加了微信后也没怎么聊天，她本以为不会和程橙再有交集，但竟然收到了对方的逛街邀请。

想到之前那次程橙送她回学校时，说有时间一起逛街，没想到对方竟然还没忘记。

到了约定的那天，程橙开车来学校接她。

徐一言看着站在红色法拉利旁，倚靠着车身朝她打着招呼的女孩子时，脑海中闪过什么，突然有两个身影重合了。

之前也有人开着红色法拉利停在她的宿舍楼下等她。

那次是陆谦给她送演奏会的门票。

怪不得她上次看这辆车觉得熟悉，原来是这样的。

程橙开车带着徐一言去了附近的商场。

程橙是一个被家里保护得很好的女孩子，单纯、敞亮、直肠子，跟个小女生似的，喜欢叽叽喳喳说个不停：

"回来之后还没有人陪我逛过街呢。

"我们那个圈子里面的人啊，没什么好人，那些所谓的名媛，谁家势力大巴结谁，没什么真心的，我最讨厌的就是她们了。

"我有的时候真的是想跟着我哥去南方，自由自在没人管，但是南方的气候我又受不了。"

徐一言从程橙口中捕捉到了"哥"这个字眼，之前一直都听程橙喊霍衍叫"哥"，但霍衍不是一直在北城吗？

徐一言："你哥？"

程橙："啊，我是说我亲哥，程野，警察，在南方。

"明明北城也挺好的，他就是不愿意回来，说是还有事情等着他去做。

"具体的我也不知道了，要保密。"

程橙无奈地摊手。

说着说着，不知是有意还是无意，程橙提到了霍衍的前任。

但无论是有意还是无意，徐一言都不是很在乎。

霍衍三十岁，有过前任很正常，她不是一个无理取闹的女孩子，会对自己喜欢的人的前任格外介意。更何况，她有什么资格去介意呢？

在程橙的话中，她了解到，霍衍在读书的时候谈过一个女朋友，两人都属于那种以学业为主的人，平时没时间搞什么浪漫，最常见他们两个人一起现身的地方，大概也就只有学校图书馆了。

并不知道是谁追的谁，只知道某一天霍衍突然有了女朋友，圈子里面的人也见过其女朋友几面，没那么熟悉。听说那个女生是学法律的，长相大气明媚，喜欢穿红裙子。

后来两人分手，或许是因为三观不合，又或许是因为之后人生的发展轨迹无法一致。后来也有人想要追霍衍，抑或是别的目的，但他是一个特别不喜欢麻烦的人，也不喜欢乱来，身边很少有女人。

程橙说完之后，看了徐一言一眼："说这些话没别的目的，我知道你喜欢我哥，别怕，你和别人都不一样。

"他对他前女友没什么感情，这些你都不需要在意。

"我只是看他对你很不一样，总觉得你会是那个特别的人。

"我不喜欢和哥哥的女朋友逛街的，你是例外。"

那天逛街买了些什么，徐一言都不记得了，只清晰地记得程橙对于霍衍前女友的描述。

再后来？

再后来，在她某次闲逛的时候，看见了橱窗里的一条红裙子。

鬼使神差般地，她买了下来。

徐一言的生日是在 4 月。

一个春暖花开、万物复苏的日子。

陆谦早在几天前不知道从什么地方知道了她生日的具体日期，嚷嚷着要在 BLUE 里面给她办个生日聚会。陆谦和徐一言算是很熟悉了，他经常喊她出来玩。

不过，徐一言常常拒绝。她熟悉的就只有和霍衍交好的那几个人，陆谦办的聚会，人肯定是不少，还有很多她不熟悉的人。

她不习惯作为主角站在一群陌生人的面前。

那天在家和爷爷简单地吃了个饭，晚上霍衍带着她去庆祝生日。

他说，生日还是要庆祝的。

在之前的人生中，没有人特意为她庆祝过生日。

她也不怎么喜欢过生日。

因为在很多年前，她还很小的时候，母亲陪着她吃完生日蛋糕后选择了结束自己的生命。

那是爱吧。

徐一言是这样认为的，母亲很爱父亲，所以才会抛下一切跟随着他离去，甚至可以抛弃他们唯一的女儿。

有些爱确实是自私的，自私到除了他，任何人都不足以成为牵绊。

她不恨，也不怨。

她甚至有些理解。

人这一生，是要为了自己活的。

母亲就是这样。

每个人的选择不同。

每个人都走在自己的路上。

那天晚上，霍衍带着她去了一家餐厅。餐厅在高层，有很大的落地窗，霍衍订的是靠窗的位置，坐在窗边，可以看见楼下的车水马龙和各色的灯光。

在她生日的这一天，他送给了她一个礼物。

是一把大提琴。

"之前看你去换琴弦，所以给你买了一把新的琴。

"托人从国外带回来的，觉得你会喜欢。"

徐一言看着放在她面前的大提琴。

只是看一眼，就能看出价值不菲。

有些大师制作的琴是古董或者是名家收藏，就算是拍卖，也能拍上天价。如果要请名师制作的话，需要付款后排期，大概一年之后才能拿到琴。

徐一言不知道他是什么时候开始想要送给她琴的。

她伸手轻轻地触摸着琴，小心翼翼，生怕碰坏。

"喜欢？"他问。

"喜欢的。"她回答。

"喜欢就好。"

他想让她用最好的琴，站在最大的舞台上，只要他能为她做的，他都会不遗余力。

杨泽轩的生日在夏天，一个雨水特别多的季节。

他在那个圈子里，算得上是数一数二的高调，生日这种事情，自然是要办得比其他人更盛大，尽人皆知最好。

那天他邀请了很多的人来参加生日聚会。

地点安排在海上，在他的私人游轮上。

这艘游轮的名字叫"king"，是他重金购入的。游轮里奢华无比，非常符合杨泽轩的性格。

霍衍收到了邀请帖。

霍家和杨家关系不错，虽平时没有利益往来，但到了关键的时候，杨家一定是会义无反顾地站在霍家这边的。这就是霍衍去参加杨泽轩生日聚会的原因。

这一天，徐一言穿了一条新裙子，是向彤送给她的生日礼物，黑色长袖方领法式长裙。

这是徐一言第一次接触这样风格的裙子。

向彤说，这条裙子很适合她，让她一定要穿。

所以这次跟着霍衍出来，她便穿着了。

游轮停靠在三号码头，霍衍带着徐一言到达的时候，远远地就能看见游轮上各色灯光闪烁，还可以看见上面晃动的人影。

码头上停了很多车，无一例外的豪车，杨家太子爷的生日宴会，能来参加的，必定不是什么简单的人物。

霍衍一身黑色定制西装，朝她伸出胳膊。

光顾着看游轮上的情形，徐一言没注意到霍衍的动作。

直到耳边传来男人故意咳嗽的声音，她才转头，看到他伸出来的胳膊。

"还不挽上吗，徐小姐？"

"好的，霍先生。"徐一言轻轻地挽住霍衍的胳膊，然后手微微收紧，是一个占有欲强烈的动作。

手臂力道的收紧让霍衍忍不住低头多看了她一眼，目光却只能捕捉到她微微翘起的眼睫毛，以及微微扬起的唇角。

霍衍："走吧。"

"嗯。"

霍衍一上去，就有不少人投来了目光。

很快，霍衍的身边围了很多人，他们寒暄着，你一言我一语。

霍衍向来不喜欢无用的社交，但这次被人围着，也难得地说了几句话。

虽然他现在没有负责霍家的产业，但在霍家依旧有话语权。霍家兄弟是这个圈子里面难得和谐的一对儿，霍二少的名头还摆在这里，所有的人都得给他一个面子。

夜幕降临，在灯光的映照下，徐一言看到了很多神色不一的脸。

她挽着霍衍的手臂，两个人不声不响地退出人群。

霍衍顺手从侍应生的盘子中拿了一杯香槟，轻轻晃动着，却没有喝的意思。

她的视线忍不住被吸引，她看向他："我也想要。"

他轻笑着，微微抬手，在她的额头上一弹。

"小孩子喝什么酒？"

他的动作很轻，几乎感觉不到什么疼痛，只是轻微的触感。

"别总是喊我小孩子。"

"知道了，你不小。"

海风吹拂过她的脸颊，微微带起她鬓角的发丝。她侧头，能看见他锋利的下颌角，以及他微微扬起的唇角。

他的身后一片漆黑，是无边的大海。海浪翻涌，海天相接，远方稀疏的星星闪烁。

她突然感觉，她在他的眼中能看见很多东西，广袤的天空，无边无际的大海。而她，在他的眼里，只不过是最微小的一点。

一阵欢呼声传来，徐一言的目光被吸引过去。

她的目光穿越人群，透过各色的灯光，看见了倚靠在甲板上的那个男人。这场聚会的主人公，杨泽轩。他穿着一身花衬衫，领口敞着，双手手肘撑在栏杆上。

好一个流连在酒池肉林里的浪荡公子哥。

她也看到了杨泽轩身边的女人，低胸吊带裙，身材妖娆，胸口处风景大露，此时正贴在杨泽轩的身上，红唇似火。

没想到再次见到杨泽轩，他的身边已经换了人。

想想也并不奇怪。

像杨泽轩这样的人，身边的女伴怎么会长久呢，新鲜劲儿过了，就换一个。

徐一言不禁想到了刘念念，当初在洗手间两个人说的话她到现在还记得。

刘念念应该能预料到自己的结局吧。

其实那次会所一别后，她见过刘念念一次，在宿舍里。刘念念过来将宿舍里的东西全部打包带走了，一干二净。

她并不知道现在的刘念念怎么样了，只是想，对方是重新找了一个男人，还是终于安分地继续学业了。

巨大的生日蛋糕摆放在甲板上，没有人在意，没有人是抱着吃蛋糕的心思来的，此时此刻最耀眼的，便是人群中的杨泽轩。

不知过了多久，人群中突然爆发出一声欢呼，紧接着就听到杨泽轩的声音："今天我生日！今晚大家尽情玩乐！吃好喝好玩好！"

随着众人附和的欢呼声，海面上突然炸开了烟花。

随着"刺啦刺啦"的声音，海上的天空中，各色烟花晃眼。

烟花炸裂的声音，酒杯碰撞的声音，嬉笑玩乐的声音，伴随着烟花爆炸燃烧的气味，铺天盖地而来。

"真的是挥金如土啊。"

身后传来一道感叹的声音。

徐一言回头便看见了站在他们身后的沈临南。

"你那个时候，比起他来，有过之无不及。"霍衍毫不客气地回应。

"我那是年少不懂事好吗！"被霍衍一句话噎住的沈临南忍不住解释道。

沈临南："哎，怎么没看见陆谦？"毕竟陆谦经常在霍衍的身边晃悠。

霍衍："去南边了。"

"去南边？"沈临南沉默片刻，"程野？"

"嗯。"

"跟着程橙去的？"

"除了她还能有谁？"

"也是。"

…………

在他们两个人的对话中，徐一言知道了，程橙的哥哥程野在南方出了事，受了伤，程橙去那边看她哥，顺便把她哥接回来。陆谦不放心程橙一个人去，就陪着她去了。所以，在今天这个热闹的场合里才没有见到爱凑热闹的陆谦。

一阵风浪袭来，游轮微微晃动一下，徐一言有些头晕，手部微微使力，借着霍衍稳住脚步。

"怎么了？"他注意到她的反常。

"没……"徐一言没再说话，因为她看见一直被众人簇拥的杨泽轩穿过人群，朝着他们这边走了过来。

"哥，对不住。刚刚人太多，没注意到你们。"杨泽轩语气带着些拘歉。

"没什么，自家兄弟，客气什么。"沈临南无所谓地摆了摆手，眼神不经意间瞥过他身边的女孩子，"换了？"

"嗯，换了个。"搂着女伴的杨泽轩语气坦荡自然。

这场聚会的主人公在哪里，焦点便在哪里，渐渐地，这边围满了人。

见了霍衍，人群中有人忍不住窃窃私语：

"没想到今天还能见到霍二少。"

"之前听说霍家那位老爷子在给他们两兄弟物色合适的女孩子。"

"真的？"

"当然了，这兄弟俩岁数都不小了，终身大事是时候安排上了。"

他们说话的声音不大，但恰好能让在场的人听清。

"哪家能攀上霍家，那才是真的了不起。"

"谁知道呢，好几家都在蠢蠢欲动。"

有人注意到了霍衍身边的徐一言。

"这位身边可是跟着人的。"

"那又怎么样。"

"也是。"

这些话也传进了徐一言的耳朵里。

明明他们说的是事实，但她的心，还是忍不住地疼。

吹在她脸上的是夏夜的海风，她却感觉到，这风似冬日的冷风，像是刀子一般，一下接着一下割在她的脸上，透过她那单薄的衣裙，渗进她的皮肤，疼痛的感觉从外到内，深入骨髓。

从小与人打交道，杨泽轩也算得上是个察言观色的好手，他注意到霍衍那明显不高兴的表情，连忙出声："行了啊，我二哥的事情还轮得上你们操心。该上哪儿玩上哪儿玩去，别搁这儿凑着。"

将一群人打发走，杨泽轩又对霍衍说："哥，要不要下去玩玩？"

"我就不去了。"霍衍不大喜欢他们的娱乐方式。

"那成，那我下去了。"

"嗯。"

杨泽轩走后，霍衍侧头看向徐一言："要不要去吃点东西？晚上我们出来的时候还没吃东西。"

小姑娘神色恹恹，不知道是晕船，还是别的原因。

他说话的语气下意识地变得温柔："嗯？"

"好。"

他握住她的手，牵着她。

他的手很暖，温温热热，但是她的手却微微发凉，即使是在这样的夏夜里。

"怎么这么凉？"他皱了皱眉，脱下自己的西装外套，披在她的身上，"去我的房间？我让人送些吃的过来。"

"好。"

她就这样跟着他去了房间。

当初杨泽轩买下这艘游轮时，特意给他的几个好兄弟每个人留了个房间，方便他们来玩的时候休息。

房间里恒温，很暖和。

刚到房间没多久，就有侍应生送餐过来。

徐一言虽然大半天没吃过东西，但实在是没有胃口，只吃了几口便放下了筷子。

房间里只开了一盏灯，灯光昏黄，某种不知名的气氛在空气中流淌蔓延。

徐一言始终一言不发。

寂静的空间里，她可以明显地感受到彼此的呼吸声，尤其是她的呼吸声格外粗重。

片刻，她听见男人发出一声轻笑。

"不舒服了？"

她顿时浑身僵硬。

她十分清楚地知道，自己心中所想，他都是可以明显感受到，她在他的面前，像是个现了原形的妖怪，无所遁形。

"没有。"

她嘴硬地摇头。

他附身，靠近她。

两个人额头相贴，她能感受到他额头的温度。他看着她，两个人四目相对，她想要逃避，微微垂眸不去看他的眼睛。

"又撒谎。

"真是个撒谎精。"

她以为他生气了，因为之前他说让她别撒谎了。

但是，下一秒她便听见他说——

"可是我偏偏喜欢。"

她的呼吸像是瞬间停滞了似的，却感受到了他明显加重的呼吸声。

他一边说着话，一边轻吻着她。

两人唇齿相依，暧昧丛生。

他说——

"我这个人从来不喜欢乱来。"

他说——

"我和他们不一样，没那么多女人。"

他说——

"我喜欢的，定是最好的。"

他的话，他的一举一动，都让她沉迷，她逐渐迷失在他的温柔之中。

作为音乐学院陈院长的学生，这段时间徐一言可谓是在 A 大出尽风头。

不论是接待国外聘请的音乐大师，还是参加音乐会，陈院长的身边总是能看见徐一言的身影。

这引来了不少学生眼红，但徐一言毕竟是陈院长的学生，那些眼红的，也只是敢怒而不敢言罢了。

之前他们只是再普通不过的师生关系，没什么重要的事情，陈院长是不会联系她的，几乎就是放养的状态。现在却变得不一样起来，陈院长似乎是在处处照顾她。

究其根源，大概是从那天霍衍来学校接她被陈院长看见开始的。

那天很巧，霍衍订了家新餐厅，准备带她去尝一尝，没有想到会在教学楼楼下碰见陈院长。

即使之前对霍衍和徐一言两个人之间的关系存在怀疑，但此刻，看着霍衍牵着徐一言的手，陈院长便确定了一件事。

他原先以为徐一言是一个背靠魏老先生的普通关系户，没有想到，小姑娘真是有能耐，和魏老先生的外孙搭上了。要是这姑娘真的牢牢地将这棵树给靠住了，那可真的是不一般了。

在北城这个地方，想要和霍家攀上关系的人太多了。

霍家老大冷酷无情，一手掌控着霍氏的半壁江山。

霍家老二，有大哥在上面顶着，干脆做了甩手掌柜，跑去当医生。不过，霍家有在医疗方面的投资和方向，都是他拿主意。

那天霍衍刚从医院出来，身上是一身休闲装，站在车前，漫不经心地整理着袖子，脸上没什么表情，只是在看见从楼里走出来的徐一言的时候，脸上才微微流露出一丝温柔。

陈院长和霍衍寒暄了几句，便告辞了。

霍衍带着徐一言去了一家新开业的餐厅。

两个人刚进店，便迎面撞上从里面走出来的一行人。

为首的是一个中年女人，一身西装，干练优雅，气场强大。她的身边跟着几个同样身穿西装的男女，个个一副行业精英的模样。

随着霍衍停下的脚步，以及投过去的眼神，徐一言知道，是他认识的人。

然后，她听见霍衍喊那个人——

"姑姑。"

为首的女人似乎也对在此看见霍衍而感到惊讶。毕竟他一向很忙，竟然有闲情逸致来这儿吃饭，实属难得。

"来吃饭？"她的眼神不咸不淡地瞥过霍衍身边的徐一言。

不是打量，不是轻蔑，不是好奇，不是疑惑，而是那种普通到再普通不过的眼神，轻飘飘地带过，像是一阵微风，轻轻拂过，不留下任何的东西。

但凡这个眼神是带着些其他情绪在其中的，徐一言都会好受一点，最起码她在他身边的人眼里还是有存在价值的。

但是却没有，他的姑姑和他的朋友完全不一样。

霍衍点头："嗯。"

"我这边还有事，先走了。"

"好。"

没有说几句话，霍衍的姑姑便带着几个人匆匆离开了。

吃饭时，徐一言心不在焉，脑海中一直循环着他姑姑看她的那种寡淡的眼神。

直到他拿出来一个长方形的盒子。

里面是一条手链。

这是自他们认识以来，他送给她的第二件昂贵的礼物。

她不喜欢收他很贵的东西，不想要让他们两个人之间的关系变得复杂。她想让他知道，甚至让所有的人都知道，她待在他的身边，不是为了钱。

但是他送给她的这两件礼物让她拒绝不了。

第一件礼物是大提琴。

第二件礼物便是这条钻石手链。细细的碎钻链条上挂着一个吊坠，是一个音符的形状。

他不常送她礼物，但是每一次送，总是能正好戳中她的内心。

很久之后，徐一言和夏姚谈起这件事情，受到了夏姚的吐槽——

"你这个人就是贱，嘴上说不想收他的东西，不还是收了？承认吧女人，你是无法抗拒的。"

爱情是无法用金钱衡量的，徐一言一直是这样认为的，所以她那高高挂起的微薄的自尊心，才显得可怜又可悲。

学校论坛上出现了一个帖子。

徐一言在帖子的最后发现了她的名字。

但她没在意。

霍衍来学校接过她几次，虽然他行事不算高调，但他这样气质与长相的人走到哪里也低调不了，再加上前几次的红色法拉利停在她宿舍楼下，有风言风语传出来不足为奇。

她没打算管，因为无论真相是什么样子，只要她出现在这个帖子的名单中，那么她就已经被这个发帖人认定是这样。

她没有必要做无所谓以及没用的解释，解释不清楚的。连她自己都无法给自己一个解释，何况是给那些不相干的人呢？

倒是看到这个帖子的陈院长，将她喊到了办公室。

陈院长坐在办公室的椅子上，她站在他的对面，谁也没有开口。

是陈院长先叹了一口气，打破了沉默："在学校里，能低调点就低调点。"他没有点明具体是什么事情，但是彼此心里都知道。

"学校里流言蜚语多，不少人眼红你，你自己心里也清楚。

"不要顶着风口浪尖往前走，该退一步还是要退一步。

"多的我就不说了，这件事你就当没发生过，不要让它影响了你的比赛。

"亚洲大提琴委员会那边不会在意这些。

"放宽心。"

"这件事我已经在给你处理了。"

徐一言点头。

正如陈院长所说他会处理，只是在她走出办公室回到宿舍的时间里，她再次点开论坛，已经找不到那个帖子了，和此帖相关的言论也全部消失了，就好像事什么都没有发生过一样。

一干二净。

回到宿舍，徐一言便看见了坐在椅子上的夏姚，似乎特意在等她。

看着她，夏姚的眼神中带着些许打量和疑惑。

她知道夏姚想要问什么。

她拉着椅子坐到夏姚的身边，看着夏姚明显皱着的眉头，突然笑了。

她眉眼舒展，像是有什么开心的事情发生，只是那双清澈的眸中，却是藏着叫人看不懂的情绪。

"笑什么？"夏姚看不懂便问。

从认识徐一言到现在，她早就发现了徐一言是一个特别善于伪装自己情绪的人。

"你想知道什么？"徐一言问。

"你能告诉我什么？"夏姚反问。

"那个帖子你应该看见了。"徐一言语气笃定。

"他叫霍衍。"她并没有细说什么，仅仅一句话，就承认了所有。

"你……"夏姚看着徐一言，想说些什么，又不知道应该从何处说起。她心中纠结又气愤，总觉得事情不应该是这样的。

"你喜欢他啊？"夏姚绝对不相信，不相信徐一言是会为了钱和一个男人在一起的。

"嗯。"徐一言承认。

"是真的喜欢他，但是后来，又有一些不单纯……"徐一言自嘲，"明明喜欢就应该是单纯的，但有时又在想自己是不是真的对他有所图。"

"我不知道应该怎么说你。"夏姚叹了一口气，"我和其他人想的不一样，那些人就是酸，你喜欢就行。"

她感慨："人一辈子就这么些年，糊涂点就糊涂点，任性点就任性点，只活这一次，一定要开开心心、轰轰烈烈。"

这句话，不知是在说徐一言，还是在说她自己。

徐一言又遇见了刘念念一次，是在琴房的拐角处，两个人迎面碰上。

刘念念最近似乎过得很好，相比起上次回宿舍收拾东西的时候，她现在可以称得上是春光满面。徐一言想，杨泽轩好像并没有对刘念念的生活产生什么影响。

这样也好。

徐一言无意和刘念念打交道。她觉得，自刘念念搬出宿舍，脱离了舍友的身份，她们两个人就什么关系也没有了，像陌生人一样相处，是再好不过的了。

她抬脚向前走。

在两个人擦肩而过的时候，刘念念忍不住开了口："你别太得意,我的今天,就是你的明天。"

她说话的语气和那次在会所洗手间里的语气是不一样的，那次是气急败坏，这次是笃定且自信。

"哦，忘了告诉你，前几天我和我男朋友一起去吃饭，碰见了霍衍在和一个女人吃饭。"

她强调道："年轻漂亮的女人。

"我男朋友认识，说那是霍家给霍衍介绍的相亲对象。

"高门大户的千金小姐，是你永远都达不到的高度。"

窗外阳光明媚，树枝随着微风摇晃着。

徐一言从头至尾一句话都没有说，甚至没有给刘念念一个眼神。

这条路是她自己选择的，那么，她一定要硬着头皮走下去。

霍衍的生日是 10 月 26 日。

她提前准备了好久，给他买了对黑曜石袖扣，低调沉稳，符合他的性子。

买礼物的时候，她是真的不知道应该送什么礼物给他才好，他什么都不缺。那天她只是抱着看一看的想法去逛街，逛了很久，漫无目的，一直都没有发现适合他的东西，直到看见了这对袖扣。

袖扣安静地摆放在橱窗里，在店里灯光的映照下，闪烁着微光。

她看见的第一眼就觉得适合他。

袖扣价格不贵，她本是想着买个贵一点的，但想了好久还是买下来了——无关金钱，只是觉得这个适合他。

他来接她之前，她在宿舍里选衣服。她站在镜子前，将衣服一件接着一件地在自己的身上比画着，白色的，蓝色的，灰色的，总觉得都不大合适。

徐一言第一次觉得自己是真的被爱情冲昏了头脑，仅仅是为了一次简单的约会，为了穿什么而想破了头脑。

——"爱上一个人的那个瞬间，是会永远留在心里的。"

她还记得嘈杂医院里蹲下身子为她捡单据的男人。

后来想想，如果……如果她再单纯一点，喜欢他的心再澄澈一点、干脆一点，她也没有必要如此纠结和折磨。

人的一生中有很多个值得纪念的日子，比如恋爱日、领证日、结婚日，再就是生日。

据她所知，霍衍的家庭很完美，父母是真爱，顺理成章地结婚，兄弟之间没有隔阂，都有着自己想要做的事业，背后有强大的背景支撑。

她实在是不知道，在生日这个特殊的日子里，他为什么不和家人一起度过，而偏偏选择了她。她并不认为她于他来说是一个很重要的人。

她曾无数次地幻想过，她或许对于他来说是很重要的人，但是幻想过后，又被现实残忍地打破。

人贵有自知之明，她有。

在他的身边，她一直充当着的是一个十分合格的女性角色，从来没有逾矩的行为和举动，把握好分寸感，不该想的不想，不该做的不做，安安分分。

她能及时地存在于他的身边，同时也能丝毫不拖泥带水地离去。

但是似乎，在他的温柔体贴以及呵护之中，她渐渐迷失，不再安分地待在他的身边，开始怅然若失，想要得到的更多，变得不甘心。

身前身后仿佛是有两只手在拉着她，一只拉着她向前，一只拉着她向后，产生了两个声音，一个鼓励她，一个劝诫她。

这种极端的情绪在脑海中斗争着，谁都没有赢，谁都没认输，像是割据战，像是永不停歇的炮火。迷雾像一张大网，铺天盖地地遮住了她，密不透风，逼着她，硬是要她做出一个选择。

她拿出了那天逛街时买的红裙。

她动作机械般地、缓慢地，穿上了一条并不适合她的红裙。

她并不是第一次用"鬼迷心窍"来形容自己。

只是这一次，身前那拉着她的手短暂地赢了一下，她被说服了，但也只是短暂性的而已。

女人在大多数情况下，会变成"恋爱脑"。她依稀记得夏姚说的这句话，但是也仅限于大多数时候。女人经常会陷入一段爱恋中无法自拔，但一旦透彻地看明白，就会毫不犹豫地抽身离去。

她希望她能做到，所以这次，就做一次"恋爱脑"吧。

这是他第一次见她穿红裙子，多数时候，她穿的都是寡淡的黑白灰。

他记得，她所有的东西里，都没有过红色，想来她是并不喜欢红色的。他不知道她为什么要穿红色，不过她喜欢，他也没有别的意见。

"怎么想起穿红裙子了？"上车后，他看了她一眼，将已经快要燃烧殆尽的烟头掐灭。

"之前没穿过，想试一试。"她上车，关上门，系好安全带，没看他，只是淡淡地回应。

她是想要穿给他看的，这句话她没有告诉他。

"嗯。"他不咸不淡地点了点头。

车渐渐行驶出 A 大，逐渐汇入车流中。

"好看吗？"她突然侧头看着他，执拗地想要得到他的答案。

寂静的空间，彼此的呼吸声太过于明显。徐一言甚至还能听见自己那猛烈心跳的声音。她并不知道身边的霍衍是否听到了她心脏跳动的声音，只是她自己觉得，这声音震耳欲聋。

他说："你穿什么都好看。"

"是吗？"她头脑一热，反问他。

饶是再怎么不注意的人，也能感受到徐一言此时此刻的不对劲儿，她的反问，一时间让霍衍觉得，她是话里有话。

她究竟想要问什么呢？又或者说，她想要从他这里得到什么答案呢？

他不大擅长猜女人的心思，也不屑于做这些事情，但是此时此刻，他竟然极其迫切地想要知道她在想什么。

她于他，是个例外。

说是过生日，其实跟普通的约会差不多。

季行止忙于公司的事情，根本没空来给他过生日。陆谦跟着程橙去了南边还没回来，不过听说很快就能回来。沈临南跑到国外去追老婆了。至于杨泽轩，想必也不会来。

明明是他的生日，点的菜却全部都是她喜欢的。

不知为什么，面对着这一大桌子的菜，徐一言竟然一点胃口都没有，胸口闷闷的，眼睛酸酸的。不是矫情，只是有些不甘心。

"怎么了？"感觉到她的情绪低落，霍衍伸手捋了捋她披在肩头的长发，动作轻柔。

"没什么。"感受到头顶的触感，她眼睛酸了酸，语气有些哽咽。

霍衍何其聪明，从一上车的红裙子话题开始，她就不对劲儿。

"你穿这条裙子很好看。"他觉得是因为自己的态度让她不开心了，他下意识地想要解释。

"是因为有人穿红裙好看所以我穿也好看？"她抬头看他，话语间有些咄咄逼人。

这下霍衍终于真正明白了她的意思。

他身边没怎么有过女人，穿红裙的女人，他想了很久，是有过那么一个人，要是徐一言今天不提起来，还真的就忘记了。

他突然笑了，笑出了声音。

"没事别瞎想，别人穿红色，没必要你也这样，做你自己就好。"

他顿了下，接着说道："都多少年的陈芝麻烂谷子的事情了，那些破事我都忘了，你还能翻出来？"

"不就一前女友？"

"我生日，给我准备礼物了？"自知现在这个情形继续说下去不大合适，霍衍马上转移了话题。

"嗯。"她点了点头，从包里拿出了那个盒子，递给他，"我也不知道你喜欢什么，你好像什么都不缺，我逛街看见这个比较适合你，就买了，也不贵。"

霍衍接过盒子打开看了眼："我很喜欢。"

"喜欢就好。"她微微低着头，语气闷闷的，有些不敢抬头看他，总觉得有些羞愧，明明她于他来说连女朋友都算不上，现在她的这个行为算什么？她有什么资格呢？

"好了，先把饭吃了。嗯？"

徐一言迟迟没有动筷子。

这时，霍衍接到一通电话。

"好，我马上过来。"

满桌子的饭菜一点没动，霍衍带着徐一言去了医院。

电话是值班同事打来的，急诊来了个患者脑出血，需要马上做手术，主任没办法立马赶到，所以就先联系了能及时赶过来的霍衍。

医院大厅灯火通明，两人刚走进去，迎面便走来了一个医生："主任不在，临时手术，没办法就把你叫来了。"

"现在是什么情况？"霍衍边走边问，脚下迈的步子有些大，被他牵着的她有些跟不上他的脚步。

"挺复杂的，急性出血，家属那边也不好弄，关键是现在他们连费用都交不上……人命关天啊。"

简单交流了几句，霍衍将自己身上的外套脱了下来，披在了徐一言的身上："我的办公室在哪里你知道，你先过去等我，我做完手术带你回去。"

"好。"她站在原地，看着他快步跑开。

徐一言愣愣地拢了拢他给她披上的外套，外套还温温热热的，带着些他身上残留的温度，其中还夹杂着些淡淡的香味。

她轻车熟路地上楼，找到了他的办公室，安静地坐在椅子上等他。

过了很久很久，霍衍回到办公室。

他拉着椅子坐在徐一言的面前，揉了揉僵硬酸痛的颈椎，看着她，难得地严肃了起来。

他想要和她说清楚，要不然这个小姑娘一直胡思乱想。

"本来在餐厅想和你说的，但是医院突发事件，让你等到了现在。"

他叹了一口气。

"我不知道你是在什么地方听说过我大学那位前女友的事情，那都是过去的事情了，我也不大提起。

"她是一个比较强势的人，最后我们因为理念和规划不同而分手。两人在一起时，我们相处的时间就不多，所以本身也没什么感情。

"你不要被无关紧要的人影响。"

霍衍："在餐厅赌气不吃饭？"

他想起在餐厅的事情，说这句话的时候，语气稍稍有些生硬。

"言言，我虽算不上是什么节俭的人，但是因为这个赌气实在是不值得。

"你知道今天那桌子餐值多少钱吗？

"你随便就不吃的饭菜，可能是一个普通家庭一个月的生活费。

"今天做手术的那位老人，家里连手术费都交不起，他们在手术室门口四处打电话借钱。"

霍衍并不是借此说她浪费，只是她这种发脾气不吃饭的习惯是不好的，作为一个医生，作为一个和她很亲密的人，他忍不住要说一说。

"下次不许这样了。"霍衍无奈地摸了摸徐一言的头，没有批评她的意思，小姑娘饿着肚子不吃饭他也不好受。

"好。"她点了点头。

办公室里瞬间安静了下来，两个人谁都没再说话。

"你生气了吗？"片刻，徐一言小心翼翼地抬头，看着他，见他脸上没什么表情，以为他还在生气。

"饿吗？"他没回答她的问题，而是反问她。

"嗯。"她点了点头。

"走吧。"他带着她起身。

"去哪儿？"她跟着他。

"吃饭。"他低头看她一眼，眼神温柔，"我不生气，只是担心你肚子饿。"

时间已经很晚了，这个时间，大多数店已经关门了，只剩下医院旁边的几家店还亮着灯，霍衍带着徐一言走进了一家馄饨店。

店面不大，但打扫得干净整洁。店内灯光昏黄，两排木制的桌椅，擦得很干净，墙上贴着菜单和价目表。

两个人走进店里的时候，老板已经在收拾东西了。

"老板，现在还能吃饭吗？"

老板转头看了一眼门口的霍衍和徐一言，明显是认出了霍衍："霍医生这么晚了才吃饭啊。"

"嗯，临时有个手术。"

"当医生也是辛苦啊。"老板感叹道。

"稍等，我这就去给你们做，你们先找个位置坐一下，马上就好。"老板说着话走进了后面的厨房。

"你常来吃？"听着霍衍和老板的对话，霍衍应该是这家店的常客了。

"嗯。"他淡淡地应了一句，"有时候下夜班便来这家馄饨店吃碗热腾腾的馄饨，次数多了就和老板熟悉了。"

"没想到你竟然还会来吃这种东西。"

徐一言以为像霍衍这样家庭背景的人，是不会在这种小店吃饭的，应该像之前那样，去私房菜馆和高档的餐厅吃饭，没想到是她想多了。

"小时候住在大院，一群人放学后，经常到这种小店吃完饭再回家。"小的时候一群人无忧无虑，长大了就变了，很多事情都不受自己的控制。

"真好。"徐一言感叹一声。她小的时候也有向彤一直陪在她的身边，不算是孤单。

说话间，两碗馄饨已经做好了，热腾腾的，被老板端了上来。

"吃吧。"霍衍将筷子递给徐一言。

"嗯。"

这家店的馄饨用料实在，满满的一大碗，味道很好。

这是徐一言跟在霍衍的身边之后，第一次吃这么接地气的东西，却比之前和他一起吃的任何东西都要好吃。这碗充满烟火气息的馄饨，才真正地让她感觉到，他们是真正地坐在了一起。

第八章

◆

暴雨来临

　　这年冬天，徐一言参加了一个洲际管弦乐演奏比赛。

　　早在刚开学的时候她就已经报名了，如果能在这个比赛上获得奖项，对她后续的发展会有很大的帮助，且会成为她履历上很漂亮的一笔。

　　比赛在海城举行。

　　徐一言早早地坐飞机飞了过去，住在提前订好的酒店里。

　　一切都很顺利。

　　比赛那天，她用的是霍衍送给她的琴。

　　这是她第一次用这把琴比赛，无论是它的价值还是它的做工，它都完全配得上这个场合。

　　徐一言没有想到的是，会在比赛结束之后看见两个意想不到的人。

　　比赛结束，她站在大厅里，回头望了一眼那个舞台。

　　灯光已经熄灭，偌大的舞台隐藏在一片阴影之中。

　　她刚准备转身离去，就听见有人在喊她的名字。

　　她一侧头便看见了程橙。

　　程橙穿着一件白色的大衣，像一阵风似的朝着她飞奔了过来："言言姐！"

　　程橙亲昵地挽住徐一言的手："我俩刚刚在后面看见你拉大提琴，超级美！你拉琴的时候简直是仙女！"

她像是一个不停地输出"彩虹屁"的机器。

"我刚刚还让陆谦把你拉琴的情景录了个视频，让他发给我哥。这么漂亮的言言姐，我哥怎么能看不见？"

徐一言："你们怎么在海城？"

记得之前听霍衍说陆谦是跟着程橙去了南边，为什么这两个人会突然出现在海城？

"我俩本来是直接飞北城的，但是她在朋友圈看见你在海城比赛，所以就飞来海城看你比赛。"陆谦出声解释。

他真的是被程橙这想一出是一出的做事风格给打败了，原本已经订好机票飞北城，结果又临时改变行程来海城，时间太紧了，可真是快把他给累死了，但他又拿她没有任何办法。

"走吧走吧，我们在餐厅订了位置，请你吃饭。"程橙拉着徐一言的手，准备带她出去。

她又转头看了一眼站在一边的陆谦："陆谦，你给我言言姐背琴啊。没看琴那么重的，一点眼力见儿都没有。"

"行，我的姑奶奶。"陆谦无奈地接过大提琴，看了眼，"琴用得还不错？"

他认出来了，这把琴是当初他帮霍衍从国外搞回来的那把。

徐一言："挺好的。"

"好用就成，也不枉费我费了这么大的力气从国外运回来。"他也不懂琴，只是按照霍衍的要求去办。不得不说，这琴是真的难搞，他费了不少力气。

"我请你们吃吧，你们是来看我比赛的，怎么还能让你们请我吃饭。"跟着程橙走出大厅，徐一言拦着程橙。

"不用不用，有人报销。"程橙笑嘻嘻地看着徐一言。

"我们落地海城的时候给二哥报备过了，二哥说费用他报销，我俩这也是沾了你的光。

"所以啊，你就别推托了，反正花的是我哥的钱，别看他是个医生，其实超级有钱。"

其实霍衍本来是想陪徐一言一起来海城的，但是医院那边实在是走不开，最后给徐一言订了一家安全性很不错的酒店才放心。

程橙果真是大手笔，或许是不用自己花钱的原因，带着徐一言和陆谦来到一家装修豪华的餐厅。

程橙和陆谦两个人都是话很多的人，三个人坐在一起吃饭完全不怕冷场。

"言言姐，我哥他平时对你好吗？"程橙坐在徐一言的对面，双手托着脸，满眼的好奇和八卦。

"我问我哥他肯定不告诉我，陆谦他们也不知道。所以，你跟我说说呗，说给我听听。"

"他对我挺好的。"徐一言笑了笑，似乎是想起了什么，"他很温柔、细心，对我很好。"

徐一言不知道应该怎么形容他。

站在宿舍楼下等她的他很有耐心，在包厢里维护她的他很细心，看着她吃饭的他、对她说早点回来的他、朝着她笑的他……很温柔。

他真的对她很好。

"那挺好的，我还从来没见我哥身边有什么女人，你是第一个。"程橙美滋滋地看着徐一言，怎么看怎么顺眼。

不经意间，她的余光瞥到一道红色的身影。

她皱了皱眉，然后像是不敢相信似的，仔细看了看，脱口而出那人的名字："林思？"

那人听见有人喊她，回头便看见了正盯着她的程橙。

本以为这辈子都不会再见到的人，竟然在海城碰到了。

程橙喊了人后呆住了，一旁的陆谦倒是反应过来了，他看了看林思，又看了看对面的徐一言。

好家伙，这是前任和现任的碰面，妥妥的一修罗场啊。

"橙子？"林思对能在这里看见程橙表示惊讶。

"是我，没想到能在这里见到你。"程橙也反应过来了，早知道就当作没有看见了，现在倒好，太尴尬了。

不过还好，林思和徐一言两个人互相不知道对方。程橙想到这儿，松了一口气。

但她似乎忘记了，之前她给徐一言看过林思的照片。

这么多年不见，也没什么话可说，林思简单打了声招呼便离开了。

这边一行三人接着吃饭。

用餐结束时，徐一言去了一趟洗手间，没想到在这里再次碰到了林思。林思推门进来，站在她的身边洗手，不咸不淡地看了她一眼。

徐一言以为林思并不会对自己说什么话的，毕竟自己于她来说只是一个陌生人。

没有想到，下一秒，徐一言就听见了身边的人说："霍衍的女朋友？"

徐一言顿了顿，侧头看向林思。

林思一身红裙，长鬈发随意地披散在肩膀上，静静地看着她，眼中带着笑意，但没有嘲讽，没有轻蔑，没有敌意。

林思是笑着的，带着细微的好奇。

这样的眼神让徐一言暂时放松下来。

徐一言没有说话，她从来没有以霍衍的女朋友自称。

"原来他喜欢的是你这个类型的。"林思打量了徐一言一番后，"挺好的。"

徐一言曾幻想过很多次，如果有一天遇见了霍衍的前女友，自己应该是什么表情、什么反应。

是狼狈不堪？落荒而逃？还是沉默应对？

没想到的是今天这样的情形，平静得像是什么事情都没有发生过一样。

林思没再说什么别的话，洗完了手便出去了。

三个人飞机落地北城的时候，是霍衍来接的。

陆谦离开的时候将车停在了地下停车场，所以霍衍是来接徐一言的。

徐一言走出机场，就这样安静地站在门口，一身卡其色大衣，完全抵挡不住北城冬天的冷风。

人来人往，有的人向前，有的人向后。她背着琴，手中握着行李箱的拉杆，一个人接一个人从她的身边经过。

隔着不远的距离，徐一言看见了霍衍。他一身黑色的大衣，身材挺拔，穿着单薄的衣服，朝着她走过来。

人来人往。

她的眼中只剩下了他。

他接过她手中的行李箱。

车上，他突然问了她一个问题。

他问："言言，想出国留学吗？"

他问这句话的时候，视线朝着前方，手放在方向盘上，黑色的车顺着车流行驶着。他的语气似漫不经心，听起来没有什么起伏。

一个猝不及防的问题。

她不明白他为什么会这么问。

对于他的问题，她有些心慌，有些迷茫，心情很复杂，她并不知道应该怎么回答霍衍的问题。

"这次比赛得奖了？"他并没有在意她的沉默，继续问。

"嗯。"她回答。

"听说其中有个评委是柯蒂斯音乐学院的教授。"霍衍即使从来没有参与过这件事情，却对整件事情了如指掌。

徐一言没有说话，只是微微侧头看他。

她看过他无数次，但每一次看都会被他的长相所迷惑，每一次都会忍不住心动。

等红灯的时间里，他握着方向盘的一只手微微抬起，漫不经心地敲了敲。他的手指细长，骨节分明，这双手，无论做什么都赏心悦目。

"如果想出国，我在那边给你找个房子。"

"不想。"徐一言直接打断了霍衍。

她不知道霍衍是什么意思，但她下意识地拒绝了。

从始至终，他都没有给她一个眼神，只是平静地说着他为她做的打算，他从来都没问过她的意见。

从来没有。

这年冬天，一则不是那么显眼的新闻出现在了徐一言的手机里。

公诉机关指控，被告原北城理事长张某某，包庇工程事故责任人，偷工减料致使工人受伤，受贿人民币 7000 万余元，被法院一审判处无期徒刑，剥夺政治权利终身，并处没收个人全部财产。后张某某上诉，北城高级人民法院于同年 12 月裁定驳回上诉，维持原判。

这个时候的徐一言正坐在图书馆里，刚刚准备收拾着东西离开，打开手机便看见了弹出来的这个新闻。

普通大学生对于这种新闻一般一掠而过，但是这条新闻，徐一言看了十多分钟，逐字逐句。

她不禁想起了很多往事。

那些事情在她的脑海中已经很模糊了，但是大致还有些印象，事情发生的那天也是很普通的一天。

她放学和向彤一起回家，向爷爷来接她们两个人，她们在路上买了冰糖葫芦，有说有笑，蹦蹦跳跳，那天她很开心，因为妈妈说放学回家的时候给她做排骨吃，她一直记得。

可是回家之后，没有排骨，没有站在门口等着她的妈妈。

走进家门，隐约可以听见房间里妈妈低低哭泣的声音，以及坐在客厅沙发上，低着头叹气的爷爷。

从那天起，什么都变了。

而对一个小孩子来说最沉重的打击，是她最爱的妈妈也离开了她。

手机的响动声将徐一言的思绪拉了回来。

是向彤发来的消息。

这天徐一言回了趟家，爷爷不在家，想必是又出去下棋了。

她站在书房里看着那张父母的合照很久，最后深深地看了一眼，鞠了个躬。

她在向爷爷家里找到了自家爷爷。也是，除了向爷爷，爷爷也没有别的朋友。

向彤让徐一言回家给她找点东西，寄到海城。徐一言翻找了很久，才找到了向彤藏在衣柜里的盒子。

还记得高中的时候向彤说过，她有一个盒子，里面装着她的秘密，一直将这个盒子藏在看不见的地方。

徐一言将盒子找出来，打包好，给向彤寄到海城。

北城的冬天干冷，冷风吹在脸上，吹得生疼，徐一言给向彤寄完快递就准备回学校。

她围着厚围巾，走在路上，鼻子呼出的气在空气中瞬间凝结成雾，风吹在眼睫毛上，雾气结冰，眨眼都困难。她冻得不停地吸着鼻子，快步朝前面的公交车站点走去。

路边停了一辆黑色的车，车窗降下，她看见了霍衍的脸。

她听见他说话的声音："上车。"

徐一言轻车熟路地拉开车门上了车，系好安全带之后，将围在脖子上的围巾取了下来。

"冻死我了，今天真冷。"她一边说，一边将车内的温度调高。

"怎么在这里？"霍衍侧头看她。

"我回家给向彤寄快递。"她说话间又将外套的拉链拉开，"她让我给她寄点东西到海城，正好我今天没什么事。"

徐一言厚外套里面是一件白色的内搭，很薄。看样子，她除了这件白色的内搭，就没有再穿什么保暖的衣服。

霍衍看着她被冻得通红的双手，皱了皱眉："天气这么冷怎么不多穿点？"

"我穿得很多了。"徐一言不满地看了他一眼，明明年纪相差不多，代沟却是有好几道的样子。

她指着自己的衣服，一本正经地说："室外很冷，所以我外套穿得很厚啊，超级厚的那种，但是室内很暖和，里面就不用穿很厚。"

见霍衍明显不赞同的样子，徐一言完全被他打败了，几乎是破罐子破摔："年轻人都是这样穿的，你不懂，夏姚里面只穿一件短袖呢。"

——年轻人都是这样穿的。

霍衍被徐一言这句话给逗笑了，合着他是老年人呗。

"我不是嫌弃你老的意思哦。"徐一言心虚地看了身边的霍衍一眼，"我这是合理地阐述事实。"

她这解释还不如不解释。

霍衍无奈。

车子开到学校门口，正准备往里开，徐一言看见了学校门口有一个大爷在卖冰糖葫芦，突然想起自己好像很久都没有吃过了。

她忍不住开口："等一下等一下。"

"怎么了？"霍衍停下车，侧头看她。

"我想吃那个。"她伸手指向车外那个卖冰糖葫芦的摊位。

"行，我下去给你买。你待在车上，别下去。"

霍衍看着徐一言衣衫单薄的样子就不想要让她下车。这天北城的气温已经下降到零下了，在室外走一圈手脚都会被冻红，何况她就穿着那么点的衣服。

小姑娘都怕冻，他怕她被冻坏了。

徐一言坐在车上，看着他开门下车，看着他走到卖冰糖葫芦大爷的摊位前，不知道两个人说了些什么，他拿出钱包付了钱。

气温低，学校门口只有零星几个学生。

他总是嘴上说她穿得少，其实他忘记了，他自己穿得更少。

隔着不远的距离，她能看见他和大爷说话的时候，嘴巴里呼出来的雾气，她甚至还感受到他因为气温太低天气太冷而微微发抖着，她可以想象到他从口袋里掏出钱包，拿钱给大爷时那双被冻红了的手。

她看着他走过去又返回来，看着他骨节微微发红的手，手中拿着好几根冰糖葫芦。

"怎么买这么多，我吃不完的。"徐一言忍俊不禁。

"多买点，让那个大爷能早点回家。"

"哦。"徐一言侧头看了一眼那个站在寒风中的大爷，那位大爷似乎还朝他们这边看了一眼。

她笑了笑，接过霍衍手中的冰糖葫芦。

她将冰糖葫芦放好后，挑了一根出来，撕开冰糖葫芦的纸袋子，咬了一口——甜甜脆脆裹着糖的山楂甜中带酸，一瞬间唾液在嘴巴里分泌。

"好吃吗？"看着她眯着眼的样子，霍衍忍不住开口问。

"嗯，好吃。"她点了点头。

霍衍没着急开车，而是侧头看着她，笑着问她："今天要和我回家吗？"

他的声音还是一如既往的平静温柔，话语中带着些询问的意思。她知道，他是在征求她的意见。

徐一言嘴巴里还含着没咽下去的糖葫芦，怔怔地看着他，眨了眨眼："好。"

徐一言进到屋子，换好那双专属于她的白色拖鞋后，就立马拿着那些糖葫芦直奔冰箱。

她一边打开冰箱门，一边自言自语："房间里暖气开得高，冰糖葫芦容易化掉，放在冰箱里就不怕了。"

霍衍站在她的身后，看着她的动作，听着她的自言自语：

"一天吃一根，能吃好多天。

"好长时间才能吃完。"

晚饭时，霍衍简单地做了两碗海鲜面。

徐一言坐在椅子上，看着餐桌上色香味俱全的海鲜面，忍不住感叹道："没想到你竟然会做饭。"

"我很小就学会做饭了。"霍衍将筷子递给她，在她的对面坐下。

"好厉害啊，我就不会。"她有些惊讶，像霍衍这样的家庭，应该有专门做饭的阿姨，他会做饭真的是很难得。

"没有谁规定过女性必须学会做饭。"

看着她略带些好奇的眼神，他缓缓地开口：

"我妈不喜欢家里有外人，所以除了每周的打扫卫生之外，家里是没有任何外人的，饭菜也是自己做的，我妈不会做饭，我爸就去学。

"后来他们两个人经常出去旅游，家里就剩我哥和我，我们两个人从小就学会了做饭。

"我们两个人做饭的手艺都还行。"

"真好。"听他说他家里的事情，她很羡慕，羡慕他那关系和睦的家庭。

"算是不错吧。"他轻笑一声。

"算是？"她看他。

霍衍想了想，轻笑一声。

"我觉得我哥大概有些恨我。

"因为我做了医生，家里所有的工作都压在了他身上。

"他算是牺牲了自己的梦想成全了我。"

霍衍似是想起了什么有趣的事情，紧接说："他年轻的时候想做摄影师，连续拍了暗恋的女生三年。"

"哇，好深情。"徐一言第一次从他的嘴里听见这样的故事。

在那个圈子里，很少能见到霍衍哥哥这样的人了，毕竟他大多心气高，很少能做出这种跟在女孩子屁股后面跑的事情。

"那他们现在在一起了吗？"

霍衍摇了摇头："没有，那个女生出国了。"

"好可惜。"暗恋未能成真，是非常可惜的一件事情了。

"不可惜。"他摇了摇头。

"为什么？"她疑惑地看着他。

"因为那个女生在国外学了摄影，而且，快要回国了。"

"希望他们能在一起。"

"嗯。"

饭后两个人看电影。

徐一言选了很久，最后选了一部外国电影《弱点》。

"喜欢看电影？"

霍衍给她切了个果盘，放在她面前。

"嗯，喜欢在家里看电影，不喜欢去电影院。"

像是想到了什么，她紧接着开口：

"还喜欢小洋楼，有个小花园，春天百花开满了整个院子，要是有个投影仪就更好了，在家里看电影。

"还要有一条狗狗，白色的。"

她不自觉地就说起了自己向往的生活。

霍衍含笑看着她，认真地听着，没有说话。

这个时候的徐一言在他的眼里是生动的，眼中是带着光的。

直到徐一言意识到自己说得入了迷，说得有些多。她小心翼翼地看了他一眼，补充道："我说着玩的。"

"挺好的。"他说。

"什么？"她问。

"我说，这样的生活，挺好的。"一屋，两人，一狗，三餐，四季，这种平淡温馨的生活，也是他所向往的。

不知不觉，电影已经到了尾声。

客厅里除了电影的声音，就是两个人说话的声音。

"霍衍。"

"嗯？"

"你有弱点吗？"

"每个人都有弱点。"

"那，你能接受欺骗吗？"

"为什么这么说？"

"随便问问。"

"不能接受。"

人生的很多个阶段都像是一场梦，或长或短，或真实或虚幻，或开心或痛苦，等到梦真正醒来的时候，会产生很多情绪，或后怕或庆幸，或遗憾或满足。

这些不同的情绪时刻环绕着我们，让我们继续走向另一个阶段，命运的长河一直催着我们向前，无法停止。

霍衍对她太好了，所以在很多个时候，徐一言总觉得，这辈子一直这样下去也很好，她是真的希望他们两个人能一直走下去，即便心里已经足够清楚，这是不可能的事情。

　　她做事喜欢做绝，逼着自己一直向前永不回头。但是在关于他的这件事情上，她还是给自己留有了余地。

　　这年春天的第一场雨下得比较早，是淅淅沥沥的小雨。

　　这天是周六，她背着包去霍衍的公寓。那个他只允许她进去过的公寓。

　　她周末没课的时候经常去霍衍的公寓住，已经有一段时间了，相比起一开始的不愿意，现在的她已经很坦然了。

　　坦然地接受他对她的好，坦然地接受别人眼里他们两个人的关系。

　　经常在那边住，衣服和洗漱用品也备了一些。所以她什么都没拿，只是背着一个小斜挎包就去了。

　　她打着一把淡蓝色的伞，伞不大，正好足够一个人打着。上了公交车之后，她坐在靠近后门的位置，靠着窗，微微侧头看向窗外。

　　可以看见雨水随着风飘下，斜落在车窗玻璃上，又顺着玻璃滑下，留下一道道浅浅的痕迹，模糊了世界。

　　透过雨幕，可以看见雨中的行人，有的打着伞，有的没打伞，有的慢步行走，有的匆匆小跑。

　　突然，一辆救护车和公交车擦肩而过，声音由远及近，由近及远。看着救护车的方向，徐一言猜测，那应该是去济仁医院的。

　　很快到了公寓，霍衍今天在医院上班，傍晚的时候才能回来，她轻车熟路地进屋换鞋，去卧室睡了个午觉之后又找了一部电影看。

　　卧室的被子上全部是他的味道，闻着这个淡淡的味道，她很容易入眠，很安心，就像是他在她的身边一样。

　　午睡起来之后，天色已暗，雨下得大了，能听见外面雨水落下的声音。灰蒙蒙的天，天空乌云密布。她没开灯，仰靠在沙发上，整个客厅里就只有电视播放电影散发出的光。

　　雨天特别适合窝在家里睡觉和看电影。

她一边看着电影，一边刷着手机，看见手机里弹出来的新闻，不是什么很重要的事情，只是说近几天都是雨水天气，市民出行注意安全，遵守交通规则。

天色渐晚，徐一言打开外卖软件，准备点些吃的。

两个小时之前霍衍发来消息，说他待会儿要上个手术，不会很长的时间，但是会耽搁一会儿，回来的时间稍微晚一些，如果饿了的话让她自己先订个外卖。

她算计着时间，选了个他平时常吃的店，点了几个他喜欢的菜，想着大概餐送来了，他就回来了，正好他们能一起吃饭。

刚刚点完餐，便看见手机弹出来的新闻，是一条社会新闻。

徐一言鬼使神差般地点进去。

北城某路段发生车祸，一辆柯尼塞格与一辆奔驰相撞。奔驰车主当场死亡，柯尼塞格车主重伤入院。现该路段已经被封锁，广大市民朋友出行不要走这个路段。

根据相关路段监控显示，柯尼塞格超速变道，未保持好安全距离，与同向行驶的奔驰车产生严重碰撞，碰撞力度过大，车辆报废，现场惨不忍睹。

柯尼塞格 one1，这辆全球限量的车，她曾在一个人那里见过。

退出新闻，徐一言起身走到阳台，将半拉上的帘子拉开。窗外雨幕如注，仅可模糊地看到对面大楼的灯光，以及楼下的车水马龙。

又是雨天。

她拿起手机给霍衍打了个电话，他的手机关机。想着他应该还在做手术，手机关机或是没电了，她没在意。

这边徐一言刚刚拿到订的餐，那边霍衍就回来了。

听见玄关处开门的声音，她一抬头便看见了从外面走进来的霍衍，他手臂上搭着外套，换好了拖鞋从玄关走到客厅，将外套随意搭在沙发上。

"外面的雨下大了吗？"她问他。

"嗯。"他走近她，伸手摸了摸她的脑袋，看了眼餐桌上还冒着热气的饭菜，"怎么现在才吃？"

"等你。"她笑着回答，低着头摆放好餐具，说话间似是不经意地提起，"我给你打电话你手机关机了。"

霍衍闻言，将外套口袋里的手机拿出来看了一眼："嗯，应该是没电了。"说着将手机放在茶几上，"你先帮我充个电，我去洗个澡。"

徐一言看着朝房间走过去的霍衍，顿了顿，漫不经心地瞥了一眼茶几上的手机。她缓缓地放下手中的包装盒，走到客厅拿起他的手机，给他的手机充上电。

坐在沙发上，她的眼神一直没能从他的手机上离开。

给他的手机充了一会儿电之后，徐一言拿起他的手机，开了机。

开机之后，屏幕上明晃晃地显示着几个未接来电，以及几条消息。

捕捉到几个字眼，徐一言猛地转头看向主卧的位置，握着手机的手紧了紧，像是心虚般，仔细地听了听房间里面传来的声音，房间隔音很好，她什么都听不见。

即使知道这短短几分钟的时间，他是不可能洗完澡出来的，但她还是这样做了。

以前就听爷爷说，但凡有违心的想法，不管是否将想法付诸行动，就一定会心虚。

果真是这样的。

霍衍大部分的密码是同样一串数字，她手指轻轻点击了屏幕几下，便打开了他的手机。

她看了一眼未接来电，有一通是她打的，也有陆谦打的，还有一个没有备注的陌生电话号码。

单单只是看来电记录根本就看不出什么，徐一言又看了那些还没有被看见的消息。

消息的内容也正如她所料。

本来她以为生活会继续这样下去，即使发生什么变故，也是在她所能接受的范围之内。

但没有想到，就是这么巧，这个世界给了她另一个选择。

上前一步是地狱，后退一步是天堂。

前面是狂风暴雨，后面是风平浪静。

是向前，还是后退？

上天给了她一个机会，她是接住，还是放弃？

徐一言心中纠结了很久。

她突然想起很多年前，老房子的院子里，花开得正盛，身边围绕着亲人，那是她在过生日，大家都在笑，她也在笑。突然场景变换，院子里空无一人，快要枯萎了的花无人顾及，周围充斥着低沉的哭声，没有人在笑，他们在哭、在叹气。

这一刻，她做出了选择。

徐一言侧头看向窗外，漆黑一片。

她双手颤抖着，像是触电了般，呼吸急促。那些不安的情绪就像是藤蔓，在她的身上蔓延、缠绕、裹住她，试图让她窒息，但又宽容地给她留了一线生机，让她有逃脱的机会。

在这一瞬间，她竟然开始妄想，妄想时间就停止在这个夜里，永远停止，永远黑暗，第二天永远不要来临，永远不要天亮。

她在害怕，她怕自己的美梦会在天亮的时候彻底地醒过来。她希望时间可以久一点，再久一点，她想要和他一直待在一起，待在这个空间里，只有他们两个人。

应该怎么做呢？

怎么办才好呢？

　　推门的声音彻底打断了她杂乱的思绪，让她停止思考，也唤回了她即将崩溃的灵魂。

　　她将手机放在茶几上，转头看他——

　　他一身深灰色的家居服，手中拿着毛巾在擦头发，偶有几滴水珠从发尾滴落。

　　他站在卧室门口，看着她，眉眼柔软。

　　她太喜欢看他看着自己的眼神了，因为每次这个时候，她总是能感觉到，自己是被爱着的。

　　"怎么了？"他看她似乎是情绪不大好。

　　"没什么。"她笑着摇了摇头。

　　"饿了？过来吃饭。"

　　他将毛巾随手搭在椅子上，走到餐桌前，朝她招了招手。

　　看着她走过来，霍衍将椅子给她拉开，将饭菜朝着她面前挪了挪，语气格外柔和："以后我回来晚，你自己先吃，不用等我。我下班的时间并不是很固定。"

　　"不要。"她固执地摇头。

　　他看着她，无奈地叹了一口气："小姑娘。"

　　"都说过多少遍了，不要再喊我小姑娘了。"她不喜欢他喊她小姑娘。好像无形之中，便拉开了两个人的距离。

　　"知道了，言言。"他改了口。

　　这天晚上，徐一言格外黏人。

　　热烈且绝望。

　　像是在暴风雨前，最后感受一次他的温暖。

　　这天晚上，大概是徐一言这辈子最难入睡的一晚。

　　深夜，他睡着了，身体正对着她，她忍不住认真仔细地看他。

他睡着的时候更加温柔，眉眼柔顺。如果不考虑他的年纪，现在的他，若是打扮得青春一点，走在大学校园里，那跟大学生也没差别。

跟在他身边的这些日子里，她曾用很多东西来形容他。

他像是远方连绵不绝的山，又像是山涧潺潺的小溪，像是冬季飘雪，又像是春日暖阳。她对他所有的描述那些瞬间，都是她爱他的时候。

她缓缓地伸手，小心翼翼地靠近，指尖轻轻地碰了碰他的睫毛，手顺着他的脸颊缓缓滑下。

深夜，寂静的空间，还能听见窗外淅淅沥沥的雨声。

沙哑低沉的女声在房间里缓缓地响起——

"霍衍，我好像，有些后悔了。"

一个人的一生做过很多选择，但并不是每个选择都不会后悔，反倒是大部分的选择会让人感到后悔。有的时候后悔或许并不只是做了选择之后产生的负面情绪，它恰恰给人一种错觉，让人感觉，好像如果不做这个选择，做了别的选择，一切都会不一样。

真的会不一样吗？

谁都不知道。

因为我们每一个人都没有后悔的机会。

徐一言彻夜难眠，最后迷迷糊糊地睡了，却做了一个不安稳的梦。

那是一个很长很长的梦，梦里的场景光怪陆离，充斥着各种各样的声音，交错杂乱，此起彼伏，久久不能停歇。

她猛地惊醒，睁开眼睛入目的就是霍衍的下巴。

她视线往上，看到了他整张脸。

两个人四目相对。

她看见了他温柔的眉眼，看见了他看着她的时候，眼中那让她出现幻觉的爱意，她被他搂在怀里，两个人体温交融。

他应该醒来有一段时间了，一直看着她。

这个周日，他不需要上班，她也不需要上课，两个人难得在床上多躺了一会儿。

看着他看着自己的眼神，徐一言瞬间有些不知所措，有些心虚。她心虚地垂眸，躲开了他的眼神。

"你醒了。"

她将头往他怀里埋了埋，让他无法看见她脸上那明显是心虚的表情，她知道，他现在应该还不知道发生了什么。

"嗯。"霍衍伸手搂住她，将她往自己的怀里拢了拢，捋了捋她略微凌乱的头发，"没睡好？"

她没说话，只是静静地靠在他的怀里，感受着他身上的温度，感受着他的气味。

从未有任何一刻能和现在相比，让她待在他怀里的时候，无比安心。

"霍衍。"

靠在他的怀里，她喊他的名字。

"嗯？"他微微低头，下巴抵着她的头顶。

"霍衍。"

"嗯。"

"霍衍。"

"我在。"

"我好喜欢你。"在这个时候，她才敢说出自己一直不敢说的话。跟在他身边的这几年，她从来没有向他说过自己喜欢他，因为喜欢这件事，对他们这样的人来说，简直是微不足道，可有可无。

他对她很好，但是从来都没有对她说过喜欢，所以，她也不敢轻易表露。

只是——

只是这一次，她觉得，如果不说，可能以后也不会再有机会了。

"我知道。"他说。

两个人起床之后，霍衍简单地做了个早餐，给她倒了一杯牛奶。

坐在餐桌前，她看着霍衍拿起手机。

她知道他习惯边吃早餐边看手机。

他看了手机一眼，皱了皱眉，随即拨打了一个电话。

电话很快被接通。

"哥！你怎么才给我打电话，之前给你打了好几个都没人接！发消息也不回！"电话那边传来陆谦气急败坏的声音。

"怎么了？"霍衍看了手机一眼，皱了皱眉，"昨天手机没电关机了，手机静音了。"

"出事了，哥。"

霍衍静静地坐在徐一言的对面，她一抬头便能看见他。

只见他低着头，手中拿着电话，听着电话那头的人说着什么。他的眼神落在餐桌上，脸上倒是没有什么特别的表情。

平静，很平静。

平静得让她心慌。

杨泽轩昨天晚上发生车祸，超速变道，他还酒后驾车，警察和记者先杨家人一步到了现场，事故现场被全面封锁，杨家人没机会进去。

事故判定杨泽轩全责。

车祸的受害方当场身亡。

对方家里也不是省油的灯，放话一定要让杨泽轩付出代价。而且这件事情已经闹到了网络上，杨泽轩那辆高调的车，再加上"富二代酒后驾车超速变道撞车致人死亡"的标题。

让这成为一条爆炸性的新闻。

几个家族之间有往来，这件事一发生，他们便都知道了，昨天晚上联系不上霍衍，霍衍是最后一个知道的。

"嗯，我知道了。"

霍衍挂断电话，低着头沉默了片刻，随即抬头看向对面的徐一言。

此时徐一言已经低下头，放在腿上的手紧紧地握着，似乎是在忍耐着、控制着自己的情绪。

"你做的？"

徐一言清楚霍衍这三个字问的是什么意思，昨天晚上她删除了他的信息和来电记录，还将他的手机调成了静音。

是她做的。

要问她此时是什么感觉？她感觉自己好像腾空了似的，飘在空中，上不去也下不来。

后悔吗？在昨天晚上，看着他睡颜的时候，她曾有过那么一瞬间的后悔，但等到第二天早上醒来，睁开眼睛便是刺眼的阳光时，她是不后悔的。

想做的事情一定要做，不做才会后悔。

心中有一瞬间的痛快闪过，但取而代之的是更大的痛苦，她痛苦，因为她知道，她做了这件事，他们之间就完了。

徐一言缓缓地抬头看他，直视霍衍的眼睛。

毫无畏惧。

坦坦荡荡。

"是我。"

他早已料想到了她的回答。

他看着她，眼神中带着些审视和不满，显然是不赞同她的这个行为。

"为什么？"他问。

"为什么？"她笑了，莫名其妙的。

明明做了一件不好的事情，但是她却笑了，笑出了声音，眼睛泛着泪花。

"你不是应该知道吗？"她侧头看着他。

她的家庭背景在他那里应该不算是秘密，他要想知道，轻而易举。

"你的来电记录和消息是我删掉的，手机也是我调成的静音。"

她的声音微微颤抖，像是平静的湖面被风一吹，起了涟漪，一圈接着一圈。

"以昨天晚上的情形来看，杨家那边已经来不及运作了，如果只是一个普通的车祸也就算了，但那是一条人命！而且对方也不是什么背景都没有。

"你们霍家有媒体那边的关系，季行止出不了手，只能找你。

"据我所知，你大哥在国外出差，你父母不在国内，更往上一辈的人对于这种事情也不会轻易插手。"

徐一言的逻辑十分清晰，分析着昨天的局面以及所有的可能性。

霍衍："你倒是把我摸了个一清二楚。"

他看着她，即使知道了她的家庭背景，也从未料到她会做出这样的事情，而且还是从他这里下手。

霍衍："那你就一定确定我知道了会帮他？"

徐一言看着霍衍的眼神中，竟然产生了一丝破碎感。

是的，她也不确定。

但她还是这样做了。

都说长痛不如短痛。

她却是一个选择长痛的人。

她宁愿说违心的话，即便往后的日子里一直痛苦，也要将他从自己的身边推开。

"我不会放过任何一个机会，即使你可能不会帮他。

"我就是这样一个人。"

她白嘲着，眼眶红了。

"为达目的不择手段。

"我知道你们圈子里的人关系密切，特别是我知道你和杨泽轩是朋友，我更不会轻易放弃。

"即便机会渺茫，我也会找机会一直待在你的身边。"

"你的心情我能理解，但是你的做法我并不认同。在你父亲的事情上，杨泽轩是无辜的，甚至可以说，杨家也没什么错。"他极其冷静地和她分析着。但谁都不知道的是，他放在腿上的手已经握成了拳头，紧紧地攥着，像是在忍耐着什么。

"别冠冕堂皇地说什么理解不理解，我连我自己都无法理解为什么会这样。"

这个世界上就没有真正的感同身受。霍衍根本就不能理解，一个那么小的女孩子失去父母的感觉，他无法理解她看着自己母亲尸体的感觉。

所有人都以为她年纪小，那些事情早就不记得了。

是，她是很多都不记得了，但是她这辈子都忘不了，母亲的哭声，以及那满地的血。

"你知道我最恨什么。"他缓缓地开口，像是在强调着些什么。

"我知道，欺骗。"她是知道的。

"所以你还是这样做了。"霍衍自认对她不薄，他给她最好的，是真的一心只想将她留在身边，甚至还想要和她有一个未来。

"对啊,我有什么理由不这样做呢?"她突然笑了,笑着笑着,又突然哭了,又哭又笑。

"我呢？我不是理由吗？"他向她妥协了，只要她肯低头，他就会当作什么都没有发生过一样，只要她示弱，这件事情不会再有第三个人知道。

"不，你不是。"

徐一言残忍地说出这四个字。

接着，她说的每一句话，都是一把反向插入自己心脏的刀，刀刀见血。

"你以为我们是什么关系？情侣？

"我是你什么人，情人？

"我们两个人之间从未有过任何浪漫的关系。

"我们之间什么都不是。"

她看着他，字字伤人，字字泣血。

"别把我想得那么高尚。

"我就是一个很随便的女人。

"除了你，也会有别的男人。

"你不会是唯一。"

他看着她："骗人。你明明知道我对你——"

他的话还没来得及说完，便被她无情地打断。

"别装什么情种，我最讨厌的，就是你们这样的人谈情爱。

"你根本就不了解我，我也不了解你。我根本不是你认为的样子，我坏透了。"

她觉得自己是在自虐，像是在伤口上撒盐，故意去按发炎的智齿，像一个海鲜过敏的人故意吃下一盘海鲜。

因为只有这样，才能让她保持清醒，让她不会再次沦陷在他的眼神之中。

像是再也无法忍耐，她起身朝着门口走去，每走一步都格外痛苦。

但没走几步，就听见了身后霍衍说话的声音——

"这次我可以当作什么都没发生，我们还像以前一样。"

她脚步微顿，没有回头。

"你不是说不能接受欺骗的？

"所以，不要原谅我。"

就让你我停留在这里，从此，你对我的感情，最好是怨恨，而不是爱恋。你最好要忘记我，将我从你的生活中彻底地抹去。

这一段风花雪月，这一段荒唐的故事，就让它彻底地停下来吧，不要再继续了。

　　随着门被关上的声音，整个房子里面就只剩下霍衍一个人，餐桌上放着一动未动的早餐，还没凉，冒着热气。

　　这道门，像是把他们两个人分割在了两个不同的世界，再也无法相交。

第九章

没有人爱她

从霍衍的公寓里出来之后，徐一言打了个车回学校。

下过雨的原因，空气湿润，有些冷，她衣衫单薄，刚刚离开的时候将外套留在了那里，没来得及穿，几乎是夺门而出，什么都在乎不得了。

她实在是没脸面对他。

她清楚地知道，在所有的事情中，霍衍是最无辜的一个，杨家的事情和他没有任何的关系，他只是作为杨泽轩的朋友，被她看上。

整件事情霍衍一直处于一个被动的状态。她尽力克制着自己对他的感情，尽力让他相信，她于他来说只是利用，从而让自己内心的痛苦得到片刻的缓和。

她侧头看向车窗外，看见了经过的车辆，来往的人群，这些统统向后挪动着，还没来得及仔细看一眼，便消失在视线之中。就像是那段没有结果的感情，还没来得及好好感受，便戛然而止。

半降下车窗，窗外的凉风吹进来，吹到她的脸上。

冷风拂面，让此时此刻的徐一言稍微清醒了一点，身体的每一个毛孔都渗进了冷风，冷得她打了个寒战。

越冷，越清醒。

车里司机播放了一首歌——

地球上两个人，能相遇不容易，做不成你的情人我仍感激。

轻柔的女声在这个狭小的空间里缓缓地响起。

人的一辈子有太多太多的事情，爱情在大多数时候是无法被放在第一位的。爱是没用的，多爱都没用，尤其是单方面的爱，只有相爱才是有用的。她并不能确定他是否爱她，所以她单方面地放弃了。或许对他们两个人来说，对方都是自己生命中的沉没成本，已成定局，无法挽回。

很多事情我们都无法控制，这辈子能遇见他，能陪着他走一段路，已经很好了。

她看着窗外，视线却逐渐模糊。

徐一言从记事起就一直生活在北城，奶奶去世早，家里只有爷爷、爸爸、妈妈和她。爸爸做的是建筑工程方面的工作，妈妈是老师，她家虽不是什么大富大贵的家庭，但也算是衣食无忧。

那年春天下第一场雨的那天。

父亲负责的工程出了事故，一向清正廉洁的他入了狱，莫名其妙成了这个事故的主要责任人。

当初的调查结果很清楚，连一向视自己儿子为骄傲的爷爷都默认了，没有争辩，没有上诉。

她没想到父亲竟然会自杀，也没有想到母亲会跟着父亲离开。

在后来的日子里，徐一言从来都没有在爷爷那里听说过任何关于这件事的话，但她一直不相信，不相信这件事情就是这样的事实。

但这件事已成定局，无法改变。

她没想过要报复，在遇见霍衍之前是没有想过的，甚至知道了霍衍与杨泽轩是朋友关系后，也只是稍微动过那种念头，不过很快就打消了，一来是她做不出什么有效果的报复，二来她还有爷爷，她不会做这种危险的事情。

这次算是凑巧了。

或许老天爷都觉得他们两个人之间不合适，想要用这种方式让他们分开。

所以她做了。

她并不知道自己的行为会对杨泽轩造成什么影响，大概不会有什么很大的影响。

无论会不会有影响，她想，如果重来一次，她也是会这样做的。

空荡的房间，餐厅的餐桌上，饭菜已经凉透了。霍衍坐在书房，窗帘敞开着，阳光倾泻进屋子，大半个屋子都被照亮，只有他坐着的位置，有一块小小的阴影，使他大半个身子都隐藏在阴暗之中。

他手里拿着个打火机，不停地开开关关，放在桌子上的烟盒却没有被打开过。

正对着霍衍的桌子旁放着一把大提琴，是当初他送给她的那把。她一直将琴放在他这里，只是需要用的时候过来拿，或是直接在公寓的书房里练琴。

所以她这次离开，没有带走。

他不知道她是不是来不及带走，还是不屑于带走他送给她的东西。

他从小在一个特别的家庭里长大，一直接受的教育是：谨言慎行，说话要留三分，给别人留有余地，事情不能做得太绝，行事作风沉稳，不轻挑，不纨绔，即使不能给家族争光，也定不能给家族丢脸。

幸好上头有兄长继承家里的产业，所以他才能从那些盘根错节的关系中抽身而出，去做自己喜欢的事情。

他并不擅长笼络人心，做不来商场上那种钩心斗角的事情，但也丝毫不软弱，什么事情该怎么做，做到什么程度，自己心里清楚有分寸。

他没有脱离家族的荫蔽，却又不受控制，对于想要的一直坚持，或早或晚，都是自己的。

他不像陆谦和杨泽轩他们那样，身边从不缺女人，他认为这种东西不是生活的必需品，即使年过三十，在众人眼中已是需要成家立业的年纪，依旧是孤身一人。

　　不是不想恋爱结婚，只是身边缺少那么一个人，一个合适的人。"合适"这个词于他来说不是门当户对，他的婚姻他做主，所以他想找的那个人，也单纯地只要适合自己而已。

　　那次去 A 大接外公，一推开办公室的门恰巧就看见了正准备推门走出来的徐一言。那时他根本没注意她长什么样子，只记得她低着头，阳光落在她的身上，她身上背着大提琴，匆忙地走出去，慌慌张张。

　　不知为何，她走出去之后，他的脑海中依旧浮现着她的身影，鬼使神差般地，他就走到了窗前，隔着玻璃窗，看见了楼下的身影。

　　从楼上看下去，小小的一只。

　　不知是不是感受到了从窗内看过去的视线，她竟然回了头，逆着光笑了。不知道是在朝着谁笑，既然不知道，那他暂且就认为是朝着自己吧。

　　后来再次见到她，是在 A 大校庆演出，她的节目是大提琴独奏。她穿着一件白色的礼服，鞋子是白色的，连戴着的手链也是白色的。原本以为单调无趣的演出，因为她，突然有了色彩。然后就是莫名其妙带她出去玩，他不明白自己为什么这么做，但就是控制不住自己。

　　或许是对她有好感，所以在看见了她遗失的手链之后，明明能及时还给她，却偏偏要她自己拿，请她吃饭，将她拉到自己的身边。

　　后来他也调查过她，家里有点故事，但那些于他来说根本不算什么。

　　他对于她一直存在着一些不确定，所以迟迟没有表态。

　　后来，关于两个人之间的关系，他总想着和她说清楚，想着找一个合适的时间，将两个人之间的关系坐实，名正言顺。那个时候，她不需要无名无分地跟在自己的身边。

　　就差一点，如果没有杨泽轩的事情，他会和她说明心意，他们会以男女朋友的身份在一起。

　　就差一点，但是这一点足以让他们之间的关系产生翻天覆地的变化。

她的那些话，他知道并非出自于她的真心。

她说他不了解她，其实并不是，而是他太了解她。

他知道她这样做的目的，知道她在想什么，他知道她需要时间，他给她，他可以等。

只要认定了一个人，只要确定是她了，无论需要等到什么时候，他都不在意，他要的只是最后的结果。

手机里收到一条消息：【已经做好了，很快给你送到北城。】

这段时间徐一言一直待在学校，几乎连校门都没有出去过。

夏姚察觉到了徐一言的不对劲儿，但是什么都没问，因为她看出来徐一言正在让自己的行为变得很平常，想来她是不想要被别人发现的。

有的时候，对一个人最好的尊重和安慰，就是沉默。

这段时间过得很平静，像是被冻住的、风都吹不动的湖面，像是枯涸的池塘，像是灾害过后的废墟。徐一言好像回到了那个还没有遇见霍衍的时候，一个人独来独往。

后来通过各种渠道，徐一言得知了杨泽轩的情况，以及那个圈子里发生的事情。

杨泽轩被判处三年有期徒刑。

中午徐一言在学校食堂吃午饭，坐在最角落里的位置，只要了一碗面。她低着头，整张桌子就她一个人，食堂里很多人来来往往，声音嘈杂，只有她是一个人。

正对面是一个显示屏，经常播放一些新闻供在食堂吃饭的学生观看。大多数的学生边吃饭边聊天，抬头正经看新闻的人很少。

她不经意间抬头，似乎在新闻中看见了一个白色的身影，一晃而过。

这是北城早间新闻，是重播的。

不是什么社会新闻，不是什么医疗事件，只是很普通的，记录北城济仁医院的清晨。

食堂声音嘈杂，徐一言仍旧能够听见里面主持人说话的声音："济仁医院的清晨还是一如既往的忙碌，即使还没到医生上班的时间，就已经有很多人患者在排队等待了。"

徐一言并不确定刚刚视频中那一闪而过的身影是不是他。她不知道他今天是不是在医院上班，不知道他昨天晚上是不是值了夜班，是上班还是今天早晨才下班。

她发现，自从离开了他的身边，即使是在同一个城市，她已经完全失去了他的消息。

低下头的瞬间，有泪滴到了碗里，晶莹的泪珠在落下的那一秒里，在窗外阳光的照射下，反射出细微的光，在落进碗里的那一瞬间，泯然其中。

她拿起筷子，一口一口地吃着面，眼泪像是止不住似的，一滴接着一滴。

她边吃边哭，又突然笑了，像是想起了那年春天，还没认识他的时候，她也曾一个人坐在这个位置，吃了一碗清汤面。

此时此刻碗里的清汤面，吃在嘴里是那么咸，像是自食其果，那些所有的，兜兜转转，最终又回到了原地。

徐一言下午去办公室找了陈院长，出国的事情她正在准备，对于她来说并不是很繁琐，语言考试她已经通过了，这次来找陈院长，是希望陈院长给她准备一份推荐信。

柯蒂斯音乐学院有入学考试，现场试演她没有问题，TOEFL也没什么问题。她需要的，是推荐信。

陈院长年轻时在柯蒂斯音乐学院读过书，后来获奖，也算是有名气的人，有了他的推荐信，去柯蒂斯音乐学院这件事就算是板上钉钉了。

每每去办公室找陈院长，总是能看见他在喝茶，办公室里弥漫着茶香，这次也不例外。

"来了？"陈院长正在倒茶，似乎她来找他，是他意料之中的事，他朝她招了招手，"坐。"

徐一言刚刚坐下，陈院长就将一个信封放在她的面前，像是早早就已经准备好了似的，就等着她来了。

"这是推荐信。至于学校那边，我也已经和熟悉的人打好招呼了，你只管准备好需要准备的资料。"

他抬头看她。

"学校的入学要求你都已经满足，其他的没必要担心。他们那边收到了你的申请资料之后会很快给你答复。"

徐一言没有想到会这么顺利。

道谢过后，她拿着推荐信起身，就听见陈院长又说了句——

"魏老想要见你一面。"

对于魏老为什么想要见她，徐一言自然是知道缘由的，她心里一清二楚。所以坐在这古色古香的茶室里，面对着坐在对面的魏老时，她不紧张。

只是，有些心虚。

她端正地坐着，这是从小到大的家教，爷爷最讨厌的就是脊背挺不直的人，他说挺直脊背就像是做人一样，要光明磊落。

只是那双规矩地垂放在腿上的手却微微颤抖着，即使不怎么明显，但是足以显露出现在她的心态。

魏老倒了一杯茶放在了她的面前，看得她胆战心惊。作为一个晚辈，怎么能让长辈给自己倒茶？

她接过茶道谢。

魏老依旧是之前看过的那样，面容沉静，看不出喜怒。

"小徐。"他开口叫她，"你爷爷身体怎么样？"

"身体挺好的。"她连忙点头，恭敬地回答。

"说起来我和你爷爷认识，还是因为你的奶奶。"

像是回忆往事一般，他娓娓道来：

"当初我和你奶奶是校友，同在一所学校，也算是认识，那个时候你奶奶和你爷爷还不认识。

"你爷爷要强，即使家里出了事，也没求过人，唯一一次，是为了你上学的事情。

"A 大除了陈院长还有很多优秀的教授，可他偏偏想让你做陈院长的学生，明明知道陈院长不收学生还是坚持。

"我帮忙，也是看在和你奶奶的关系上。

"后来想想也是，毕竟陈院长的人脉摆在那里。"

说着，他看向徐一言，明明是笑着的，却让人感觉到了其中的压迫感。

"他希望你能学有所成，相信你也不会辜负他的期待。

"人这辈子会遇到很多的人，所有的人都不会永远留在身边，有的人来，有的人走，错过和失去是人生的常态。

"向前看才是正确的选择。"

他话锋一转："听说你想去柯蒂斯？"

"是的，已经准备好了申请材料。"徐一言如实回答。

"你很有天分，适合走这条路。"

魏老端起茶杯，淡淡地喝了口茶。

茶杯渐渐见底，但是放在徐一言面前的那杯茶，还是满满当当。

两个人之间的对话好像很简单，看似只是一个长辈在叮嘱一个晚辈的学业和人生，但是这个简单的对话里，却处处透露着不简单。

魏老并不像一个会找她说这样话的长辈，她只是一个无关紧要的人，像魏老那样的人，根本不可能会给她一个眼神。她知道，魏老早就知道了她和霍衍两个人之间的事情，她与霍衍的事情，不是秘密了。

明明这些话中没有任何一句提到了霍衍，却处处在提霍衍。

而她，也明白了魏老的意思。

她想，他们两个人之间的故事，就像是一场演出，中途戛然而止，没有人知道结局。

不知道后续，不知道结果。

这些日子，徐一言的生活一直风平浪静，并没有因为杨泽轩的事情而造成什么影响。

她知道霍衍不会将她删除信息和未接来电阻止他帮杨泽轩的忙的事情告诉任何人，她不知道他这样做是不是为了保护她，其实她也算不上做了什么，想来他也不屑于说什么吧。

徐一言背着琴从琴房出来。

这段时间她在等柯蒂斯音乐学院的通知，现在没什么课了，闲来没事她就来学校琴房练琴。

宿舍现在是她一个人住。夏姚前段时间搬了出去，夏姚的男朋友来北城了，她和男朋友一起住。

那个男生在一个破旧的小巷子里租了一个地下室，离A大很远。听说那个男生加入了北城的一个车队，夏姚愿意放下一切去陪他。

这不像是夏姚会做的事情，但是回头想一想，也并不是不可能。年轻的时候，有的人，会为了爱而放弃一切，爱大于一切。

已是傍晚，天空尽头是一片火红色，夕阳染红了整片天空。

徐一言穿着单薄的长裙，背着笨重的大提琴朝宿舍楼走。

夜风习习，微风吹起徐一言的裙摆和额间的发丝，包里的手机突然振动。

徐一言在路边站定，从包里拿出手机低头看了一眼，是程橙发来的消息。

程橙：【言言姐你在不在学校？】

徐一言：【在的。】

程橙：【好的，我们马上去学校接你，你就在你宿舍楼下等着我就行了。】

还没等徐一言反应过来，就看见了程橙的这句话，突如其来，毫无预兆。

她连忙在手机上打字：【是什么很重要的事情吗？我可能没空。】

程橙：【很重要，我快回美国了，想要和朋友们聚一聚。】

程橙：【我已到你们学校了，很快就能到你宿舍门口。】

徐一言实在是没办法，只能快步朝宿舍那边走过去。

刚刚走到宿舍附近，还隔着一段的距离，远远地就看见了停在宿舍楼下的车，以及站在楼下的人。

是程橙和陆谦。

她心中突然松了一口气，幸好不是他。

"我们还以为你在宿舍楼上呢，陆谦一直朝着上面看，也没见你下来。"程橙连忙走上前挽住徐一言的胳膊。

"我过几天要回美国了，想把朋友都叫来一起聚一聚，这几天没在我哥身边见到你，所以就直接电话联系你了。

"要不是我哥医院有事情不能来，直接就让他和你一起了，我就不用跑一趟。"

霍衍医院有事。

这是徐一言从程橙的话中捕捉到的一个重要信息。

他不能来，所以，她应该是看不见他了吧。

在程橙的强烈要求下，徐一言上了车，她甚至还没来得及回去换件衣服。

她其实是可以拒绝程橙的，甚至可以和程橙说自己已经和霍衍没有关系了，但是她无法说出口。就好像只要没有别人知道，在别人的眼里，他们还是在一起的。

她知道这是在自欺欺人。

但是她控制不住自己。

她从未将爱情这种东西放在人生的第一位。

她爱一个人，但是没有感受到那个人也是同等爱她的时候，她不会付出自己的所有。

她不会像夏姚一样，明明在学校是被人称之为钢琴女神的人，竟然甘愿为了一个男生去住地下室，为了那个男生放弃一切。

她不大明白，但是想一想，如果她也遇到了像是夏姚遇到的那个男生一样，那么爱她的人，她也许也会做出一样的选择。

但是，没有人爱她。

还是熟悉的 888 号包厢。

包厢里有很多人，却没有她熟悉的人，大多是陌生面孔。

从程橙那里得知，季行止公司忙，沈临南还在国外没回来，杨泽轩出了事，至于霍衍，他医院有事来不了。

她没怎么说话，只是程橙和她说话的时候，她才会微微回应几句。即使她在这个环境中格格不入，但程橙还是最喜欢和她说话，让她在这个环境里显得并不是那么突兀。

"我又要回去了，如果不继续读下去的话，应该很快可以回来的，我真的是不想待在外国，还是祖国好。"程橙是一个心里藏不住话的人，面对着自己信任的人，总是喜欢倾诉。

"你在美国哪里？"徐一言问。

"我在洛杉矶。"

洛杉矶和费城一东一西。

徐一言想，以后应该是不会调到了。

说话间，徐一言拿起桌子上的果汁。

随着抬头的动作，她看见包厢的门被人从外面推开。缓缓地，开门的瞬间带进来了一些门外的灯光，但是又随着关门的动作被隔在了门外。

那人走进来，她一眼就看见了他。

她没想到能遇见他，明明他医院有事不能来的。

霍衍一推开包厢的门，就看见了坐在沙发上的徐一言。

有多长时间没有见到她了？自从那天她从公寓里离开之后，两个人就再也没有见面。

他坐到了她旁边的位置，挨着她，就好像是之前一样，就好像他们还和之前一样似的。

他侧头看她，她瘦了，头发长长了。

但是她没有看他，在以往的那些日子里，她是最喜欢侧头看他的。

他们两个人谁都没有说话，只是静静地坐在沙发上，即使两个人坐得那么近，但是两个人之间却好像是相隔着万水千山。

她听见了霍衍和程橙在说话。

程橙问他不是说医院有事吗，怎么又来了。

他回答说事情办完了，就过来了。

她尽量让自己像一个透明人，最好让所有的人都不要看见她。

但是没用。

人群中不知道是谁认出来了她。

徐一言不认识那个人，之前陪着霍衍出来玩的时候没有见过这个人，又或许是自己已经忘记了之前有见过这么一个人。

人群中人有问："你认识啊！"

"我女朋友和她一个学校的，听说过。"

接下来他们说的话，传进她的耳朵里，就好像是耳鸣了似的，恍惚着听不清，隐隐约约，时断时续。

他们说她唱歌应该不错。

他们问她愿不愿意上台唱首歌。

徐一言看着程橙替她出头。

"你以为谁都能上台唱歌的？打谁的主意呢你！"程橙极度护短，她不允许自己身边的人被别人这样对待，完全没有给那几个人好脸色。

徐一言僵硬地坐着，身边是霍衍，他一句话没说，只是静静地坐在她的身边，安静地喝着酒，就好像是之前的很多次一样，对于所有的事情都漠不关心。

他没有帮她。

这是徐一言的第一反应。

当一个人陷入极端的情绪之中时，总是会产生一些不合理的心理，抑或说是一种逆反心理，试图用自己的行为换来对方的目光。

她并不是一个冲动的人，但是这次却冲动了。

在众人注视的视线中，徐一言缓缓地站了起来，没有丝毫犹豫地走上了台。

这个时候的徐一言其实并没有发现，在她起身离开的时候，他是伸出了手的，他想拉住她。只要他开口，便没人敢为难她。

但是已经来不及了。

而他，也只能默默地将已经伸了出去的手收了回来，不动声色。

徐一言在台上站定，一只手缓缓地抬起，握住了站立式话筒，即使是站在这样乌烟瘴气的环境中，依旧还是脊背挺直。

她缓缓地抬眸，看向那些正在看着她的人，看向他。

她突然笑了。

台下的霍衍看着台上人的笑容，突然有些恍惚，好像之前的很多次，他带着她来这里的时候，她的眼中都是没有笑的，只是看向他的时候，才会笑一笑。

其实，她最讨厌这样的环境，最讨厌这样的地方了。

陆谦和程橙看着徐一言和霍衍之间的互动，面面相觑，不知道他们之间发生了什么。

梦里梦到醒不来的梦，红线里被软禁的红，所有刺激剩下疲乏的痛，再无动于衷。

是否幸福轻得太沉重，过度使用不痒不痛，烂熟透红空洞了的瞳孔，终于掏空终于有始无终。

徐一言的视线看着台下，却早已模糊，脑海中突然浮现出那年，也是在这个包厢，她坐在台下，看着台上的刘念念唱歌。

也是这一首《红玫瑰》。

那个时候的她不明白当时的刘念念是什么样的感受和情绪。但是今天，此时此刻她站在这个台上唱歌。

恍惚间好像和当年刘念念的身影重叠。

直到自己亲身经历了当年刘念念所经历的事情，才终于感受到了那种感觉。

扑面而来的羞耻感，即使经常上台演奏，但和这个还是天差地别。被别人用各种各样的目光打量着，暧昧，不屑，戏谑等等。从台下投来的所有眼神，都足以成为一把把杀死她的刀。

无法躲避，她站在台上，台下所有的视线都投向她。

徐一言唱歌很好听，这是霍衍第一次听到她唱。

她的声音清澈，平时和他说话的时候，她的声音就好像是山涧的潺潺流水，沁人心脾。

但是此时此刻却不一样，不是因为唱这首《红玫瑰》需要用到沙哑的嗓音。好像她的嗓音真的沙哑了，很难过，即将哭出来。但是她却没有哭，她在笑，看着台下所有的人在笑。

明明是在笑，但是他却感觉她在哭。

这一刻，他的心却像是刀割似的在疼。他甚至有一种冲动，想要上台去，将她从台上拉下来，将她困在自己的怀里，永远都不放手。

但是他却没有那么做。

聚会结束，徐一言站在会所门口，已经很晚了，起了风。凉风吹在她裸露的胳膊上，吹得她直发抖。

徐一言来的时候没带外套，身上只有一件单薄的长裙，根本就无法抵御住这夜晚的凉风。她拿出手机准备打个车，想着就不麻烦陆谦和程橙送自己回去了。

刚刚拿出手机，就感觉一阵温暖袭来，自己的身上被披上了一件外套。

外套上是淡淡的柠檬洗衣液的味道，是他的味道。

跟在他身边这么久，他从来不喜欢喷香水，身上一直都是自然的、洗衣液的味道，或者是淡淡的消毒水味。

"怎么出来不带件衣服？"他的声音在她身后缓缓响起。

她没说话。

后面陆谦和程橙出来了。

今天这个场面，任谁都能看出霍衍和徐一言两个人之间的不对劲儿，两个人也是个识趣的，想着给他俩留点空间。

"言言姐，让我哥送你回去吧。"程橙给了陆谦一个眼色。

"对对对，正好二哥也没事。"陆谦附和道。

"不了，我自己打车。"徐一言出声拒绝，但刚刚说出口，手腕就被他拉住了。

"我送她。"

你问她想不想要他送她？当然是想的。

或许还有拒绝的机会，但是她却没有。

如果没有今天程橙的事情，他们两个人可能不会再见面了，而这次，也可能是他们两人的最后一次见面。

如果是最后一次，那么就让她再放任一次自己。

他将她的琴拿上车，又为她打开了车门。她没说一句话，只是顺从地坐进了他的车里。

两个人坐上车之后一句话都没有，谁都没有先开口说话。

寂静的空间里，两个人呼吸的声音交织在一起。

"听说你准备出国。"他缓缓开口。

他声音有些沙哑，在这个寂静狭小的空间里格外明显。

"嗯。"

"柯蒂斯？"

"嗯。"

她回应后，便是他一连串的问题：

"资料准备好了吗？

"陈院长有没有给你些推荐信？

"陆玥那边可以帮你写。

"你去了之后住哪里？

"找好房子了吗？"

"霍衍。"她没有回答他的任何问题，而是喊了他的名字。

"这是我的事情。"

我们已经没有关系，这是我的事情，不需要你来插手。

两个人不知是沉默了多久，徐一言看见车上的烟。

"霍衍。

"以后少抽点烟，对身体不好。"

他将她送回学校，将琴替她从车上拿下来。

"你——"

他的话还没有来得及说出口，她已经转身朝着楼上走去。

他就这样沉默地站在楼下，那双已经伸出来的手还停滞在半空中，触碰到的，是冰凉的空气。

他像一座石像，立在原地，风吹不动，雨淋不坏。纵使青苔向上蔓延生长，渐渐地已经看不出了原来的模样。

他依旧站在原地。

毕业季，学校各处挂上了各色的横幅，旧的人离开，新的人到来。

徐一言最近在学校里面见过夏姚几面，最后一次是在路上去办公室的路上。

夏姚挽着一个男生的手，那个男生身形消瘦，一身黑衣，手臂上是一大片的文身，头上是一顶黑色的鸭舌帽，帽檐压得很低，看不清脸。

在他身边的夏姚和任何时候都不一样，不是众人眼中的钢琴女神，而是一个开朗爱笑的小女孩。

这是她第一次见到这样的夏姚，好像这个时候的夏姚才是真正的夏姚。她看见夏姚朝着那个人在笑，两个人不知道说了些什么，那个男生微微侧头。

徐一言在这个时候看见了那个男生的侧脸，他很瘦，五官分明，棱角锋利，像是一把锋利的刀，浑身上下都散发着冰冷。但是他看向夏姚的时候，嘴角微微扬起，很温柔。

徐一言甚至有些羡慕。

据她所知，那个男生没有很好的家庭背景，没有钱，没有学历，没有正经的工作，甚至连一个正经住的地方都没有。但是，他很爱夏姚。

或许对很多人来说，光有爱是没有用的，但对夏姚来说，她什么都不缺，只缺爱，而那个男生能给她爱，这便足够了。

一天晚上，徐一言接到了霍衍的电话。

她刚刚洗漱完从卫生间里出来，就听见放在桌子上手机在振动，连脸都没来得及擦干，就走过去拿起了手机。

她一边拿起手机，一边抽了张洗脸巾，还没来得及擦脸，看见手机上显示的备注时，整个人像是僵住了般的，站在原地。

脸上还滴着水珠，看着手中的手机，手足无措。

电话一直在响，就在即将自动挂断的时候，徐一言摁下了接通键。

她将手机半举在耳边，没有说话。

电话那边的人也没有说话，两个人都沉默着。

除了电话听筒传出来的微弱电流声，再也听不到其他声音，就连一丁点的呼吸声都没有，但他们却可以确定电话那边人的身份，确定对方是在的。

像是一场无声的对峙。

两个人都倔强地没有说话，明明只要有一方先开口，彼此都不会这样继续沉默。

他们两个人的骄傲，完全用错了地方。

手机屏幕上显示的通话时间一分一秒地加长。

这通无声的电话，像是一个催泪剂，致使徐一言的眼眶中蓄满了泪，原本已经接近半干的脸，此时此刻又被泪水打湿，泪不停地从眼眶中溢出来，打湿了脸。

她极力忍住自己的哭声，压抑自己的抽泣声，生怕让电话那边的人听见。但她又舍不得挂断电话，她怕，怕这次挂断了他的电话，以后就再也不会有了。

随着时间的流逝，抽泣声越来越明显，电话那边的人显然是感觉到了。

"言言？"他喊她的名字。他的声音有些紧张，有些犹豫。

他们有多长的时间没有见到彼此了？以至于现在隔着电话，都好像有些陌生了。

"怎么了？"他的声音变得焦急起来。他不在她的身边，根本就不知道她发生了什么。

在听到他声音的一刹那，徐一言就再也控制不住，颤抖着手将电话挂断了。在挂断电话的瞬间，她紧绷的身体才稍稍放松了下来。

她就好像失去了所有力气似的，无力地瘫倒在地上，爬不起来，手机随着身体一起掉在地上，发出"砰"的声响。

她狼狈地伸手捂住脸，任由泪水从指缝间渗出，先是小声地哭泣，随后便是号啕大哭。

第二天，徐一言见到了陆谦。

来的并不是霍衍，或许是知道她不想见他，所以让陆谦给她送些东西过来。

他们约在了学校附近的一个咖啡店。

徐一言到的时候，陆谦已经坐下了，应该是等了一会儿了，漫不经心地看着手机等她。

徐一言在他的对面坐下。

陆谦身边放着把大提琴，是之前她留在霍衍家里的那一把，也是当初霍衍送给她的生日礼物。桌子上还放着一个文件袋，徐一言不知道里面是什么。

"二哥让我给你送点东西过来。"陆谦看了一眼坐在对面的徐一言。

他犹豫着想要说点什么，却不知道应该从什么地方说起。

"你和我二哥，你俩是怎么了？"

他们这几个哥们儿从小到大遇到的困难也不少，无一例外都在女人这方面栽过跟头，本以为霍衍这样的人是不会发生这样的事情的，但是没想到，英雄难过美人关。

"那天在会所就见你俩不对劲儿，我和程橙也不敢说什么，她那天离开的时候还叮嘱着我多看着你俩点儿。

"你俩搞得好像是老死不相往来了。二哥他待你真的是不错，他也不是个花心的人，没见过他为了哪个女人弄成这个样子。

"他说你应该是不想见他，就让我给你把东西送过来。"

陆谦也没想多说什么，他觉得自己说的话徐一言也听不进去，毕竟他也不是什么好人。

"这是你放在他那里的琴。"陆谦指了指立在地上的琴，又将手边放着的文件袋挪到了徐一言的面前，"这个是二哥让我转交给你的。"

徐一言接过陆谦推过来的文件袋，打开看见了里面的东西。

是一把钥匙、一张照片和一张纸。

纸上写了一串地址。

"二哥听说你要出国留学，怕你找不到合适的地方住，这个房子是他给你找的。

"他说这个房子距离你学校近，交通也比较方便，是你喜欢的房子，是栋小洋楼，有个小花园。"

徐一言顿了下，缓缓地拿起了那张照片。

照片中是一栋洋楼，不算很旧，透过低矮的金属大门，可以看见里面的院子，院子里种着花，正盛开着。

是她梦想中的样子。

那天他们两个人说话的场景还历历在目，那个时候她只不过是随口一说，没想到他竟然记住了。

她将照片倒扣，甚至连那张纸上写的地址都没有看一眼，颤抖着手，将这些全部都装进了文件袋里。

"你把这些拿回去，帮我转告他，这些我是不会收的，以后也不要送了。

"至于这把琴，也拿回去吧。"

徐一言看了一眼："人总是要在不同的阶段选择和自己相匹配的。"

这把琴太贵，对她来说太奢侈了，她配不上，而霍衍，就像是这把价值不菲的琴，可望而不可即。

"我先走了。"没和陆谦说几句话，徐一言连忙拿起包走出了咖啡店，像是生怕被身后的人追上来似的。

她低着头，头发全部垂散在脸侧，在微风的吹动下，略显凌乱，即使眼眶通红，也没让眼泪流出来。

不远处的路边，停着一辆黑色的车，隐藏在路边的几辆车之中。

昏暗的车里坐着一个人，微微侧着头看向窗外，手中夹着一根烟，烟缓缓地燃烧着，烟雾在车厢中升腾缭绕，他却没有降下车窗，像是怕被人发现。

霍衍抬眸缓缓地看着渐渐远去的女孩。

她好像又瘦了。

"心太累了。"陆谦打开车后座的门，将琴放进去，又绕到驾驶座的位置，坐进去。

"她什么也不要，连话都没听我说完就跑了。"陆谦说着看了副驾驶座上的霍衍一眼。

霍衍衬衫领口微敞着，眼眸低垂，手中还夹着根烟，一副颓废的样子。

看着车厢里烟雾升腾的，陆谦连忙将车窗降下，将车里的烟雾散出去。

"你亲自跟她说，说不定她就收了，也不知道你们俩是在想什么。"

一大早就收到霍衍的消息让他去给徐一言送东西，本来以为就他自己去，没想到霍衍也跟来了，到了约定地点还一直坐在车上不下去，一个人躲在车里抽烟。

霍衍没说话，陆谦也没开车，直到霍衍手中的那根烟彻底燃烧殆尽，他才缓缓开口："走吧。"

他们之间的关系，就像是一颗种子，落入了土壤。

但并不是所有的种子都能肆意生长。

更多的，是烂在泥土里，永不见天日。

远山

第十章

◆

抓住那一道光

出国之前，徐一言将所有的事情安排妥当。

想着出国之后自己不在北城，再加上爷爷身体不好，所以她将爷爷送去了疗养院，和向爷爷一起，两个人做个伴儿，也不算孤单了。而且这样也不用担心自己不在家爷爷有个什么事情没有人知道，送去疗养院比较放心，有什么事情可以及时通知到自己。

向彤在海城很忙，忙着找工作，和男朋友之间也出了些问题，她连自己都顾不上，根本就没有时间回北城送徐一言，两个人只是简单地打了个电话，多年发小，送不送都无所谓了。

至于夏姚，徐一言已经很久都没有听见她的消息了，也不知道她去了哪里，在朋友圈里也没有看见她的消息，偶尔能在微博上看见她，多是分享日常，应该是还和那个男生在一起。

离开的那天是个阴天，乌云遮住了天空，不见太阳。

这些年来，她见过无数次的阴天，在同样的天气里发生的某件事情，她已经完全不记得了。但是唯独记得这一次，记得她远走他乡去异国留学的日子。她觉得这一天格外冷，比之前的任何一个阴天都冷。

她在家里简单地收拾好行李，自己一个人打车到机场。从头至尾，没有一个人送她。

都说人这一生中会遇到很多很多的人，形形色色，各种各样。那些人会在你人生的道路上留下一个又一个的脚印，或深或浅，但是很快就会模糊不见。

但是她却不一样，她好像一直没有遇到什么人，只有霍衍，只有他在她的生命中留下了深深的脚印。

他真的是一个很好很好的人。无论过去多久，每每想起他，徐一言总是会这样想。

但是天上的星星怎么能和地上的尘埃在一起呢？

想想都好笑。

徐一言身边就只有一个白色的行李箱，一个托特包，还有那把陪了她很久的大提琴。

她一个人孤零零地站在机场大厅。

身边人来人往，行色匆匆。

一阵风吹过，有些冷，她忍不住战栗一下。

之前读莫言《晚熟的人》，里面有这样一句话：

"年轻的时候爱上什么都不为过，成熟的时候放弃什么都不为错。每个人终其一生都在寻找一个与自己灵魂相近的人，到后来才发现唯一契合的就只有自己。"

人这一辈子是要为了自己而活的。与其执着于那些并不属于自己的东西，倒不如去追求那些自己可以得到的东西。

确定要出国的那天徐一言和向彤通过电话，向彤问她值得吗？

徐一言知道，向彤问的不是出国值不值得，而是因为一件与他无关的事情而放弃他值得吗？

关于值不值得，在人生还没有到达终点的时候，谁都不能妄下定论。他们两个人并不合适，他看着好像也不是那么喜欢她。她不想和那个圈子里的公子哥交往过的女孩儿一样，被抛弃，被遗忘。

她是一个感情匮乏的人，从小到大没有什么人爱她，所以当需要她真正做出一个选择的时候，她必须反复地试探，反复地确认，直到得到肯定的答案之后才会做出自己最后的选择。

霍衍下了手术之后立马换了衣服朝着医院外面跑出去，医院里面的医生护士们不知道，能让他们一向淡定，甚至有些冷漠的霍医生这样焦急的究竟会是一件什么样的事情。

今天是徐一言出国的日子，霍衍本来想着去送她，但没想到被一个手术给耽误了，手术等不了人，他只能先给患者做手术。

手术结束的时候时间已经不早了，他连外套都还没来得及穿，拎在手上就朝着医院外面跑出去，迈着大步，脚下生风。

陆谦的车停在医院外面的露天停车场，他从霍衍开始做手术的时候就在外面等着，直到等到了霍衍下手术匆忙赶来。

"你终于出来了。"见霍衍上车，陆谦立马系好安全带，发动车子。车很快就消失在了车流之中，不见踪影。

虽说陆谦平时吊儿郎当，但违法乱纪的事情还真没做过，这次为了霍衍能及时赶到机场去见徐一言，他频频加速，差点闯了红灯。

"我说哥你要不把她留下来吧，既然舍不得，为什么还要放她走？"

陆谦不是个遇到事情会考虑很多的人，向来无拘无束、无所畏惧惯了。他只是知道，喜欢一个人就是想要把那个人留在自己的身边，永远不和她分开。

既然这么喜欢，那为什么还要放手呢？

"家里养的花自杀了，遗书写道：一生不愁吃穿，唯独缺少阳光和爱。"

霍衍侧头看着窗外，眸光闪烁，说出了一句让陆谦听不懂的话。

陆谦并不明白这句话是什么意思。既然霍衍做出了这样的决定，那一定是有他的理由。

在机场等待的这段时间里，徐一言不停地朝外面看。

她小心翼翼地转头，视线之中没能捕捉到那个熟悉的身影，又将头转回来，失落地看着地面。

心中总是抱着一种侥幸的期待。

期待着那个人会来，期待着会不会有另一种结果。即使嘴硬地说着讨厌他的到来，但是当真正到了那个时候，心中还是期待的。

看着渐渐流逝的时间，徐一言低头轻笑一声。

他应该是不会来了。

徐一言从椅子上起身，拿着行李，最后看了一眼门口的方向，只看了一眼，就头也不回地走了进去。

只是这个时候的徐一言并没有发现，机场门口匆匆跑进来的那道身影。

徐一言刚刚上飞机找到自己的座位坐下，一位空姐便朝着她走过来。站在她的面前，微微弓下身子，轻声问道："请问是徐一言徐小姐吗？"

"是我，有什么事情吗？"看着站在自己面前微笑着的空姐，徐一言并不知道她有什么事。

"是这样的，有一位霍先生，让我们将这个转交给你。"空姐说着拿出来一个方形的丝绒盒子，直直地递给徐一言。

没有丝毫防备，这个盒子就这样展现在她的面前。

徐一言心里十分清楚地知道空姐口中的"霍先生"是谁，除了霍衍，她并不认识其他姓"霍"的人。

"谢谢。"她伸手接过了盒子，下意识地放在手心中摩挲着，动作十分小心。

等到空姐离开之后，徐一言呆愣地低头看着手中的方形丝绒盒子，视线几乎黏在上面，一寸一寸地看着，不放过任何一个角落。

她不傻，人概能猜到，这么小的盒子里装的是什么。

但是此时此刻这个东西拿在自己的手中，她心中难免还是有些不相信的。

她不相信他。

她不相信他爱她。

直到她颤抖着手缓缓地打开了盒子，她看见了里面的东西——

是一枚戒指。

素圈上镶嵌着一枚钻石，熠熠生辉。

盒子里还放着一张被叠得很小的纸条。

她将小纸条展开，上面是一串简短的英文——

You just go ahead and I'll always be behind you.

你只管向前走，我永远都在你身后。

徐一言一阵恍惚。

她心口突然一疼，下意识地伸手捂住胸口，眼中却被逼出了泪，无声无息地，一滴接着一滴落下来，落在了手上，袖口处，又慢慢洇开。

她从未想到他会送她戒指。

她一直以为她于他来说其实并不是那么重要，她于他是一个随时可以放手的人。但是现在，此时此刻，看着手中的戒指，她发现是自己错了。

错得离谱，错得彻底。

她错了。

她错在以为他不爱她。

但是，她又能做什么呢？

是现在下飞机，给告诉他自己不走了吗？

不，不会。

空姐从她的身边经过，广播声响起，飞机即将起飞了。

即使收到了他的戒指，知晓了他的心意，她仍旧没有下飞机的想法。

人生这么长，我们每个人都不能一直停留在原地，这个世界上还有许多难以跨越的东西，真正迈过去之后，才能看到晴天。

她没有将戒指戴在手上，而是妥帖地放进了自己随身携带的包里。

看着窗外的云层，眼泪已经干了，眼睛还是酸的。

这一瞬间，她突然发现，她好像做错了很多事。

但是，她并不后悔。

机场外。

霍衍站在车旁，仰头看着天上的那架飞机。

陆谦看着霍衍，有些不明白。

"哥，你为什么不亲自送过去？"他们要是想要进入那飞机，想要见她一面，并不是什么难事。况且现在飞机还没起飞，一切都还来得及，一切都还有转机，为什么不亲自送给她，而是让别人转交？

霍衍摇了摇头，视线一直放在天上，缓缓开口："她不会想要看见我的，如果我去送，她是不会收的。"

他知道她固执得很，若是他亲自进去，她是绝对不会收下那枚戒指的。他没有想要留下她，她走，是为了实现梦想，他不会拦她。

她还年轻，应该飞往属于她的天空。

陆谦有些惊讶地看着身边的男人。

都说霍衍无情，跟在身边这么久的女孩儿说不要就不要。

其实并不是。

深情的是霍衍。

而绝情的——

却是徐一言。

刚到国外，哪里都不顺，徐一言到了费城之后，好不容易找到了自己租住的房子，但实际上看见的房间和房东照片上发来的还是有所差别。

刚刚到费城的前几天，徐一言晚上是不敢出去的。她租住的房子比较偏，人多又杂，什么肤色的人都有，初来乍到，天一黑就不敢出来了。

在国内的时候总是在新闻上看国外枪杀案，路上走着走着就中枪了，心中难免是有些害怕的，尤其是自己孤身一个人来到这里。

那次傍晚出去买吃的，回来晚了，路上没怎么有人了，她拎着塑料袋子，走路的时候袋子发出"沙沙"的声响。

耳边没有别的声音，除了袋子发出的声音，走路的脚步声，就是自己那疯狂跳动的心跳声。明明身后没人，她却感觉到身后有人在跟着自己似的。

回到住的地方，合租室友不在。室友是个英国小姑娘，有个金发男朋友，应该是和男朋友出去了，也不知道什么时候回来。

徐一言将门关上，站在门口喘了几口气，稍稍缓了过来，然后小心地将每一个房间都检查了一遍，直到没有发现异常，才放下心来，回到了自己的房间，将门反锁。

这段时间她吃得也不习惯，刚来那几天还比较新鲜，吃久了就不那么喜欢了。

不过后来她渐渐适应和熟悉了周围的环境，顾虑就不是那么多了。不会因为天黑回家晚而害怕，每天吃着单调重复的食物，依旧学不会做饭，偶尔下次厨，不好吃也会勉强吃掉。

看，其实也并不是那么难以适应。

开学之后，徐一言也在学校里认识了几个来自中国的同学，大家虽然专业不同，但是异国他乡遇见同胞，总是会多少带着那么些惺惺相惜的感情在里面。大家偶尔有空会一起吃饭，一起参加活动，徐一言跟着他们也学到了不少的生活技能，也不算是孤单。

除了上课，其余的时间，徐一言都在学校附近的中餐厅打工。中餐厅老板是海城人，全家人移民过来，在这里开了个餐馆。

相比起雇佣外国人，他们更愿意给这个中国小姑娘一个兼职的机会。

其实爷爷已经给她存够了出国留学的钱，但是她没用多少。爷爷年纪大了，以后万一哪里需要用钱，她这些钱是给爷爷攒着的。

她靠着自己的双手也能够养活自己。

日复一日，在国外的日子也不算是很难过。

费城的冬天很冷。

徐一言住的地方没有暖气。室友经常夜不归宿，整个屋子里面就只有她一个人。没想到天冷得这么快，完全没来得及去准备一些御寒的东西。

床是冰凉的，空气也是冷的。

她蜷缩在床上，身上裹着厚厚的被子，身上穿着毛绒的睡衣，依旧手脚冰凉，完全抵御不住这寒冷的天气。

她下床给自己套上一双袜子，给身上贴上从国内带来的暖贴，又加了一床棉被，整个人蜷缩在里面。这样才勉强好些了。

总想着冬天就这么长，忍一忍就过去了。再忍一忍就好了，她很能忍耐的。

这样想着，迷迷糊糊地就睡了过去。

第二天，徐一言穿着厚重的棉衣从公寓里面走出来。她一身白色的棉衣，红色的围巾绕了好几圈，包裹得严严实实的，手上还戴着一双深红色的手套。

天太冷了，刚出公寓的大门，她整个人就被冻得一抖，冷风不断吹在脸上，像刀割似的疼，整个人朝着衣服里面缩，试图减少自己的寒冷。

徐一言穿着厚重的衣服背着琴走路，整个人显得特别臃肿。

她赶着去上课，脚下步伐有些快。昨天晚上因为太冷了好不容易才睡着，早上睡过了头，醒来的时候时间都已经快要来不及了。

她走在路上忍不住打了个喷嚏，心想着应该不会是感冒了吧，异国他乡生病很麻烦，她也不想要去医院。

公寓对面的街边转角，有一辆低调的车，停在那里很长的时间了，车窗紧闭。车厢里烟雾缭绕，是霍衍在抽烟，他看着那道白色的身影，一根接着一根，停不下来。

这是自她离开之后，他第一次来找她。

实在是控制不住。

那天晚上北城下了雪，他做了一个梦，一个很长很长的梦。

他梦见费城也下雪了，很大的雪。她走路摔倒了，整个人都扑在地上，浑身上下都是雪，很狼狈。回到公寓里，也是冰冷一片，她自己一个人蜷缩在床上，她在哭，无声地哭泣。

梦醒，他发现自己眼角处有一道泪痕。

他想她了，想知道她过得好不好，想去看看她，只看一眼。

所以，他坐了最快的一班飞机去找她，去看她。

她离开之后，他的烟瘾越来越大了，像是控制不住一般，只要一想起她，就忍不住地抽烟，试图用这种方法来麻痹自己。

但是丝毫没有作用。

烟并不是他的解药，他的解药，是她。

见那道身影完全消失在了他们的视线中，陆谦降下了车窗，散了散烟味。

随后坐在霍衍身边的陆谦就像是汇报工作一般，拿着手机边看边说：

"她就住在路对面的那个公寓里，和别人合租，室友是个英国人，公寓的条件不怎么好，冬天也没个空调什么的。

"主要是这一块比较便宜，在那个价格范围里，没有空调和暖气也能理解。

"她在学校附近的一家中餐厅打工，常去的地方除了学校就是中餐厅，有的时候也会去咖啡店工作。"

整整一天，霍衍一直跟着她，看着她背着琴进入学校，然后又出来，看着她赶去中餐厅的路上，边走边吃着面包。

冷风刮在她的脸上，他不知道她冷不冷，但是看着她微红的脸，他确定她是冷的。这么冷的天在外面吃东西，对身体也不好。怎么能吃面包呢，实在是没什么营养。他不知道她在这里都吃什么，他只知道，她好像过得不算好。

隔着车窗，隔着餐厅的玻璃，看着她不停地在餐厅里忙碌着，来来回回地收拾着东西。傍晚看着她疲惫地从餐厅出来，低着头，没有什么精气神。

一整天的上课和打工，徐一言走出餐厅，脚步都发轻，整个人晕乎乎的，有些站不稳，头有些发热。

或许是一天只吃了个面包的原因，也或许是昨天晚上她着凉了，她有些低烧。她匆忙赶回公寓，找了片退烧药给自己吃下，祈祷着自己不要生病。

霍衍的车停在公寓的楼下，跟着她一路上从中餐厅回到这里，看着她走进公寓，看着她房间的灯亮起来。

自停下车，霍衍的视线就没能从那个窗户上挪开。

"我听橙子说虽然她不发消息，但是联系方式还在用，没换。电话也是能打通的。"

陆谦是在提醒霍衍，毕竟现在已经到了她楼下了，就算不见一面，打个电话也是可以的。既然这么想她，都不远万里感到了费城，总不能什么都不做吧。

"不了。"霍衍摇了摇头。

后来，公寓莫名其妙地被安上了空调，徐一言没见到房东，不知道她为什么突然这么做，甚至连房租也没上涨，而且中餐厅的工资都涨了很多。

她并不知道原因，只是渐渐地，她接受了这里的生活。

自从来到国外，徐一言很多社交软件都不怎么用了，只是偶尔和国内的向彤联系，和爷爷打个电话。她是一个没有什么分享欲的人，也不怎么发朋友圈。

她注册了一个 INS 账号，偶尔发些照片，多是风景照，路口、咖啡店门口、傍晚的灯光、日出、日落等等。

徐一言没有想到会在 INS 上碰见夏姚。

起因是同学偷拍了一张她拉琴的照片发给她。

照片中的她正坐在洒满了落日余晖的落地窗下拉琴，落地窗很大，橘红色的夕阳映照在她的身上，周身像是被暖阳包裹着。

这一瞬间就好像全世界的光都打在了她的身上。

她很喜欢这张照片，所以干脆就直接将照片上传发送到了 INS 上。

没想到几天之后收到了一条评论：【我也在美国，要不要见一面？】

名字是一串没有什么规律和意思的字母，后面加了两个数字"89"。

徐一言确定自己根本就不认识这个人，她的 INS 账号也从没有告诉过别人。

点开这个人的主页，翻看了几张照片，徐一言才知道，原来是夏姚。

柯蒂斯音乐学院坐落于费城的市中心。在市中心散步，很容易就能看见学院巨大的"C"字 logo 挂在街头。在文丘里设计的新大楼里，经常可以看见许多学生在五楼的花园露台喝着咖啡，拉着琴。

徐一言和夏姚约在学校附近的一个咖啡店。

这是自从离开北城之后，徐一言第一次见到夏姚。夏姚变了很多，在她的印象中，夏姚一直都是优雅的淑女，在人群中闪闪发光，让人一眼就能注意到。

但是此时此刻，坐在她面前的人，和之前完全不一样了。

黑色 A 字短裙，白色吊带小衫，耳垂上是一个大圆圈形状的耳环，头发被烫成了栗棕色大波浪，黑色的眼线，红色的嘴唇。

夏姚依旧很漂亮，在人群中依旧显眼，让人惊艳。

但是和之前相比，完全变了。

夏姚端起咖啡，看了一眼一直在打量着自己的徐一言，轻笑一声："怎么，不认识了？"

"没，就是觉得你变化挺大的。"徐一言实话实说，没想到她竟然改变了这么多。

"你倒是没什么变化。"

夏姚看了徐一言一眼："在 INS 上看见你还是挺意外的，我还以为你在所有的社交软件上都不会发你的私人照片。

"如果不是凑巧看见，我们也许还见不了面。

"Y？

"XYY（徐一言）的 Y？"

夏姚看着徐一言，饶有兴趣地问。

徐一言没想到夏姚会突然这样问，还没来得及回答，就听见了夏姚接下来的话——

"或许还有别的含义？"

夏姚并不知道徐一言的事情，只知道徐一言当初认识了一个男人，身份上的差别有些大，经常夜不归宿。她没有打探别人隐私的爱好，所以至今也不知道发生在徐一言身上的事情。

还记得曾经夏姚说有机会一定要见一见那个让徐一言沦陷的男人。但是此时此刻，两个人面对着面坐着，彼此对视一眼，眼中满是遗憾。

"Y，其实是 HY（霍衍）的 Y。"徐一言笑着回答。

这个秘密，她对谁都没有提起过，甚至是从小一起长大的向彤都没有。但是此时此刻，看着坐在自己对面的夏姚，她却忍不住说出了口。

提起他，徐一言突然想到了那年宿舍里的约定，翻找着手机里的照片，找了很久，终于找出了一张之前偷拍他的照片。

她还记得，要给夏姚看一看自己喜欢的人。

"你们还在一起吗？"夏姚问。

"没有。"徐一言下意识地伸手，想要摸一摸那枚被自己做成项链戴在脖子上的戒指，但也只是微微抬起了手，便自嘲般地放下。

"我们没有在一起。"

徐一言问："你呢？你和他还好吗？"

"他啊……"

夏姚像是想起了什么似的。

"那个没良心的,自己一个人快活去了,把我留在这儿。"

她喝了一口咖啡,明明咖啡加了糖加了奶,依旧还是这么苦涩,又酸又苦。

从夏姚的口中得知,那个男生叫陈弋,已经去世了,是事故,也算是意外。

当初陈弋为了给夏姚买一枚戒指,参与了一场地下赌博,不是他赌,他是这场赌注里的一个工具,渺小又不起眼。

曼岛TT,环岛机车耐久赛。每年六月在一个位于英格兰和爱尔兰之间的小岛上举行。比赛赛道是围绕岛外围的公路,全长六十公里,弯道有两百个以上,是世界上最长的赛道。

这也是世界上最壮观最危险的摩托车赛事,在比赛中身亡的概率很高。

陈弋是一个极端的疯狂主义者。自由、疯狂、速度,是他毕生所追求的。他喜欢风撕裂的感觉,喜欢极端的速度。后来因为身边有了夏姚,他已经收敛了很多,很少参加危险系数很高的比赛。

但是那天他在商场的一个橱窗里看见了一枚戒指。这枚戒指他曾经在夏姚的手机里看见过,也在她带回家的杂志上见过,她很喜欢。

那个时候他们正住在脏乱差的地下室里,一无所有。那枚戒指对于陈弋来说,根本买不起。

那场赌注赌的是车,赌的是名次。因为无人敢接,所以陈弋作为被下注的选手,无论哪一方赢,都会得到不菲的奖励,前提是他去参加曼岛TT比赛。

这个比赛是有门槛的,能参加的不多。而陈弋恰恰达到了比赛的标准。

谁都无法预测生死,夏姚知道,陈弋一旦上了那个赛场,他和她都要做好随时丧命的准备。

平均速度260km/h,急速300km/h以上,200多个弯道,全凭记忆。

陈弋当时脑海中什么都没有,甚至眼前都是模糊的,撕裂的风声,摩托的轰鸣声。

在车冲出弯道的一刹那,陈弋的眼前是夏姚朝着他笑的样子。

车毁人亡。

在得知他要去参加那个比赛的时候，夏姚哭着求他，求他不要去。

他没听，他去了。

当夏姚收到他车毁人亡的消息，几近哭到晕厥。

那天她被父母送出国，来到了纽约。

某一天，她的账户上突然收到了一笔钱，二十万。

她疯了似的翻找着他所有的遗物，在一个笔记本中，找到了一张照片和一张纸。

一张是一个长发的少女，站在操场上，转头回眸，看着他，在笑，是穿着蓝白校服的她。

另一张是一张从杂志上剪裁下来的纸，被人用黑色的签字笔在上面写了一句话——

给姚姚买戒指，需要二十万。

他的字并不好看，但是落笔的力道很重，一笔一画写得极为认真。

这天下午阳光明媚，夏姚坐在阴影中，缓缓地讲述着她的故事，眼神平淡，就连语气都没有任何的起伏。

"他说他是无畏的战士，是只活一次的真男人的浪漫。他说上了这个赛场，身体里流淌的不再是鲜血，而是滚烫的汽油。

"他说他热爱摩托。

"但是我知道，他其实是惜命的，因为他说他想和我携手一起走向生命的尽头。

"是他食言了。

"那枚钻戒二十万，我不想要的。

"那个傻子，真以为我喜欢那枚二十万的钻戒。

"我只想要和他在一起。

"仅此而已。

"傻子。"

陈弋的头盔上印着数字"10"，因为这是他的幸运数字，自从喜欢上陈弋，夏姚的幸运数字就变成了"89"。

因为十有八九，八九不离十。

夏姚眼眶中闪烁着泪花，但是先掉下眼泪的却是徐一言："我以为你会过得比我好。"

夏姚："好不好，重要吗？

"不重要了。"

后来，夏姚经常从纽约到费城来找徐一言玩，开车载着徐一言穿越无人荒原，穿越旷远寂寥的日落大道。

徐一言时常陪在夏姚的身边，陪着她酗酒买醉，陪着她烟雾缭绕。

每每在深夜，徐一言还总是会想起那年与霍衍在学校见面时的场景，那是一个阳光明媚的午后，那天日光乍泄，在那就好像是破了缝的云层里，突然泄出一道光，照在她的身上。

那是她生命中唯一的一道光。

又是一年春夏秋冬，徐一言和夏姚见面的次数越来越少，渐渐地变成了只有微信上简单聊几句。后来，徐一言发现夏姚竟然连 INS 也不发了，像是完全消失了一样。

徐一言并没有太意外，之前在 A 大毕业之后她也没了消息，想着过段时间夏姚自己就联系她了。

那年夏天，徐一言从柯蒂斯毕业，凭借自己优秀的履历以及教授的引荐，成功进入了费城管弦乐团工作，担任乐团中的大提琴手。

乐团大多以外国人为主，不同的国家，不同的种族，难得的是，大家对她这个中国人很照顾。后来她便经常随着乐团演出，每天与琴为伴。

这一年徐一言二十四岁，年纪轻轻，在国外有了个体面的工作，收入可观，也算是勉强在异国他乡站稳了脚跟。

同年，霍衍升职。每天还是公寓，医院两点一线，偶尔去陆谦攒的局玩一玩。

三十多岁的年纪，一同长大的季行止和沈临南也已经结了婚，年龄比他们还稍大的霍衍身边依旧连一个女人都没有，孤身一人。

霍家给霍衍介绍了一个家世相当的女孩儿，各方面和霍衍都比较相配。

迫于家里的压力，实在是推托不掉，霍衍应下了这件事，在约定的时间赴了约。

春风料峭，霍衍下了班，推了陆谦的邀约，去见了那位传说中的相亲对象。

和想象中的差不多，大家闺秀，优雅从容，国外留学归来，光鲜亮丽。

霍衍并不感兴趣。

他微微低着头，无聊地转着手机。

手机突然振动，发出"嗡嗡嗡"的声响。

霍衍收到了陆谦的消息。

陆谦：【哥相亲怎么样？】

霍衍知道陆谦的性子，一定是在嘲笑他，抑或是，在好奇。

还来得及回复，就又收到了一条消息。

陆谦：【哥，你的言言发了张照片。】

没有图片，就只是淡淡的这么一句话。

霍衍立马退出微信，打开了那个陌生的软件，他的关注列表只有她一个人。

程橙和她的关系不错，在她出国之后，两个人便一直保持着联系。或许是女生之间的情谊，程橙每次在他面前提起她的时候，总是不给他好脸色，总觉得是他辜负了她。

说来也没错，是他的问题。

后来通过陆谦，找程橙软磨硬泡要到了她国外社交软件的账号。

名字是大写的字母"Y"，头像是一个Q版的女孩儿在拉大提琴。

他注册了一个账号，偷偷关注了她。

他看见了她发的照片，是一张大合照。

照片中有很多的人，照片中的她站在第二排，中间偏右的位置。一身白裙，站在人群中并不是很显眼，但是他一眼就看见了她。

她看着镜头，微微笑着。

在这一瞬间，霍衍仿佛觉得，她是在朝着他笑。

恍惚间好像是回到了那年春天，她站在楼下朝着他笑。

看着照片中的徐一言，霍衍拿着手机，大拇指微微摩挲着照片中的她。明明他知道，摩挲的是照片，但是动作依旧小心翼翼。

不知道从什么时候开始，他竟然有了这样的行为，像个陷入爱情无法自拔的毛头小子，他情不自禁笑出了声音。

坐在对面的女人看了霍衍一眼，似乎有些惊讶。毕竟从霍衍坐下来开始，就没见他笑过。他突然看着手机就笑了，是手机里有什么好东西吗，她有些好奇，想要探出头看一眼，但是从小的教养让她忍住了。

女人正经地打量了一下坐在她面前的男人。

长相、家世、工作，她都挺满意的。

但是，这个男人，应该是有心上人的。

她年纪也不小了，见过形形色色的男人，心中是否已经装下了一个人，他们的眼神是骗不过人的。

"你有喜欢的人了吧。"她看着他，语气笃定。

"是。"霍衍也没有丝毫的隐瞒。

"你刚刚看着笑了的，应该是那个女孩子的照片吧。"她突然笑了，难得见这么诚恳的男人。明明是来相亲的，却将这样的话这么冠冕堂皇地说出来，还真是丝毫不遮掩。

"嗯，是我喜欢的女孩子。"他笑了笑。

在她离开的那段日子里，每每别人提起她，和他说起她的时候，他眉眼总是带着笑意。

在她离开之后，他才发现，她于他，已经是无法割舍的关系。

后来他们两个人结束了这个注定不会有什么结果的相亲，从餐厅里出来，两个人一前一后。

就在霍衍朝着女人点了点头，准备打开车门上车的时候，突然听见了身后的声音——

"既然有心上人，为什么还来相亲？"

"你不也是吗？"霍衍上车时，说了这句话，没有回头。

站在他身后不远处的女人，看着那辆逐渐远去的车，突然笑了。

每个人的一生定不会一直顺遂，无论是否有好的家世背景，是否长着一张漂亮的脸蛋，是否有着人人艳羡的工作。

该得到的定会得到，该失去的定会失去。

失去是常态，一直伴随着我们，无论什么时候。

一场演奏会的提前演习结束，徐一言收拾着琴准备离开。

在费城待了几年，一切都熟悉了，轻车熟路，熟悉了这里的生活习惯，熟悉了这里的环境，熟悉了这里的人，甚至闭着眼睛，都不会迷路。

"Estelle？

"Estelle？

"Y！"

徐一言这才发觉身后有人在喊自己的名字。

转头便看见了朝着自己走过来的 Emily 和 Zoe。她们是她在乐团里面的朋友，关系比较好。

"刚刚我们喊你。

"喊你英文名字你没应，喊你 Y 你就应了。"

Emily 说着一口不是很流利的中文，听语气，似乎是在倾诉着对徐一言没有听见她们叫她而感到不满。

徐一言的英文名字是 Estelle，几个乐团的朋友都有关注她的 INS 账号，却经常用"Y"来喊她。

"是有什么事情吗？"徐一言问。

"今天晚上 Hale 在家里办了个 party，要不要和我们一起去？"Emily 对于参加 party 这件事特别热衷，每每有这种活动，一定不会缺了她。

"不了，我还有事。"徐一言笑着拒绝。

她不怎么喜欢参与一些集体活动，总是喜欢自己一个人独来独往。大家都已经习惯了，没觉得徐一言不合群，只是觉得这个来自东方的女孩子有些神秘，身上透露出来淡淡的神秘感让人很好奇。

某一天深夜，徐一言的邮箱里突然收到了一封陌生的邮件。

徐一言深夜未眠，偶然间看见，好奇，便打开了。

是一封信——

来自夏姚的信。

嗨，徐一言。

见字如面。

算一算我们应该有很长时间没有联系了。当我突然想和一个人诉说什么的时候，我竟没有找到任何一个合适的人，想来想去，大概也只有你了。只有你才会听我说这些话，而我也只有对着你，才能说出来。

在他离开的这几年里，我学会了骑摩托，穿上了皮衣，一个人独自在漫无天日的黑夜里徘徊着。

所有的人都和我说，说忘记他只是时间问题。他们说他只是我漫长人生的一个过客，匆匆经过我的人生，而我也会渐渐忘记他。他们说人不可能一辈子只爱一个人的，我的人生还很长，总会能遇见另一个很爱的人。

所有的人都说我应该向前看。

可是我身处黑暗中，根本看不见前路在哪里。

我好像除了陈弋，再也无法爱上另一个人了。

我最近总是做梦，总是梦见他。

他总是喊我的名字。

我想，他应该是想我了。

而我，也想他了。

所以，我要去找她了。

他的家乡在一个海边的小城，他说他家乡的海特别蓝，我想去看看。

夏天的海水冷吗？

我不知道你什么时候能看见这封邮件，或许等你看见的时候，我已经和他重逢了。

这封邮件，也算是我的遗书了。

最后，我想和你说，你看我们的人生就是那么长，能遇见一个喜欢的人实在是太不容易，爱这种东西啊，或许一辈子只能有一次。一旦喜欢上了一个人，可能就喜欢不上别人了。

坐在黑暗的房间，整个屋子里就只有电脑亮着光。

徐一言呆呆地坐着，不停地落下眼泪。

她想和夏姚说很多话，很多很多，她想告诉她，夏天的海水也是很冷的，海水很咸，进入到鼻腔和口腔中会特别难受。

她想让她不要想不开。

拿起手机，疯狂地拨打着夏姚的电话。

打不通，一直打不通。

直到第二天，徐一言终于打通了那个电话。

接电话的人是一个女人，苍老的声音。

是夏姚的母亲，她告诉徐一言，夏姚已经去世了。

在一个海边的小城，她死在了那片大海中。

夏姚的葬礼，徐一言也没能来得及回国去参加。

那天晚上，她独自一人去了夏姚喜欢去的那家酒吧，点了两杯夏姚喜欢的酒。

一杯自己喝，一杯放在旁边。

后来，费城管弦乐团应北城乐团的邀请，去北城参加联合演出。

同时徐一言收到了向彤的结婚请柬。

那天她独自一个人站在公寓那不大的阳台上，吹了很久的冷风。

同事发消息问她，需不需要帮她顺便一起订机票。

徐一言拒绝了。

她回复说——

【我会提前过去。】

第十一章

◆

答案

徐一言回国，飞机落地海城。

她从小在北方长大，一直都不大习惯南方的气候。

正好这天是阴天，阴冷的天气，没有风，很冷。徐一言按照向彤手机里说的，走出机场便找到了停在路边的那辆车。

是一辆红色的宝马。

向彤将车窗降下，朝着她摆了摆手。

直到看见车窗降下后露出来向彤的脸时，徐一言才确定自己没有认错，走过去打开车门上了车。

向彤有很长的时间都没有看见过徐一言了，自从徐一言出国，就只回来了一次，回北城看过徐爷爷，又很快离开了。除此之外，她们两个人都是用手机联系，来回的机票不便宜，徐一言没有什么事情很少回来。

这次见面，向彤很激动，很长时间不见，突然见面，她看了徐一言好久。

样子看着没什么变化，但人还是变了些，变得更加沉默了。

"买车了？"上车后，徐一言随口一问。

"他给我买的。"向彤回答。

徐一言知道向彤口中的"他"是谁，是向彤即将结婚的对象，家世清白，有个体面的工作，家庭比较富裕，待向彤也很好，很体贴。

　　向彤要结婚了，对象并不是陈家逸。

　　徐一言没有见过向彤这位传说中的结婚对象，只是在美国的时候听说过，还收到过一张向彤发来的合照。

　　那个时候她听说向彤和陈家逸分手了，原因未知。后来得知向彤新交了一个男朋友，然后便听说他们要结婚了。

　　猝不及防。

　　其中究竟发生了什么，徐一言并不清楚。向彤不愿意说，徐一言也没有问。

　　徐一言曾经见过向彤和陈家逸是怎样的相处、怎样的相爱，所以她不大明白，为什么两个相爱的人会分开，然后向彤要嫁给另外一个人。

　　这个男人对向彤也很好，但徐一言总觉得不应该是这个样子的。

　　向彤知道徐一言有很多的事情想要问她。

　　"我们路上说吧。"

　　陆谦没有想到会在海城遇见徐一言。他今天被他爸逼着来海城谈一个合作，刚下飞机，走出机场的门口等着人来接，就看见了站在不远处的徐一言。

　　她的变化不大，还是和几年前一样，穿得很素，长发，手中是一个不大的白色行李箱。

　　他刚想走过去和她打个招呼，就看见她上了一辆红色的宝马。

　　陆谦看着那辆红色的宝马逐渐远去，才从口袋里面拿出手机。

　　徐一言回国的消息，目前应该只有一个人最关心了。

　　霍衍这时候刚刚在老宅里接受了老爷子的批评，从门口走出来，就收到了陆谦的消息。

　　原本正要向前的脚步却猛地停住了，整个人像是被钉在了原地。

　　他曾在无数个日夜幻想过，如果有一天，她回来了，那应该是一个什么样的场景。

　　他从未想过她不会回来，他知道她会回来，所以他一直在等，在等着她回来。

他想，或许他们会在一场演奏会上见面，会在一个陌生的路口，会在任何一个场合。

但是此时此刻，他却是在别人的口中得知了她回来的事情。

无所谓了。

她回来了。

那种被巨大的惊喜砸中的感觉，霍衍觉得这辈子也就这么一次了。

几乎没有任何停顿，霍衍拨通了陆谦的电话。

向彤的婚礼在海城的一家五星级酒店举行。

徐一言作为向彤的"娘家人"，从一开始便陪在向彤的身边。

婚礼这天来了很多人，宾客一个接着一个从门口进来，他们的脸上都挂着笑容，大多都是男方的人，相比起来，女方这边来的人很少，甚至连两桌都坐不满。

向彤的亲人本就不多，只有几个关系比较亲近的亲人从北城坐飞机过来。

婚礼现场是按照向彤的喜好来装饰的，梦幻公主风。

徐一言一直记得，记得在很久之前，她和向彤两个人坐在破旧的台阶上，抬头便可以看见不远处火红的夕阳。

向彤说她的婚礼一定要足够的梦幻，满足她一直以来的公主梦想。她说一定要邀请所有的亲朋好友都来参加她的婚礼，不为别的，只为让所有的人都看见，看见她是幸福的。她说她一定要和自己最爱的人携手走进婚礼的殿堂。她说，真爱和自由，她都要。

徐一言从婚礼开始就一直跟在向彤的身边，她看着向彤笑，看着向彤在人群中说话。

或许在所有人的眼里，向彤是开心的，毕竟他们都看见了向彤那一直洋溢在脸上的笑容。但是徐一言不一样，她总觉得向彤并不开心。

她站在台下，看着向彤与新郎交换戒指。

头顶是耀眼的灯光，水晶吊顶在灯光的折射下更加晃眼。台上司仪的声音通过话筒传出来，却都没有进入到徐一言的耳朵里。

眼前一阵恍惚，恍惚间她好像回到了几年前，她们还是大学时候的年纪。那个时候向彤还和陈家逸在一起，他们还很相爱。

徐一言并不明白究竟是什么，让这对如此相爱的爱人分开。她没有问向彤原因，向彤也没有主动告诉她。

那便算了吧。

每个人都有自己的路，人这一生中，好像很多事情都是注定的，这条路无论怎么走，都不会变。

既然已经做了选择，这都是命。

徐一言在别人的故事中，一直都是旁观者的角色，旁观着别人的故事，和生活。

婚礼流程繁杂，徐一言并不是很懂，只是跟在向彤的身后，陪着她看着宾客散尽，陪着她站在大厅送客，看人来人往。

婚礼结束之后，徐一言并没有让向彤送她回去。

她一个人站在酒店大厅，看着工作人员将门口的立牌撤掉，远远地，她还能看见立牌上向彤的照片。

空荡的大厅，冰冷的地面，一阵穿堂风吹过，徐一言一阵战栗。

她今天穿着的一条天蓝色的长裙，长度刚刚到脚踝的位置。

曾经她们都是对于爱情充满了无限幻想的女孩子，她们也曾真正地遇上过属于自己的爱情，爱上过那个自认为命中注定的人。也都曾拥有过那么一段时光，那段即使走到人生的最后，回想起来，也让人无限感慨的时光。

可是命运兜兜转转，终是将那些和自己分开。

徐一言自嘲一声，转头，准备走出酒店大厅。

可是刚刚转身，脚步就猛地停滞住了。

她看见了站在酒店大厅门口的男人。

他们两个人，一个站在门口，一个站在大厅里，两个人隔着并不算是很远的距离。但是，她却看不清他的脸。

不，是无须看见他的脸，她也能够认出他。

两个人之间就好像是隔着一层雾。

谁都没有先迈出那一步。

好像彼此都在等着对方先主动。

两人都不是会先低头的人，执拗又倔强。但凡两个人之中能有一个人低头，那么几年前，他们也定不会是如此的结果。

恍惚间，她好像看着他朝着自己走过来。

一步接着一步。

直到两个人之间的距离无限缩短，徐一言终于看清了他。

他一身简单的深灰色打底衫，黑色的休闲裤。打底衫的袖子被微微撸起，露出了手腕，手腕上戴着的那块手表。

他的手臂上搭着一件薄大衣，距离隔得近了，甚至还能够看见他外套领口处的商标，一串英文字母，是浅浅的天蓝色。

他与她只隔着两米的距离，他突然笑了——

"言言。"

霍衍自下飞机之后，就没有停顿地朝着酒店过来，甚至没有找一个暂时落脚的地方，直接便来找她了，迫不及待。

是自己喜欢的女孩儿，去见她是被他放在第一位的。

两个人几年没有见面了，这么长的时间，他一直都在忍耐。本来是想着等她回北城之后再见面的，但当得知她去了海城之后，就忍不住了，他是在怕，怕她可能不回北城了，怕他再也没有能够见到她的机会。

他们隔得是如此的近。

北城到海城，比北城到费城近多了。

所以他将所有的事情都推后，去找她。

他知道她是在海城参加朋友的婚礼，他拿到了酒店的地址之后，立马就去找她了。等赶到的时候，婚礼已经结束，到处都空荡荡的，他觉得她应该早就离开了。

但他还是走了进来，想要碰一碰运气，哪怕只是一丁点的机会，他都不想要放弃。

然后，他便看见了她。

"你——"

"你——"

两个人同时开口，但说完了这个字，却不知道接下来应该说什么。

相顾无言，便是如此了。

徐一言并没有问他为什么会出现在这里，只是静静地看着他，安静地，没有说话。

她究竟有多长的时间没见过他了？那些日日夜夜，那些思念他的日子里，无数次忍住了想要回国的冲动，因为她无法以一个合适的身份待在他的身边。

那个时候的她想，还并不是她回来的时候。

她想过无数次种可能，如果有一天她回国，再次看见他的时候，他是什么样子的。

他的身边是不是已经有了另一个女孩子，他有没有发展一段亲密的关系，他是不是，还喜欢她？

那个时候的徐一言似乎忘记了，霍衍是一个念旧且长情的人，一旦认定了便不可能会放手，既然当年她离开的时候已经收下了他送给她的戒指，他便是已经明确了她的心意。自此，他的身边便不会有其他的女人。

"吃饭了吗？"她不知道应该和他说些什么，想来想去嘴巴里还是吐出了这句话。

"没有。"

霍衍一下飞机就奔着这个地点赶了过来，根本就没顾得上吃饭这回事，一心只想着快点来见她。

——来不及吃饭，甚至连酒店都来不及订，见她才是最重要的事情。

只是简单的一个问题，但是当两个人说完话之后，好像又陷入了无尽的沉默之中。

他们就这样静静地面对面站着。

她微微低着头，不敢看他，眼神落在酒店大厅的地板上，余光间可以看见他的鞋尖。

他站在她的对面，看着她。

几年没见，他仿佛想要将这些年所缺失的全部都给补回来，眼神一直停留在她的身上，没有离开。

最后还是他先妥协了。

他朝着她走近了一步。

但是在霍衍刚刚迈出脚步的时候，徐一言捕捉到霍衍的动作，下意识地想要后退，却还是硬生生地忍住了。

她不能，也没有办法。

霍衍注意到了徐一言的反应，只是朝着她迈了一小步，就堪堪停住了脚步，看着她，突然笑了。

他缓缓地开口，声音还是和以前一样的温和，略带着些许的温柔和笑意。

"能不能陪我吃点饭？"

他每次都是这样。

"我下飞机就来这里了。

"没来得及吃饭。"

徐一言就站在霍衍面前，她甚至不敢抬头看他，一直低着头。却在听见他这句话的时候，她的泪却毫无预兆地落了下来。

"啪"的一下，晶莹的泪珠落到大理石地面上，在头顶水晶灯的映照下闪闪发着细碎的光。

她一直没哭，从看见他的第一眼开始，在两个人说话的时候，她也仍旧克制着自己的情绪，尽量看着像和任何时候一样。

但是此时此刻他却用着询问的，甚至是略带着些许请求的语气在问她。

那些年和他在一起，他很少用这种语气和她说话，可以说是几乎没有过，他在很多的时候，总是将所有的事情都安排妥当，虽说每次都是按照她的喜好来，也从来没有问过她的意见。

此时此刻却不一样了。

他好像变了很多，却又好像哪里都没有变。

她从始至终，很难拒绝他的任何要求，除了那年公寓里对他说的话，她再没有对他说过什么重话。

所以，他想要她陪他吃饭，她答应了。

徐一言带着霍衍去吃了她最近几天常去的一家饭店，一家海城本帮菜。

角落的位置，霍衍给徐一言倒了一杯温开水，放在她的面前。

"什么时候回来的？"他问她。

"前几天。"她回答。

霍衍看着坐在自己对面的女孩子，他有很多的话都想要问她。

他想问她还回北城吗？

他想问她还去国外吗？

他想问她能不能留下来。

但是这些话他都问不出口。

"吃吧。"

徐一言看了他一眼。

吃完饭，霍衍将徐一言送去她这几天住的酒店。

他来海城没有车，吃饭的地方距离酒店比较近，他没打车，步行送她。

明明有更简单的出行方式，他却选择了最麻烦的一种。没有什么别的原因，仅仅只是他想要和她多待一会儿。

在他从小接受的教育里，那些投资回报率低，没有什么价值的事物，是完全不存在于他生活中的，无论是事，还是人。

但是徐一言不一样。

她游离于这些事物之外，她是独一无二的，是他非要不可的，她是唯一。

其实他有很多种方式能把她留在他的身边，但是他不能，他知道，如若强迫她，她定不会开心，她不开心，他也不开心。

路并不长，但是两个人走得极其的慢，双方好像心照不宣似的，都放慢了脚步，想要和对方再多在一起待一会儿。

两个人走着走着，便变成了一前一后，徐一言在前面，霍衍在后面。

仅仅只是隔着一米不到的距离。

经过繁华的街道，夜晚微风吹拂，她衣衫单薄，除了参加婚礼的时候穿着的小礼服，身上就只有件薄风衣御寒。

深秋的天气，薄薄的风衣根本就没有任何的用处，抵挡不住任何的寒冷。

徐一言下意识地双手环抱住自己的胳膊，试图以此来降低一下寒冷，却丝毫没用处。

突然，身上被披上了一件外套。

轻轻地搭在她的身上，动作小心翼翼。

她知道，是霍衍。

除了他，不会有别人。

她突然停住了脚步，在她停住的那一刻，身后的人也有默契似的，同样地停住了脚步。

两个人就站在原地，谁都没有先说话。

"霍衍。"她背对着他，没有转身，而是轻声喊着他的名字。

声音很轻很轻，轻到似乎是被风一吹，便可以随风飘散，什么都不剩。

"嗯？"他下意识地握紧手。

"你不冷吗？"她知道，他将外套给了她，他自己身上也仅剩下一件打底衫。

"不冷。"

她收紧衣服的领子，试图将自己整个人都缩进他宽大的外套里面。隔着布料，还能感受到他残留在外套上的体温，以及他外套上的味道。

她贪婪地从这件外套上汲取着所有和他有关的信息。

"你——"

她嗓子像是哽住了似的，所有的话都被堵在了嗓子里，嘴巴张张合合，却什么都说不出来。

她其实想要问一问他，他是为了她来海城的吗？

徐一言觉得，自己应该无法承受他口中或许会出现的答案，她怕她听到的，并不是她想要听到的，所以，那她便不再问了。

有的时候，在两个人之间的关系里，彼此之间差的就是这么简单的一句话，如若能有一个人毫无顾忌地将心中的疑问说出口，干脆一点，明白一点，那么彼此之间那些所谓的隔阂也不会再有。

这人啊，就是矫情的感情用事的动物。

两个人走走停停，在这段并不长的路途中，徐一言想了很多。

她想他来得这么匆忙，应该是没有订酒店的吧，他今天晚上要住在哪里呢？早知道就不让他送自己回来了，举办婚礼的那家酒店是海城比较出名的五星级酒店，他可以直接在那里办理入住。

不知不觉，两个人走到了酒店门口。

她没有邀请他上去，他也没有开口说话。

"我先回去了。"说话间，徐一言将身上的外套脱下来递给他。

一系列的动作之后，她没有任何停顿，直接朝着酒店大门走进去。

像是落荒而逃般，仿佛再和他待在同一个空间里多那么一秒，自己都会忍不住去抱他。

刚刚走上酒店大门的台阶，身后突然传来了他的声音——

"言言。"

心中构建了无数次拒绝他，甚至是无视他的场景，但是此时此刻，就像是之前一样，他仅仅只是喊了她的名字，她便停住了脚步。

"这次来海城，我是专门来找你的。"

他是这样说的。

徐一言总是容易多想，所以他想着和她说得清楚一点，让她更加明白他对于她的心思。

让她知道，他是专门为了她而来的。

"陆谦说在海城机场遇见了你，他告诉我，你在海城，我就来了。"

因为你在，所以我就来了。

徐一言站在台阶上，背对着他，听着他说话。

风更冷了，身上冰冷的感觉来得更加透彻，与此同时，心口灼热的感觉却更加明显。

冷热交替，却让她的思绪更加清晰。

"嗯。"她重新迈开脚步，走进了酒店。

动作并不算是干脆，执拗中带着些许的犹豫，像是在赌气，又好像是在报复。或者说连徐一言本人都无法理解和解释，自己为什么会做出这样的行为。

像是一种无声的控诉，明明两个人这么长的时间再次见面，他竟然还是和以前一样。

如果，她是在说如果，如果他能毫不犹豫地抱一下她，她一定不会这么干脆地直接上楼。

因为她真的很想他。

在她经过的位置，地面上留下了一滴晶莹的泪珠，在酒店大门灯光的映照下闪闪发光。

谁都没有发现。

徐一言住的这家酒店是一家连锁快捷酒店。酒店牌子不大，但是 LED 牌子却很显眼。这一块是条商业街，位置、环境不错，却不怎么繁华。

对于霍言这种五星以下的酒店连住都没有住过的人来说，放在平时，是看都不会看一眼的。

但是现在不一样了，他喜欢的姑娘在这里住着。

徐一言脱下来还给他的衣服他没有穿上，一直搭在手臂上，但他像丝毫感觉不到寒冷似的，安静地站立着，微微仰着头，看酒店的楼层，明明心里十清楚地知道，知道自己站在这个位置什么看不见，完全看不见她的身影，却异常地执拗。

站在冷风中，霍衍从口袋里摸出了一盒烟和打火机。

第一次打火机没点着，夜晚的微风致使火苗偏离，直到第二次才勉强地点燃。他微微扬起手抽烟，打底衫的袖口随着抽烟的动作微微地向上卷起，露出了他的手腕。

烟雾很快就随着风被吹散了，丝毫没有任何停留的意思，他的眼前也一片清明。

徐一言回到自己房间的第一件事，就是立马走到窗边。

她住的房间有很大的一扇窗户，正好可以看见酒店外街景，稍稍探头便可以看见酒店门口。

她没开灯，像是怕被人发现似的，走到窗边，将半敞着的窗帘微微拉开，明明知道自己拉开窗帘的动作，外面的人是不可能会看见的，但还是下意识地小心翼翼。

她微微扶着窗沿朝着楼下看。

空荡荡的，什么没有。

心中就好像是被泼了一盆凉水似的，原本期待的瞬间落空，原来他已经离开了。

只有她还一直傻乎乎地以为，他不会离开。

怎么会呢。

不会的。

因为晚上没睡好，第二天醒来的时候已经不早了。

徐一言简单地收拾了一下，准备出门去找点吃的。想着这一天自己就随便逛逛，明天中午的飞机回北城。人家新婚第一天，也没去打扰向彤。

薄毛衣外面是一件厚厚的羊绒大衣。

海城的天气不似北方，穿这样已经很暖和了。

走到门口打开门，迎面便看见了站在门口的人。

他还是一身黑色的大衣，站在门口，手微微抬起，像是正准备敲门。

猝不及防地开门，不经意间地四目相对。

一开门便看见他，徐一言突然鼻子一酸。

"你——"

她顿了顿。

"你怎么在这里？"

她对于一开门便看见他这件事情完全没有任何的心理准备，一下子愣在了原地。

"我昨晚住在这里。"

他朝着她笑了笑，看着她的时候，眼角眉梢都带着笑意。

时隔多年再次见面，印象最深刻的，除了昨天傍晚酒店大厅里，他手臂上搭着的外套上的蓝色标签，就是此时此刻，他站在这个普通的酒店里，站在她的房间门口，手中拎着的早餐袋子里散发出的淡淡香味。

"我下去买了点早餐。"他微微扬手，让她看见了他手中拎着的袋子，却看不清里面装着的是什么。

他说完便看着她，没有再说任何的话。像是在给她一个反应的时间，给她一个做出反应的机会。

徐一言紧张到两个手指不停地摩挲着，睫毛也跟着微微地颤抖着，她不知道自己此时此刻应该怎么办才好。

沉默间，她听见了他说的话——

"我能进去吗？

"我买了两份。"

如果徐一言心狠一点、决绝一点，那么她便会干脆地拒绝霍衍的这个要求，不会让他进门。即使心中有着无限的纠结和犹豫，还是忍不住为他妥协。

毕竟他不是别人，他是霍衍。

是她喜欢了这么多年的人。

是她爱的人。

每个人都是一个普通的个体，七情六欲，羁绊缠绵，有太多的事情是我们无法拒绝，也拒绝不了的。往事历历在目，当年狠下心来对他说的那些话她现在还记得。

因为那是她说过最违心的话。

但是此时此刻的徐一言却无法再像当年那样狠心。

那样的痛苦，只此一次，再也不想要有第二次了。

"进来吧。"她的手还扶在门上，微微侧身给他留出来了一个位置。

房间的玄关处不算大，勉强能通过两个人。

得到了她的允许，他拎着早餐进了她的房间，脚步有些快，就好像生怕徐一言临时又改变了主意，拒绝他似的。

她的房间不大，一眼就能望到底。进门便是卫生间和衣柜，再往里是一张大床，旁边有个单人沙发，房间有个很大的窗户，可以看见酒店外面的街道，窗户旁边是半透明磨砂玻璃的淋浴间，旁边放着个不大的圆桌，桌子旁边摆放着两把椅子。

霍衍将早餐放在桌子上，转头去看她。

她还站在门口的位置，愣愣的。

"还站着做什么，过来吃早餐。"

桌子不大，空间也不算是大，即使是面对着面，距离也隔得很近。能清楚地看见彼此的脸，任何细微的表情都能展现在彼此的眼前。

霍衍带来的是海城这边比较常见的早餐，顺便还给她带了一杯牛奶，她早餐不大喜欢豆浆，之前在北城的时候，她吃早餐是碰都不碰豆浆的。

徐一言低头吃着他带来的早餐，每吃一口都觉得浑身难受，他坐在她的面前，她完全不知道应该和他说些什么。

"不知道你喜不喜欢，这附近我只能买到这些。"他微微垂着眼眸看她，她一直低着头自顾自地吃着早餐，没有抬头。

"嗯。"

这个不大的空间里面，谁都没有再说话，安静到只能听到自己心跳的声音，仿佛快要跳出来了。

明明知道自己心跳的声音只是在紧张的时候被无限放大了而已，坐在对面的男人根本就无法听到，但她还是一如既往的心虚。

"你——"

徐一言嘴巴张张合合，犹豫中还是说出了口。

"你怎么住在这里？"

其实她并不好奇霍衍为什么知道她的房间号，这对他来说并不是什么难事。

她只是想知道，他为什么会选择这个酒店。

其实她心里大概也知道了答案，但还是忍不住问出口。

任何一个看似矫情的问题，其实只不过是为了听他亲口说出答案罢了，他不能总是让她自己在心里猜来猜去。

"因为你在这里。"

他是这样回答的，只是因为她住在这里，所以他也选择了这里。

霍衍余光瞥见了徐一言放在地上的行李箱，箱子敞开着，里面整齐地叠放着几件衣服，像是收拾好了，随时准备离开。

其实霍衍在一进门的时候，就已经注意到了，却一直没有开口。

因为他不确定。

不确定她收拾着东西是要去哪里，是去北城还是去美国。

"你——

"是要回北城还是去美国？"

在这句话问出口之后，他便一直看着她，等待着她的回答。

整个过程无比的煎熬，他这个时候才真正明白过来，原来等待是一个很痛苦的过程。

他不禁想起，在他们算是在一起的那些日子里，她是不是也像他这样，等待着他的一个答案，一个能让她安心的答案。

但是那个时候，他并没有给她一个明确的答案。

他看着她，看着她的一举一动，看着她猛地停住的手，看着她微微颤抖的睫毛。

这个时候的霍衍脑海中十分混乱，但是又十分清醒。

混乱的是，他三十多岁，终于明白了这种等待的感觉，他无法想象跟在他身边的那些年她都是怎样度过的，她那个时候说她并不开心，这个时候的他总算是感觉到了一些，但也仅仅只是一些而已。

"北城。"她回答。

"什么时候的飞机？"

"明天中午。"

"好。"

第十二章

他爱她

第二天，徐一言从酒店离开。

她没有和霍衍打招呼，自己一个人办理了退房，拖着行李箱在酒店门口打了一辆出租车。

行李箱很沉，她的身上还背着琴。徐一言拿着这些东西很吃力，但是这种情况在之前的很多时候已经发生过无数次了，沉重的行李，遥远的路程，这些对于她来说，早就已经习惯了。

徐一言没想到自己会在机场遇见霍衍。

在机场大厅人来人往的人群中，徐一言竟然一眼便看见了站在不远处的霍衍，他还穿着那天两个人见面时的衣服，身边没有什么行李，两手空空。

就是这么巧合的事情。

但是她自己心里十分清楚，这根本就不是什么巧合。

因为隔着人群，她看见他也正看着她，眼神并不惊讶，反倒是一种意料之中的欣喜。

耳边嘈杂的声音此时此刻好像都消失了。

她什么都听不见，身体僵在了原地。

因为她看见，霍衍正朝着她走过来。

"沉不沉？"这是他走到她身边之后，和她说的第一句话。

她没说话，只是摇了摇头。

她一直都是这样，总是撒谎，言不由心，明明箱子很沉，但是在她的嘴巴里说出来，就是不沉。

霍衍知道徐一言的性子，没管她说的什么，直接接过了她手中的行李箱，完全没有给她拒绝的机会。

他脚下的步伐并不快，刚好能够让她跟上。

她就这样跟在他的身后，像之前很多次一样，但是隐约中，好像又有哪里不一样了。

徐一言以为，上了飞机之后就不会再看见他了，但没想到的是，霍衍买的是和她一样的，经济舱的机票。

两个人的座位并不是一起的，他在她侧前方的位置。

她微微抬头，刚好能够看见他的侧脸。

若是坐在他的前面还好，但是一旦坐在他的后面，她总是会忍不住去偷看他，完全控制不住自己去看的眼神。

看吧，即使分开几年，一直还是这样。

眼神一直追随着他。

飞机落地北城。

等徐一言拿到行李之后，视线所及之处已经看不见霍衍的身影了。

走到机场门口的时候，她发现了站在机场门口的霍衍。

他站在一辆黑色的车前，车很低调，但车牌却高调得显眼。他站在车旁，和一个一身黑色西装的男人在说话。

不知道是说了什么，两个人说话间霍衍不经意间转头，看见了刚刚从门口走出来的徐一言。

他快步走过来，很自然地接过了她手中的行李箱。

"走吧，我送你回家。"

他没有给她任何反应和拒绝的机会，直接将她的行李箱给放进了车里。

没有办法，徐一言只好跟着上了车。

霍衍和徐一言两人坐在后面，驾驶座的位置上是那个一身黑色西装的男人。

和霍衍认识这么多年了，一直以来都是他自己开车，还没有看见他有什么司机。如果开车的是他的朋友，他是不会不给她介绍的。

徐一言忍不住好奇地看了驾驶座上的那个人一眼。

霍衍注意到了徐一言的眼神，似乎能够猜透她心里想的什么，他缓缓开口："他是季行止的秘书。"

季行止，她有印象，原来是他的秘书。

她微微点了点头，没有再问什么别的问题，安静地坐着。

"把你送回家？"他问她。

"嗯。"她点头。

霍衍将徐一言送回家之后，看着她上楼。

他是想要帮她将行李箱拿到楼上去的，但他看见了徐一言下车时焦急地拿着自己行李的反应，他清楚，即使他开了口，她也不会愿意。

他没有跟着上去，只是静静地站在楼下，微微仰着头，看着楼上的位置，看着她逐渐消失在了自己的视线之中。

徐一言回北城后再次见到霍衍，是在一家商场。

这几天乐团落地北城。北城是她一直生活的地方，作为东道主，徐一言想给乐团里关系比较好的几位同事买点小礼物。

这天的商场里人还是一如既往的很多，离开北城几年，这里变化并不是很大，还是自己记忆中的样子。

徐一言无论做什么都很有目的性。若是给自己买东西，那么还会纠结着逛很久，但这次是给同事买小礼物，她心里早就已经有了想法，便直奔目的地而去。

徐一言的动作很快，很快就将礼物买好了。

她没打算在商场逗留，拎着购物袋坐电梯到了一楼。

刚刚走出电梯，迎面就被人撞了一下。

力道并不大，很轻。

徐一言低头便看见了站在自己面前的一个小姑娘。

毛茸茸的粉红色外套，帽子上还带着一双兔子耳朵，薄纱蓬蓬裙，奶白色的短靴。短发，长度到下巴的位置，小姑娘白白嫩嫩，大眼睛长睫毛，看着她的时候忽闪忽闪的，特别可爱。

知道自己撞到了人，她看了徐一言几眼，立马开口道歉："漂亮姐姐对不起，我不是故意撞到你的。"声音软软糯糯，像是棉花糖一样。

"没关系。"徐一言蹲下身子，伸手摸了摸小姑娘的头，连头发都是软软的。

刚刚起身，迎面便看见了一男一女朝着自己走过来，徐一言的眼神率先落在了那个女人的身上。

是一个很漂亮的女人，长直发，气质清冷，但是又带着些江南的温婉。女人还牵着一个小男孩，样子有些熟悉，总感觉有点像一个认识的人。

小男孩和她身边的小姑娘样子有些像，年龄应该都是四五岁的样子。

然后徐一言便将眼神投向了女人身边的男人身上。

她没有想到会在这里看见他。

北城不大，他们可能会在任何的地方遇见，以任何形式，但此时此刻的这个相遇，却让她感到措手不及。

直到他们走近。

"妈妈！"站在自己面前的女孩儿扑到了女人的怀里。

"昭昭不小心撞到漂亮姐姐，昭昭道歉了！"小姑娘主动承认自己的错误。

"真乖。"女人笑着摸了摸小姑娘的头。

女人与徐一言并不认识，只是匆匆一眼，点了点头。

但是她却看见霍衍朝着她走了过去。

前段时间是季行止那双儿女的生日，他那个时候刚好去了海城，没能参加生日宴会。今天特意带着他们两个人到商场来买礼物，将之前缺的补上。

"你怎么在这里？"他问她。

"买东西。"她回答。

"回家吗？我送你回去。"

徐一言摇了摇头。

徐一言的目光忍不住瞥过站在不远处的那个女人。她不会误会他，但她还是想要知道，那个女人和他是什么关系。

太喜欢一个人，所以当他的身边出现了陌生人的时候，总是想要弄清楚他们之间的关系。

但是好在，他一直知晓她心中所想，也会如实表达。

"她是牧遥，季行止的妻子。

"季言锡，季言昭，他们的孩子。"

知道徐一言想要听他的解释，所以他便开了口。以前没有注意过她所需要的安全感，现在不一样了，明白了自己的心意之后，他便会给足她安全感。

"这是徐一言。"霍衍将徐一言带到牧遥的面前，给他们两个人做着介绍。

"你好。"徐一言礼貌地朝着牧遥点了点头。

"你好，久仰大名。"牧遥似乎是在别人那里无数次听说过徐一言的名字了。

牧遥对于徐一言和霍衍的关系心知肚明，一只手牵着一个孩子，"我打电话让周南过来接我们。"

霍衍没说话，算是同意了。

他上前一步，蹲在两个小孩子的面前："锡锡，昭昭，干爸给你们买的礼物喜不喜欢？"

"喜欢！"两个小孩子平时除了爸爸妈妈，最喜欢的就是霍衍这个干爸了。

"那现在干爸要送这位漂亮姐姐回家，你们等着周南叔叔来接好不好？"

"好。"

"真乖。"

霍衍说完，刚刚起身，就听见了小姑娘的声音："干爸，你是在追这个漂亮姐姐吗？"

听见这句话，在场的人都笑了，小孩子的语言总是直白又单纯。

只有徐一言没有笑，她静静地看着霍衍。

她听见了他的回答——

"是啊。"

走出商场，外面下起了小雪。

雪不大，零星的雪花从天空中飘落。

两个人之间没怎么说话，霍衍很快便将徐一言送回了家。

自从两个人重逢之后，好像在大多数的时候，都是相顾无言，或许有太多的话想要和对方说，但两个人皆是别扭的性子，怎么都不好意思说出口。

爱有的时候是不需要太多顾忌的，你说你爱我，我回答我也爱你，这很难吗？

徐一言拎着在商场买的礼物，下了车。

刚刚转身想和他打个招呼，便看见他关上车门，朝自己走了过来。

他一句话也没说，直接在自己的面前蹲了下来。

顺着他蹲下的动作，徐一言知道了他的意图——

她的鞋带开了。

在她的记忆中，从来都没有人为她系过鞋带。

从小就被爷爷教育自己的事情自己做，但凡是自己能做的，都不会麻烦别人。

像霍衍这样的人，怎么可能会为了一个人弯腰呢？

她从来都没有想象过，也不敢想。

但是现在，此时此刻，霍衍在她的面前蹲下，低着头，那双用来做手术的、救死扶伤的手正在给自己系鞋带。

似乎是感觉到了她看他的眼神，他抬头看她。

她站着，他蹲着。

她俯视，他仰视。

一切都不一样了。

匆忙地道谢之后，徐一言没有再给霍衍任何一个眼神，快速地上了楼。

她一边上楼，一边尽力地控制着自己那狂跳不已的心脏，尽量地平缓自己的呼吸。

天气很冷，雪渐渐大了。

徐一言进了家，站在阳台朝下看。

她看见他还站在那个位置，没有离开。

他身上落了雪。

她拿出手机，给那个陌生又熟悉的账号发了一条消息——

【雪大了，回去吧。】

一直站在楼下的男人看见了消息，抬头朝着楼上看了一眼，然后驱车离开。

费城管弦乐团来北城交流演出。

乐团统一安排了酒店，下了飞机之后直接乘坐大巴到了酒店。

徐一言赶到酒店的时候，乐团的一众人正在办理入住。

Emily 和 Zoe 站在队伍的最后面，两个人低着头不知道在嘀嘀咕咕什么，她俩总是喜欢这样，徐一言看见这样的场景已经习惯了。

她放轻脚步走过去，慢慢地走到了她们两人的身后。

"说什么呢？"

Emily 和 Zoe 被吓了一跳，双双回头，看见了站在她们身后的徐一言。

"言！你来了！"好几天不见徐一言，她们还真是有些想她了。

"是啊。"徐一言将给她们买的礼物分别递过去，"这是给你们买的礼物。"

徐一言没有跟着乐团住在酒店，而是住在自己家里，二者之间的距离相差不大，不会有什么影响。

演出是在大剧院举行。

一晃也这么多年了。上一次来到这里，还是那年和霍衍一起来看演奏会。这里的环境没什么变化，她站在演出大厅，头顶微弱的光映照在身上，让她突然有些恍惚。

恍惚间好像又回到了那年，他带着她来这里看大提琴演奏，和 Cecelia 闲聊，说到他，那个时候的她极力地想要撇清和他之间的关系，但是现在，如果硬要用一种关系来形容他们两个人，她好像又陷入了一个困难的境地。

他对她的感情，她其实早在那年离开北城的时候，就已经十分清楚了，直到现在，她也一直持着肯定的态度。

只是，好像只差那么一句话。

只差一点。

交流演出很顺利。

这次结束之后，乐团也会尽快返回费城，那边还有工作要完成，也不能总是待在这里。

演出结束后徐一言没有随着乐团一起离开，而是自己一个人背着琴走出去。这座城市，她对此没有多深的感情，但是到了再一次离开的时候，心里还是有些舍不得的。

究竟是舍不得这座城市，还是舍不得这座城市中的人？

刚刚走出去，徐一言就看见了同样的，从剧院里面走出来的人。

很多年不见，陆谦好像变了很多，不像之前那般吊儿郎当了，整个人沉稳了很多。

"徐一言？"

　　陆谦隔着老远就看见了背着琴的徐一言，一开始还不敢相信，因为她霍衍还特意跑去了海城一趟，连季行止家里那两位宝贝的生日宴会都没赶上。

　　"陆谦？"她没想到会在这里遇见他。

　　"我来这里办点事。"陆谦伸手指了指剧院，"你呢？"

　　两个人一起朝着外面走出去。

　　"我在这里演出。"

　　听徐一言这么一说，陆谦想起来了，来的时候看见门口摆放的宣传牌，上面好像是说有什么乐团来北城参加交流演出。

　　走到门口摆放着宣传牌的位置，陆谦侧头一看，看见了上面加粗放大的文字。

　　"费城管弦乐团？"他看了徐一言一眼，"你在这里工作？"

　　"嗯。"

　　他本以为徐一言这次回国，是回来工作生活的，没有想到，她只是单纯地随着乐团演出。他总觉得国内还是有人让她所惦念，她早晚会回来的。

　　"以后有什么打算？"他问。

　　"什么什么打算？"徐一言侧头看他。

　　没想到有生之年还能够从陆谦的口中听到这样的话，徐一言有些不可思议。

　　"我是问你之后有什么打算。

　　"比如，工作、生活。

　　"还有，感情。"

　　"没有什么打算，顺其自然吧。"她确实没想那么多，总想着让很多事情都顺其自然就好了。

　　陆谦听不懂徐一言说这个话是什么意思，顺其自然，这让他怎么理解？是回来还是不回来？和霍衍还有没有可能了？

　　"你去哪儿？我送你吧。"陆谦从徐一言的嘴里问不出什么事情，便放弃了。

都说时间能改变很多的东西，之前的徐一言半信半疑，但是此时此刻她看见陆谦的车，一辆黑色的车，牌子也是很普通的车牌，不像之前那么打眼。

徐一言不知道，究竟是什么改变了陆谦。

正在开车的陆谦欲言又止，想和徐一言说些什么，但是又不知道应该如何开口。

徐一言也没有吭声，只是静静地坐在车里，侧头看着窗外不断掠过的风景。

"言言妹妹。"陆谦还是忍不住了。

"嗯？"

"其实吧……唉——"

陆谦话还没说完，便叹了一口气。

"我二哥他——

"他从来没对谁像对你一样。

"我说的你可能不信，他是真的爱你。"

陆谦知道，在徐一言的眼里，像他们这样的人，谈论爱是一件特别可笑的事情，见过了他们的荒唐，总是不会相信这样的人会真心爱上一个人。

"我二哥真的和别人不一样。

"当初你走的那天他托人给你的戒指是他很早之前就找人定制的，是要送给你的。

"我们谁也不知道你们之间发生了什么事情，明明之前一直都好好的，说分开就分开了。

"有一天他说做梦梦到你在国外过得不好，他买了第二天的机票去看你。

"到了你公寓楼下，看见你从里面出来，竟然躲在车里不敢下去。一路上，你去哪他都跟着你。

"他得知了你公寓的条件不好，联系房东装上空调，为了防止你起疑心，将所有的屋子都装上了空调。

　　"他最讨厌麻烦了，但是为了你，他能做的都做了。

　　"你爷爷住在疗养院，他经常去探望，打点那边照顾好他。

　　"他真的为你做了很多。

　　"这些都是你不知道的。

　　"他压根儿没想要让你知道，我只是不希望他对你的喜欢你一无所知。

　　"说这些，只是想让你知道，他是真的爱你。"

　　徐一言一直保持着看向车窗外的动作，视线却渐渐模糊了。

　　恍惚间，她好像回到了那年的冬天。

　　那年费城的冬天很冷，即使没有下雪的时候，走在路上也冻得发抖。

　　那年冬天很难熬，却又异常幸运，因为在那个寒冷的冬天，房东破天荒地给公寓安上了空调，而且房租保持原样。

　　那个漫长的，她不知道应该怎么度过的冬天。

　　在无数次走出公寓大门的时候，路边停着的那些车里，他坐在哪一辆呢？

　　如果不是陆谦，她可能永远都不知道他为自己所做的事情。

　　之前读《成为简·奥斯汀》，里面有一句话她很喜欢：

　　"不要在任何东西面前失去自我，哪怕是教条，哪怕是别人的目光，哪怕是爱情。"

　　在那些和他在一起的日子里，她经常这样对自己说。以此来告诫自己。

　　当然，她也做到了，没有失去自我。

　　她原以为这样做的代价是失去他，但是没有想到，他一直是属于自己的。

　　他像是远方连绵不绝的山，而她却像是一个背包远行的登山者，因为习惯了仰望，所以不敢靠近。

　　殊不知，他就站在原地，等着她，永远不会离开。

　　在她离开北城，远走他乡的这几年里，北城的事，北城的人发生了很多的变化。

　　沈临南和妻子和好，生了个儿子，收了心，一心投入工作和生活。因为程橙，陆谦这个浪子回了头，代价是程橙为他失去了一个孩子，他们也因此没有在一起。季行止一直等的那个人回来了，他们结婚，儿女双全。

至于霍衍，他还在等她。

她没想过他会爱她。

但是又理所当然地，他爱她。

交流演出没过几天，乐团便准备返回。

徐一言自然是要跟着回去的，她很喜欢乐团的工作，喜欢站在舞台上的感觉。再者说，她和乐团签订的合同还没到期，她是不会主动解约的。如果要回国，也是在这个工作合约到期之后。

"对你来说，或全部收留我，或全部舍弃我，两者必居其一。"

徐一言并不知道，村上春树在写下这句话的时候，是什么样子的心情。但是凑巧的，这句话也是她所坚持的。

她想，她会回来的。

徐一言早早地收拾好了行李，跟着乐团一起坐着大巴，来到了机场。

一路上，徐一言目不转睛地看着窗外的风景。

不知道下次回来是什么时候，她总觉得事情不应该是这个样子的，但有的时候，关于人生的选择就只有那么一次，一次便是永远。

"嘿，言，在看什么？"身边的 Zoe 拍了拍徐一言的肩膀。

回过神来的徐一言侧头看了 Zoe 一眼，摇了摇头："没什么。"

"舍不得离开？"

"算是吧。"其实她对于北城这座城市没有太大的感觉，但是在这里发生的事情，这里的人，实在是让她难以舍弃。

坐在车上走神，渐渐地，大巴车到了机场。

车停稳之后，徐一衍缓过神来，愣愣地看着车窗外。

乐团一行人拿着行李下车，大家都很高兴，因为终于能够回家了，只有她不一样，她与他们恰恰相反，她是离开家。

徐一言坐在座位上，看着一个接着一个的人走下车。

她是最后一个下车的。

拎着不大的行李箱，身上背着琴。

站在机场大厅，看着来来往往的人。

恍惚间好像和多年前的自己重合了。那年自己一个人拖着行李箱背着琴站在机场大厅，独自一人去往异国他乡。

那个时候的她，也只不过是刚刚大学毕业的年纪。

人的一生真的是转瞬即逝，原本以为很遥远的事情，很快便会到来，原本以为已经发生了很久的事情，恍然就在昨天。

站在队伍最后，站在人群之外，徐一言不甘心，心里总是想着，那个人会不会来？

可是无数次回头看，却始终没有看见自己想要见到的那个人。

时间流逝，她心灰意冷，自嘲一声，转身准备回到队伍里。

却在这个时候，听见了身后传来的一道声音——

"言言。"

人生中会有无数次狂喜的时候，会发生在任何始料不及的地方。

她没有在第一时间转头。

因为她害怕，害怕转头看见他，害怕他的来意。

"言言。"

声音逐渐逼近。

他的声音还是和以前一样，一样的温柔，一样的喊着她的名字，喊着她"言言"。

她转身，看见了站在不远处的他。

两个人隔着不远的距离，徐一言看见了他正在朝着她笑。

他穿着一件厚外套，身上的衣服稍微有些凌乱，应该是来得匆忙，没整理好。

当她找到他眼睛的时候，他的眼睛早已等着她了。

"你怎么来了？"她笑了笑。

"我来送你。"

他说他来送她。

"嗯。"

两个人就这样面对着面站着，谁都没有再说话。

片刻，他突然笑了。

看着她的眼神中，温柔和爱意已经无法隐藏。

"言言。"

"嗯？"

"我爱你。"

多少年了，她从多少岁开始就喜欢上他的……这些年来，她从未在他的口中听见这样的话，从来都没有。

其实，这些年来，那些她所坚持的，那些她不肯妥协的，在这三个字之下，完全不算什么。

她从始至终，想要的，也不过只是这一句我爱你。

"我知道。"

她突然笑了，很高兴很高兴，眼中微微泛起了泪花。

足够了，这些年来的坚持，终是有了结果。

远处的 Zoe 突然喊徐一言的名字，时间快要来不及了。

她看着他。

"我要走了。"

他没说话，只是静静地看着她，没有挽留，眼中带着笑意。

"霍衍。"她在转身时，突然喊他的名字。

"公寓的密码还是 201026 吗？"

"是。"他笑着回答。

你说你的公寓不允许任何人进，除了我。

现在我问你，密码换没换。

其实我想问的是，你的公寓还是只允许我一个人进吗？

你回答是。

这样我便确认了，你的心里只允许我一个人进。

我知道你爱我。

我也爱你。

什么是痛彻心扉的爱？要多爱才算爱？你爱我吗？

在这一刻，所有的所有，都有了答案。

究其根源，她要的只不过是一句他爱她。

傍晚的夕阳透过玻璃洒在他的身上，他在朝着她笑。

恍惚间，徐一言好像回到了很多年前，回到了他们初遇的时候，那天的阳光，也如同今天一样耀眼。

只不过这次，那千万次回眸之后的爱意，是她从他的眼中看见的。

原来我们相爱。

足够了。

- 正文完 -

番外一
✦
互诉心意

徐一言回费城之后，一直跟着乐团活动，练习，演出，好像什么事情都没有发生过一样，依旧按部就班地过着同样的生活。

同年冬天，霍衍去了费城。

那天的费城下雪了。

徐一言从乐团出来的时候已经很晚了，外面餐馆的中餐太贵，西餐她也已经吃腻了，直接走到公寓附近的一家面包店买了些面包。

这个时候店里面包的种类已经不是很多了，她简单地挑了几样自己喜欢的，拎着袋子往公寓走。

想着明天去超市买些食材回家，总是吃速食或者面包对付也不是那么一回事，在国外的这几年，她也慢慢地学会了做饭，算不上色香味俱全，但味道还是不差的。

雪下得不大，天空中洋洋洒洒地飘着雪花。

走到公寓楼下，徐一言眼神不经意间一瞥，她看见了一个人，站在公寓楼拐角处，一身黑色的大衣，身上落了雪。

黑色和白色产生的色差实在是太显眼，以至于她虽然和他之间隔着些距离，也能看见落在他身上的雪。

她知道他工作很忙，她没想过他能过来找她，即使两人已经彼此表明了心意。两个人经常聊天，互相诉说着彼此的生活，像是相爱了很久的一对恋人，即使隔着遥远的距离，心依旧还是在一起的。

徐一言快步朝着他走过去，站在他的面前。两个人隔着不到一米的距离，她看着他，而他也在看着她。

她突然笑了，伸手拍了拍他身上落的雪。

"你怎么来了？"

"想你了。"

在之前，她很难相信他说的话，总觉得不真诚。但是现在不一样了，现在的徐一言已经清楚地知道了霍衍对她的心意，她相信霍衍想她了，所以他来找她了。

他看着她，缓缓地伸手，握住了她的手。

彼此之间皮肤相触，感觉到对方身上传出来的温度，这微弱的温度相互交织，蔓延进对方的身体里。

她的手微凉，但是他的手，却比她的还要凉。

徐一言觉得，自己无论怎么握着他的手，总是无法将他的手给捂热。

他的外套很薄，现在正下着雪，天气很冷。

徐一言一时间想不了那么多，拉着他的手，走进了公寓楼的大门。

她租住的屋子在三楼，之前的合租室友已经离开了，现在她一个人租了整个屋子。

她已经毕业，工作收入也很可观，一个两室一厅的公寓还是租得起的，更何况这个公寓她已经住习惯了，便一直租了下去。

之前她住的是次卧，室友离开之后，她搬到了主卧，次卧用来做储物间。

进到屋子里，徐一言先将空调打开。

然后她脱下外套，走到卫生间给霍衍拿了一条干净的毛巾，又去厨房烧了点热水。

从卫生间出来的时候，他还站在原地，身上落的雪因为进到了暖和的屋子，已经化了，羊绒大衣上都是雪化了之后的水滴。

他打量着这个公寓的布局，看着公寓里的装饰。

窗边放着的小盆栽，茶几上的玩偶小摆件，沙发上的靠垫，空气中弥漫着淡淡的花香味。

霍衍其实在很早之前就想要看一看徐一言租住的公寓是什么样子的，他之前拿到过陆谦给他的公寓布局图，但是图片和亲自看一看，还是差别很大。

他不在她身边的这些日子里，她是有在好好照顾自己的，但是转而想到她刚刚来到国外的那几年，又忍不住地心疼。

"将外套脱下来吧，屋子里很暖和。"

徐一言接过霍衍脱下来的外套，拿着毛巾将他外套上的水珠擦了擦，然后挂在了衣架上。

看着他看空调温度的眼神，她笑了笑，将热水递给他。

"有了空调之后，冬天一点都不难熬。"

他看她。

"我知道是你安装的空调。"她笑了笑。

这件事不是秘密，霍衍知道陆谦一定会将这些事情告诉她的，所以她知道了，他也不算太惊讶。

"吃饭了吗？"

"没有。"

徐一言没有想到他今天会来，本来准备自己随便吃点面包凑合一下的。

冰箱里只有一盒牛奶和一袋还没有吃的速冻水饺。

"只有这个了，你吃吗？"她将速冻水饺拿出来，给他看了看。

"吃。"

徐一言点了点头，接了点水，站在厨房里，等着水烧开。

没有注意到他已经站在了她的身后。

他的胸膛贴上了她的后背，双手从她的腰侧穿过去，环抱着她，双手在她腰腹的位置交叉叠放，他将下巴靠在她肩膀的位置。

徐一言微微垂着眼眸，看着她面前还没有沸腾的水。

她一动不动，任由他抱着自己，片刻，伸手摸了摸他的手，已经不凉了。

锅里的水已经在冒泡了，徐一言推了推他的手臂："我要煮饺子。"

"抱着煮。"他将头朝着她颈窝埋了埋。

这还是徐一言第一次见到这样的霍衍。在之前的很多个日子里，他从来都没有表现出对于她的任何依赖。直到现在她才觉得，霍衍现在是真的是非她不可了。

"好。"她笑了笑，水已经开了，她将饺子下了进去。

她煮的饺子，他全部都吃了，一个不剩。

他洗完碗，从厨房里出来，看着她："我今晚住哪里？"

他清楚这个公寓的布局，应该是有两个房间的，但是洗碗的时候他发现，有一间屋子里面她放了很多的杂物，今天晚上应该收拾不出来。

"我看公寓次卧放了杂物。"

"主卧。"她无奈，顿了顿，补充道，"我们一起。"

主卧的床不大，但是也比次卧的那张床大了不少，勉强能躺两个人。

她先去洗了澡。

他来的时候带了一个小行李箱，里面装着几件换洗的衣服。

趁着他洗澡的时候，徐一言翻找着衣柜，她只有一床被子，剩下的都是毯子，虽然说屋子里开着空调，但毕竟是冬天，天气还是冷的。

霍衍洗完澡出来的时候，徐一言已经躺下了。

床不大，她侧身躺在右边的位置，靠着床边，身上盖着一半的被子，留了另一半给他。

他笑了笑，掀开一侧的被子，躺了进去。

床本就不大，两个人勉强能躺开，她侧着身子，给他留出了很大的空间。

徐一言知道他上了床，但依旧没有转过身去。直到他的身子贴了上来，他圈住她的腰，将她整个人都带进了怀里。

两个人紧紧贴着，能够感受到彼此身上传来的温度。

"霍衍。"

"嗯？"

"霍衍。"

"嗯。"

"霍衍。"

"我在。"

他知道她的意图，也明白她的意思，她喊他的名字，他次次都应答了。

她转过身去，和他面对着面，将头埋进他的怀里，蹭了蹭。

他轻拍着她的后背。

在之前的那些日子里，徐一言从来都没有妄想过现在这样的场面，往往只是出现在梦里。

爱其实很简单，需要的只是彼此相爱的人敞开心扉。

很多事情并没有答案。

但是，我爱你，就是最好的答案。

霍衍从北城过来，大概能待一周的时间。以前他几乎是没有假期的，整天待在医院里面，这次他和医院请了年假，能多待几天。

早晨醒来的时候，霍衍已经将早餐给做好了。

家里只有面包和牛奶，所以早餐做得很简单。

这天的徐一言不需要去乐团，两个人一起出门逛超市，买点食材回来。

公寓的位置比较偏，附近大型超市比较少，两个人准备步行过去。

冬日费城的街头阳光明媚，两个人穿着厚厚的外套，围着围巾，牵着手走在路上。

身边经过的人大多金发碧眼，不过徐一言已经在这里住得习惯了，完全没有了之前刚来时的害怕。

"我每次经过这边的面包店，总是习惯性地进去看一看。

"刚来的时候也不会做饭，经常吃面包凑合。

"前面还有一家中餐馆，我之前在那里打过工，老板是中国人。

"还有一家便利店，不过工作的时间太长。当时学业和打工的时间冲突了，便利店老板不给我调时间，我就没有在那边继续工作。

"后来我一直工作的那家中餐馆的老板很善良，给我安排的时间都尽量避开了我上课的时间。"

他们牵着手，走着街上，他听着她说着那些事情，那些他不曾知道的事情。

这个超市是附近最大的一个超市，里面的种类还算是齐全。

霍衍推着购物车，徐一言走在他的身边。

两个人从来都没有过一起逛超市。

明明他只是在这边住几天就要回去，却买了很多的东西。

拖鞋、毛巾、牙刷……

全部是情侣款。

他是淡蓝色的，她是浅粉色的。

回到公寓的时候，正好碰见了下楼的房东，徐一言和房东之间并没有太多额外的交流。房东看见了她身后的霍衍，像是很震惊似的看了他们一眼。

她分明已经认了出来，但还是像不认识一样，匆匆别开视线。

徐一言知道霍衍和房东认识，她看着房东的反应，觉得有些好笑，但是更多的，还是心疼。

在她看不见的地方，他为她做了太多的事情。

这几天她几乎所有的时间都用来陪着他。

他们一起买菜回家，一起做饭，一起逛街。

在费城的这几天里，是霍衍这些年过得最舒服的几天。

爱的人在身边，没有比这个更加美好的事情了。

真正的爱是什么？

爱其实并不是一种感觉。

爱是一种妥协，爱是一种牺牲，爱是一种放弃。

相爱的人是要为了彼此付出的。

那年春天，徐一言与乐团的合同到期，她没有选择续约，即便乐团方面对她做出了挽留，提高了薪资待遇，但她依旧还是坚持了自己的选择。

从很早就已经确定好了要回国，她的爱人在国内，她不可能一直待在国外，她必须回到自己的祖国，回到自己的爱人的身边。

办完离职手续，徐一言走出乐团。

这天费城的阳光格外明媚，像是那天，她和他牵着手走在去超市的路上一样，一样的温暖。

她慢慢地走回公寓，打量着自己生活了几年的城市。

她对于这里并没有什么感情，订了最早的机票，已经提前告知了房东要退租，回到公寓之后便开始收拾行李。

前几天已将一些无法随身携带的东西邮寄回去了，剩下的一些都是要穿的衣物和洗漱用品。

走之前她将屋子打扫了一遍。

第二天，徐一言离开的时候没有任何的留念。

徐一言回来的那天，北城是一个大晴天。

霍衍早早地就来机场等着接她。

明明已经知道了她的飞机落地时间，但他还是忍不住提早了几个小时来等她。

他已经等了很多年了，她留学的时候他在等她，后来他们两个人和好，她在国外工作的时候他也还在等她。

还记得有一次聚会，哥几个开他的玩笑，对他说："你这得等到什么时候是个头啊，她什么时候才能回来？她再不回你都快四十了。"

那一年霍衍三十五岁。

霍衍的这件事情不比当初季行止的事情影响小。

圈子里几个关系比较好的，看见他的时候，也经常拿着这件事情来调侃他。

他丝毫不介意，甚至是有些放任。

等待本身就是一件很美好的事情，只要等待是有结果的，那么他的等待便有了意义。

等自己喜欢的女孩子，并不是什么丢人的事情。

他在机场等了很久很久。

徐一言坐的那一班飞机准时准点落地北城。

这天北城的天气很好，阳光明媚。

徐一言站在阳光下，微微抬头。

这天的阳光好像和那年春天，教学楼下的阳光一样耀眼。

隔着人群，她看见了站在不远处的霍衍，他白衣黑裤，在她发现他的时候，他已经在看着她了。

离开费城的时候，同事问她放弃了这里的工作回国值得吗？毕竟徐一言已经担任了乐团的首席大提琴手，也独立参加过不少大型的比赛，有了一定的名气，待在国外继续发展才是最好的选择。但是她偏偏选择在事业发展最好的时候离开。

一生中我们会做很多的选择，并不是所有的选择都能为自己带来最好的结果，但是要相信的是，这个选择是适合自己的。

他们是相爱的，她不会让他一直等下去。

这一年，三十六岁的霍衍终于等到了二十六岁的徐一言。

这天的天气实在是太好，他将她的行李拿上车，她拉开副驾驶的车门进去。

他开着的还是几年前的那辆车，一直都没有换过，尤记得听陆谦说他，说他特别念旧且长情，喜欢一件东西，很长时间都不会改变。

那个时候的徐一言在心里还想过，那感情呢？是不是也一直都不会变？

那段时间两个人一个在国内一个在国外，他工作性质的原因不能经常出国去看她，两个人只能视频，但视频和见面的差别还是很大的。

车汇入车流，在等红灯的过程中，霍衍总是时不时地就侧头去看她，怎么都看不够，像是要把这些年缺失的全部都补回来。

她也侧头去看他。

两个人四目相对，彼此的眼中皆是笑意。

这个时候的他们确信，他们不会再分开了，他们会永远在一起。

霍衍并没有直接送徐一言回家，也没有将她带去自己的公寓，车行驶的方向是徐一言没有去过的地方。

当她发觉到路线不对的时候，她并没有惊讶，而是侧头看他："我们是要去哪里？"

他没有正面回答她的问题，而是说了一句："回家。"

徐一言并不知道霍衍在别的地方的房子。霍衍的房产不少，但是他一直都住在之前的那个公寓里。在她的印象中，他说的"家"一直都是他的公寓。

回家？回哪个家？

霍衍开车带着徐一言去了一个小区，高档小区，环境很好，小区里全部都是复式小别墅，带个小花园。

从一进门霍衍就开始和她介绍着。

"这里的房子建造比较特殊，一楼是车库和地下室，二楼才是进门的玄关处。"

他带着她走上台阶，来到二楼，迎面便是一个小花园，正值春天，春暖花开，院子里面种着花。

"院子里面我让陆谦来种的玫瑰，如果不喜欢，我们买些种子重新种。

"这里我还给你安了个秋千，可以坐在这里晒太阳，赏花。"

他说着带着她进了家门。

"我全部都是按照你的喜好来装修的，家里没有安装电视机，安装了投影仪。

"我特意让人将落地窗改大，太阳太晒可以在客厅里赏花，这里一眼就能看见花园里的花。

"卧室、书房都在二楼。

"二楼我还给你改了个练习室，可以在里面拉大提琴。"

他牵着她的手，说着话。

徐一言从来都没有一次性听霍衍说这么多的话。

"什么时候开始准备的？"

"很早之前。"

很早是多早？

徐一言没有问他。

她只是笑了笑，看着他的眼神逐渐认真起来，被他握住的那只手微微使力，将他朝着自己这边拉了一下。

他对于她的动作丝毫没有防备，转头看她："怎么了？"

"霍衍。"她喊他的名字。

"嗯？"他看着她。

"在做这些的时候，你有没有想过……"

她顿了下，接着说道：

"有没有想过我不回来？"

有没有想过她不回来？

没有想过。

她一定会回来。

房子在很早的时候就已经装修完毕，可以立马入住。

爷爷还在疗养院，早就已习惯了那里的生活，平时下下棋，打打太极，喂喂鸟，清闲极了。

家里没有人，徐一言本是不想要过来和霍衍一起住的，但实在是架不住他总是开车将她去带过去。

衣服一点一点地积累，买了很多的装饰物和抱枕，全都放在了新房子里，久而久之，这里也有了一个家的样子。

不知不觉中，他们两人算是正式在这个新房子里面住下来了。

那年徐一言参加了个独奏比赛，获得了金奖，不知道是谁将她的演奏视频发到了网上，几乎在网上一夜爆火。

一夜之间，大提琴女神的称号被冠在了她的头上。

后来徐一言的履历被人扒了出来。

A大毕业，大提琴专业，A大音乐学院院长的关门弟子，柯蒂斯音乐学院全优毕业。毕业之后进入费城管弦乐团担任大提琴手，在一年后顺利成为乐团的首席大提琴手。在国外留学期间，获得多次国际大奖。

人长得漂亮，大提琴拉得好，学历高，履历优秀。

所谓人红是非多，很快，就有人以匿名知情人士的身份发表"小作文"，说徐一言在大学期间和校外人士不清不楚。

这个事情一出，霍衍第一时间帮徐一言成立了个人工作室，工作室挂名在陆谦的一家娱乐公司旗下。徐一言在网上的风波，全部由陆谦公司旗下的公关团队进行处理。

陆谦对待这样的事情经验多，处理得很快，并没有造成很大的影响。

同时，徐一言第一时间注册了新的微博，并进行了认证。

即使是空白的微博，也依旧涌入了一大批粉丝。

几天之后，一个微博名字是"霍衍"的账号替徐一言的事情做了澄清。

【从十八岁到二十六岁，你一直是我爱的人。】

微博艾特了徐一言。

谣言不攻自破。

其实大概只有当事人才知道，那些被人称之为谣言的，半真半假。

不过那又怎么样呢，往事已随风飘散，当下的他们是相爱的。

办工作室只是为了让徐一言不再单打独斗，有了专业的经纪人和助理，她的工作会进展得更加顺利。

国内并不是没有乐团邀请过徐一言加入，但是被她拒绝了。

她喜欢大提琴，喜欢在台上演奏自己喜欢的曲子的感觉。

但她更向往的，是自在拉琴时的自己。

没过多久，徐一言之前的私人微博账户被人扒了出来，之前她没有透露过这个账号的事情，所以打了公关团队一个措手不及。

但幸好，这并不是一件坏事情。

徐一言之前的微博账号，这些年来，也仅仅只是发布了寥寥几条。

语言模糊，让人看不明白。

【初春，遇 Y，一眼，沦陷。】

【爱是一种幻想。】

【烟花很美，他说新年快乐。】

【对不起，我爱你。】

【费城大雪，我很想你。】

【上天总是对我很幸运。】

【今天花园里的玫瑰开花了。】

这短短的七条微博，时间跨度竟然长达八年。

徐一言这个微博的名字是"Y"，第一条微博里面说遇到的人也是"Y"。

所以这个"Y"不可能是徐一言的"言"，也就只能是一个，是霍衍的"衍"。

这么多年的爱恋，终是在这一刻冲破了天光，明晃晃地展现在众人的面前。

那些无言的爱终究是无法隐藏。

番外二

相爱一生

夏天，沈临南的儿子过生日。

一向大手笔的沈临南包了一整个山庄来给自己的宝贝儿子庆生。

小小年纪就这么大的排场。

昔日沈家大少爷，今日康隆建设掌舵人，场面当然是要盛大。沈家三代单传，更何况这是沈家这一辈最小的孩子，当然是要更加认真地对待。

山庄坐落于北城南山，建在半山腰的位置。

虽说包下了整座山庄，却只邀请了几个关系比较好的兄弟。

霍衍带着徐一言到的时候，人已经差不多到齐了。

季行止一家四口，整整齐齐。

季言锡和季言昭已经长大了，两个小孩子之前见过徐一言，所以当霍衍带着徐一言走进来的时候，季言昭第一时间就凑到了牧遥的耳边，小声地说道："妈妈，我们之前见过这个漂亮姐姐。"

"不能喊漂亮姐姐。"牧遥想到什么，纠正女儿的话。

"为什么啊？"小姑娘不明白自己说的话有什么问题。

"因为漂亮姐姐和你干爹在一起了，你要喊这个漂亮姐姐叫'十妈'。"

一个乖巧的小孩子，是要听妈妈的话的。

所以当霍衍带着徐一言从门口走进来的时候，一直坐在季行止腿上的季言昭立马就站了起来，直直地朝着前面的徐一言走了过去。

她速度很快，快到让反应过来的季行止都没拉住。

"漂亮干妈！"季言昭一走到徐一言的身边，立马就紧紧抱住了徐一言的大腿。

扎着马尾辫的小姑娘抬着头，看着徐一言，一双大眼睛骨碌碌地转。

季言昭生得很漂亮，遗传了爸爸妈妈所有的优点，长大了一定是一个大美人。

突然被人这样喊，徐一言瞬间有些反应不过来，手足无措。

但比窘迫更多的，还是一种意料之外的欣喜。

她知道这个小孩儿一直是喊霍衍为"干爸"，所以当她喊了她干妈的时候，这意味着什么，她心知肚明。

要融入他们这个圈子实在是太难了，但是没有办法啊，因为霍衍在那里，因为她爱的人在那里，所以她是要进去的。

但是幸好，幸好他的朋友们都是接受她的。

这是一件很幸运的事情。

她是幸运的，这一点她很清楚。

霍衍也完全没有预料到，季言昭能这样喊徐一言。

他是高兴的。

这个称呼，什么时候喊，不过是早晚的事情。

因为他确定除了徐一言，他的身边不会再有任何人。

人这一辈子看似很长，实际上却很短，所以，只要一个人，便已经足够了。

霍衍笑着将季言昭抱了起来，摸了摸小姑娘的头："最近有没有喜欢的玩具？干爸买给你。"

嘴甜的小孩子，是要有奖励的。

"有的！"小姑娘一听见玩具，立马双眼散发着光，特别激动，"昭昭有好多想要的玩具，可是妈妈不给我买。"

"干爸和干妈给你买。"霍衍一直就喜欢惯着她，这一辈的小孩子也就这么几个，大家都是宠着惯着。

"好！昭昭最喜欢干爸了！"

"干妈呢？"

"也喜欢漂亮干妈！"

"真乖。"霍衍笑着摸了摸季言昭的头。

坐在沙发上的季行止无奈地看着面前的女儿。

自家女儿是个什么性子他最清楚不过。她的玩具都能放一整个屋子了，新买的玩具喜欢了一阵儿就不喜欢了，放着落灰，将她不喜欢的玩具捐出去，她又不让。

牧遥不喜欢自家女儿这么浪费，将给她买玩具的频率降低了很多，不能总这么惯着她，并不是所有的时候，撒一个娇就能得到自己喜欢的东西，谁都不例外。

这次聚会也是徐一言第一次见到沈临南的儿子，男孩儿长得和沈临南特别像，就好像是一个模子刻出来的。

本来她还在想，像沈临南和楚梦这种性格鲜明的两个人，究竟能生出什么样的孩子。她原以为会是很像他们，但是并没有。沈临南的儿子很安静，他安安静静地坐在沙发上，任由楚梦将生日帽子戴在他的头上。

陆谦也来了，但是身边依旧没人，一向浪荡不羁的陆大少，现在竟然也沦落到如此下场。俗话说出来混总是要还的，这不，遭到报应了。

见到徐一言最开心的，莫过于陆谦了，如果说沈临南见证了季行止和牧遥的爱情，那么陆谦便见证了霍衍和徐一言的爱情。

有情人终成眷属，没有什么比这个还令人感到高兴了。

"我言妹妹来了啊！"这话激动地说出口，陆谦立马觉得不对，迅速改口，"瞧我这张嘴，现在不能喊'言妹妹'了，现在应该喊'嫂子'才对。

"嫂子好！"

霍衍的年纪在这群人中要大上几岁，所以称呼徐一言为"嫂子"是没有问题的。

对于这个称呼，霍衍也是乐见其成。

这天傍晚，霍衍下班回家。

这个时候的徐一言还在厨房里。

她最近厨艺见长，今天闲在家里，看着教程烤了个曲奇饼干，没翻车，样子做得还蛮不错的。

霍衍不怎么喜欢甜的，所以她没有做得很甜。

"言言——"

霍衍打开门，一边低着头换鞋，一边喊着徐一言的名字。

他已经习惯了，每天下班回家，一开门便喊她的名字。

虽然房子很大，但是当霍衍一进家门的时候，徐一言总是能立马就听见他开门的声音。

徐一言身上还围着围裙，从厨房里走出来，探出头去看他。

在看见了站在客厅里的霍衍同时，也看见了他脚下那个毛茸茸的小东西。

是一条萨摩耶。

很小的一条，浑身雪白。

"狗狗！"

徐一言一直都喜欢狗，但是爷爷不喜欢，所以一直都没有养。后来她读书也没有时间和精力，养狗这件事情就一直耽搁下去了。

她之前和霍衍说过自己想要一条狗，没想到他还记得。

她快步走过去，解开身上的围裙，随手递给霍衍，他顺手接过。

徐一言蹲下身子，将狗抱在怀里，摸着软软的，特别舒服。

他站着，微微低头看着蹲在地上摸狗的她。

"给它起个名字吧。"

"Sunny！"

"好。"

霍衍并没有问徐一言为什么要起这个名字，徐一言也没有主动说。

在给它起名字的时候，徐一言突然想起那天他们在学校里见面时的场景，那天的阳光太晴朗。

两个人吃完饭之后，窝在沙发上看电影。

是徐一言喜欢的电影。

霍衍本身对于电影这种东西没有太大的喜好，不过因为徐一言喜欢看，所以每次他都是陪着的。

生活并没有太丰富多彩，每天只是医院和家里两点一线，偶尔会出去和朋友几个喝点酒。

不过现在有了徐一言在他的身边，他的世界只要有她就已经足够了。

她靠在他的胸口，感受着他胸膛因为呼吸而起伏，感受着他身上淡淡的香味，感受着他温热的体温。

"霍衍。"她喊他的名字。

"嗯？"他微微低头去寻找她的眼睛。

"上周去疗养院看我爷爷，他问我什么时候带你去看他，他说你已经很久没有去看他了。"她没有抬头，眼神落在屏幕上播放着的电影上。

霍衍这段时间医院很忙，没有时间去疗养院，算算日子，真的有很长时间没有去了。

"这个周六吧，周六有时间。"

他握着她的手，稍微加大了些力气。

"周六我们一起去。"

"好。"

周六是个阴天。

霍衍这天不上班，徐一言有自己的工作室，也没有必要每一天都过去，所以两个人睡了个自然醒，醒来之后已经是日上三竿了。

简单地吃了点早餐，等到收拾完已经是中午了，干脆就等到下午再去疗养院。

两个人一起去疗养院的次数并不多，徐一言回国之后有时间，所以几乎每周都会去看一次爷爷。虽说这段时间是徐一言去得比较频繁，但疗养院里面的人还是对霍衍比较熟悉，毕竟在她离开北城的那几年里，都是霍衍替她来看爷爷。

之前霍衍来看望徐爷爷的时候，就是以"孙女婿"的身份自居。所以现在他们两个人一起出现，工作人员看见都会心一笑。

因为他们真的是很相配。

徐爷爷对于自己的这个孙女婿是非常满意的，对霍衍的家世背景也有过了解，虽说背景差异比较大，但是听霍衍说过家里的意见，他对于霍衍的能力也比较放心。

两个人的年纪都不小了，也是时候将结婚的事情提上日程了。

这种事情他不大和徐一言说，虽说一老一小相依为命，但是关于这个方面，他倒是从来都没有对于徐一言提过什么要求。

无论是找个什么样子的另一半，和谁交往，和谁结婚，什么时候结婚，他都丝毫不干预。

怕自己的孙女不好意思，这种事情就只在私下和霍衍提了一句。

"你们两个人对于以后有什么打算？"

霍衍是什么人，从一句普通的话中就能明白其中的意思。

"我们在准备了。"

他是这样回答的。

徐爷爷听了霍衍的回答，心里便有了数。这些年他一直给徐一言攒着嫁妆，也攒了不少，虽然说相比起霍衍那样的家庭来说几乎是九牛一毛，但这是该准备的。

霍衍和徐一言两个人没有多待，很快便从疗养院离开了。

徐一言一直好奇爷爷单独和霍衍说了什么。

在车上，她忍不住问他："在疗养院里，你们说什么了？"

正在开车的霍衍笑了笑。

"秘密。"

两个相爱的人在一起。

他们在哪里，哪里就是他们的家。

对于很多人来说，爱情并不是生活的必需品，因为他们还有更多更重要的事情去做，但是对于霍衍和徐一言来说，梦想和事业，他们都已经完成了。

此时此刻的他们，最想要的，不过是和爱人在一起。

在金钱、地位和权力上，人或许会被分为三六九等，但是我们每一个人过的，都是日复一日的生活。

两个人自从住在一起，上下班几乎也是一起的，像是分不开似的，只要看见一个人，另一个人总是会在身边。

那天霍衍下班，去工作室接徐一言回家。

他刚刚走进工作室的大门，就看见前台的两个人凑在一起，在嘀嘀咕咕地说些着什么。

他不是一个好奇的人，但还是忍不住走近，试图去听一听她们在说什么。

直到霍衍凑近，才听见了她们两个人说话的内容。

"每天见霍医生来接老板，听说他们两个人在老板还在上大学的时候就认识了。"

"那他们两个人什么时候结婚啊？"

"以我们老板的年纪来看，倒还不着急，但就是霍医生的年纪有些大，再不结婚，就要四十了。"

"啊，霍医生的年纪这么大了啊。"

"也不算大吧，都说男人四十一枝花呢。"

"霍医生也才三十多。"

霍衍之前听多了这样的话，已经免疫了，现在却不一样了，在自个儿兄弟那边听到的调侃和现在听到的，感受还是不一样的。

现在想一想，这么多年过去了，他是到了应该结婚的年纪了。

之前在疗养院听徐爷爷提过希望他们早点结婚的事情，他其实心里是已经有了打算的了，想着好好准备一下，正式一点和她求婚。

他年纪确实也不小了。

霍衍无奈地笑了笑，朝着徐一言的办公室走过去。

徐一言的办公室有一扇很大的落地窗，她每天最喜欢的事情，就是坐在落地窗前拉大提琴。

还记得在国外读书的时候，学校的琴房里也有这么一扇落地窗。

阳光映照在她的身上，她沐浴在阳光里，温暖又温柔。

霍衍推开门进去的时候，看见徐一言正站在窗边，不知道在看着些什么，似乎是在出神。

在阳光的映照下，她的长发微微泛着棕色。

被关门的声音打断了思绪，徐一言转头看向门口。

"你怎么来了？"

她看见他的时候，眼中那一闪而过的惊喜实在是无法隐藏。

"来接你回家。"他笑着走到她的面前。

"今天这么早？"

"嗯。"

前段时间医院工作忙，他下班的时间都比平时晚了些，这几天能按时上下班，所以来接她的时间也提前了不少。

"过段时间我去把驾照学了吧，这样我自己也能开车回家。"

霍衍有的时候上夜班，每次来接她，把她送回家后还要去上班，这样太折腾他了，她不想他太累。

"不用。"

霍衍拉着徐一言的手，将她拉进了自己的怀里，搂着她的细腰，下巴顶在她的头顶，语气平缓，隐约带着些满足。

"我喜欢每天来接你回家。"

她笑着回抱住他。

"等这场音乐会结束之后，我就不用每天来工作室了。

"我就有时间在家里给你做晚餐了。

"我们在一起的时间会更长。"

她最近迷上了做饭，厨艺越来越好。

能做好吃的给自己的爱人吃，也是一件很幸福的事情。

她很喜欢这种平淡温馨的生活。

"好。"他笑。

徐一言拎起放在沙发上的包，被霍衍牵着，在前台两个小姑娘目送的视线中，走出了工作室。

今天不知道是怎么了，霍衍难得地在车上没有和她说话，想来之前每次，他都喜欢在回家的路上，和她分享工作中发生的事情，告诉她这天在医院食堂里他吃了什么菜，今天遇到了什么患者，他的笔又被谁顺走了……

但是今天的他却一句话都没有说。

在等红灯的时候，他像是在想什么事情似的，眼神放在面前的车流中，单手打着不规律的节奏。

他在想事情的时候，手总是会不自觉地敲打着节奏。

徐一言只是静静地看着他，没有开口。

直到回了家，她才忍不住问出口："你今天回家的时候在想什么？"

霍衍似乎没有想到徐一言会这样问，顿了顿，像是在犹豫什么，又突然笑了。

徐一言觉得今天的霍衍特别奇怪，情绪转变也太大了。

此时此刻的霍衍突然认真了起来，看着站在自己身边的徐一言。他看着她的眼神实在是太过于温柔，这一瞬间的徐一言觉得，自己好像溺在了他的眼神中。

他说——

"言言，结婚吗？"

他喊了她的名字，他问她结婚吗。

这天实在是太平常的一天。

他们就像往常一样，他接她下班回家。

他在进家门的时候向她求婚了。

没有鲜花，没有蜡烛，没有戒指，没有单膝跪地，有的就只是他的一句话。

他问她结婚吗。

他想要和她结婚，她愿意吗？

这根本不需要考虑。

她当然是愿意的。

从十几岁的年纪，到现在二十几岁，她喜欢了他太多年，她爱了他太多年。

她是想要和他结婚的。

经常有人说婚姻是爱情的坟墓，但于她来说，却不是。对于彼此相爱的两个人来说，结婚是最好的结果。

霍衍刚刚将话说出口，心中传来的便是无限的懊恼。

他有些冲动了。

并不是因为冲动地向她求婚，他想要她很久了。他觉得冲动的，是他没有任何的准备，那些别人都有的，他并没有给她。

还没等到徐一言的答案，他便连忙开口解释：

"今天去接你，前台两个小姑娘说我们怎么还没结婚。

"其实我很早就有想过这件事情。

"总想着等我选一个好日子，鲜花、蜡烛、戒指都给你准备好。

"但是还没等到那个时候，我就冲动了。

"今天什么都没有准备，你先别回应我，等我准备好了，你再给我答案。"

徐一言静静地看着站在自己面前的霍衍，她的眼中带着笑意。

听着他说的话，他说的每一句话，每一个字都让她欣喜。

她其实并不是一个很重视仪式感的人，只要足够明确对方的心意，其他的都不是很重要。

爱是不能吝啬的，爱是需要说出口的。

"好。"她突然开了口。

"什么？"他猛地看向她。

"我说好，我们结婚。"

她这句话说得很慢，咬字特别清晰，所以他听得非常清楚。

霍衍甚至觉得自己是不是听错了，但是在愣神过后，还是明白了她的意思。

她笑着从领口将一直戴在脖子上的项链取了出来。

那条细细的链子上挂着他送给她的钻戒。

"谁说什么都没有的？

"不是有戒指的吗？"

她将戒指取下来，递到了他的手中，然后缓缓地抬起手。

"给我戴上吧。"

他手中拿着戒指，像是愣住了般，似乎完全没有想过，她会这样回应他。

"你还等什么？不是说想要和我结婚的？"

霍衍这辈子过得太顺，甚至就连求婚的时候，都是这么的顺利。

他突然单膝跪地，微微抬头看着她，手中拿着那枚戒指，郑重其事——

"言言，你愿意嫁给我吗？"

"我愿意。"她笑着回答他。

那枚她一直戴在脖子上的戒指，终于被他亲手戴在了她的手上。

那天霍衍带着徐一言去见了家长。他已经见过徐一言的爷爷无数次了，但是徐一言还没有正式见过霍家的人。

非正式场合也见过面，但是这次不一样，他们要结婚了。

之前霍衍和她介绍过他的家庭。

很简单的家庭，没有钩心斗角，大家都很和谐，也不会出现什么阻止他们结婚的人。家族里一直提倡的，就是自由恋爱，结婚对象也要找自己喜欢的人。以霍家现在的实力来说，已经不需要家族联姻了。

虽是这样说，但是徐一言永远都不会忘记，那年毕业，她曾和霍衍的外公见过一次。

她的印象太深刻。

她和魏老说话的时候，一句话都没有提到过霍衍，她却能清楚地感觉到，魏老是不看好她和霍衍的。

只是不看好，但是也没有明确地阻止和干预。

她不知道她这次去他家会面临着什么。

是会像是他说的那样简单吗？

霍家在郊区，一家人并没有住在老宅里，家里的老人年纪大了，喜欢安静的地方，年轻的一辈都有自己的公寓和各种房产，只是在一些重要的场合才会聚在一起。

徐一言被霍衍牵着一进大门，迎面便看见了坐在客厅沙发上的一群人。

她都不认识，有些局促。

这天的情况完全在徐一言的意料之外。

大家都很欢迎她，一切都并不是她所想象的那个样子，一切都很好。

那天吃饭，餐桌上全部都是她喜欢的菜，他的家人也很好，看着他们两个人，眼中都带着祝福的笑意。

两个人领证那天，并不是一个特殊的日子，只是很普通的一天。

只是那天恰好都有时间，他不用上班，她也不用去工作室，所以他们决定，就是这一天，去领证吧。

领证的这天是一个很好的天气，太阳高挂在天空中，阳光明媚。

两个人也没有很早就去排队，一切都顺其自然，就像是平常的日子一样，吃完早餐之后，他开着车，她坐在副驾驶，去了民政局。

车上，徐一言看了他一眼，想了很久，还是忍不住问他："我们真的不需要做一个财产公证吗？"

霍衍名下的财产很多，如果不在婚前做财产公证的话，他们结婚以后，这些都会成为两个人的夫妻共同财产。

徐一言觉得，这样是不是有些不大好。

她这也太占他的便宜了。

"不用。"

正好是红灯，霍衍空出一只手，握住了她的手，力道微微收紧了一些，像是在强调一个事实。

"我的就是你的。"

"那我不是占了你很大的便宜。"徐一言忍不住想笑。

今天这个结婚证一领，她还真的就是一个富婆了。

"你那个小脑袋里想什么呢？"

红灯变绿灯，车继续行驶。

"别总想些有的没的。"

"知道了。"她笑。

徐一言没有想到领证这么简单，钢印一戳，哎，就结婚了。

霍衍拿到结婚证时的反应比徐一言要激动，他拉着徐一言站在民政局的门口，想要举着结婚证自拍一张。

徐一言没有想到霍衍竟然会想在民政局门口自拍。像霍衍这样的人，应该不会做出这样幼稚的事情吧，她之前确实是这么认为的。

但是现在一看，嘿，他还真就是这么一个幼稚的人。

"不了吧。"徐一言看了看四周，还有刚刚过来的新人。这样大庭广众之下，她还真的有些不好意思。

"拍一张，我不发出去。"

在确定霍衍真的不会发出去之后，徐一言才勉强同意了他自拍的行为。

当天晚上。

霍衍那个从来都没有发过一条动态的朋友圈突然更新了。

很简单。

一张照片。

两张结婚证放在一起。

配文：【结婚了。】

霍衍的微信朋友除了关系比较好的兄弟，就是几个医院里面的同事。

他这条朋友圈一发，所有人都沸腾了。

其中最激动的莫过于陆谦。

听说过霍衍有结婚的打算，但是没想到这么快就领了证。

彼时的陆谦正坐在BLUE里，兄弟几个都有了家室，晚上已经很少出来了，都在家里面陪着老婆孩子。

只有他自己一个人是孤身一人。

陆谦看着霍衍的朋友圈，突然笑了，但是笑着笑着，眼眶渐渐有些泛红。

他点了个赞，并评论：【恭喜。】

徐一言和霍衍的婚礼定在春天，一个春暖花开的日子。

她很喜欢春天，因为那年春天实在是太特殊，让霍衍遇到了徐一言，让他爱上了她。

徐一言曾经和霍衍说起过，自己第一次见到他的时候是在医院，那个忙碌慌乱的医院大厅，是他们两个人第一次见面的地方。

但对于霍衍来说却不是这样，在他这里，他们真正的第一次见面，应该是在那个阳光明媚的午后。那是他第一眼看见她，就沦陷了的时候。

其实第一次见面是哪一天已经不重要了，现在他们相爱，这才是最重要的。

婚礼安排在K酒店，和当初沈临南结婚的时候是同一家。

在一开始定场地的时候，霍衍问过徐一言的意见，问她喜欢什么样的婚礼。喜欢城堡，他们可以去国外；喜欢海边，他们可以去海岛。只要她提出来，所有的他都能够满足。

她是新娘，自然是要以她的意见为主。

霍家这些小辈中，就没几个结了婚的，年纪稍微大点的，也就只有霍徇、程野和霍衍。

前两个一个还是孤家寡人，一个还在南边没回来，不过听说已经有了女朋友。

至于霍衍，他是他们三个之中最早结婚的一个。

霍家这一脉，霍衍的婚礼，定是要大办的。

虽然说徐一言是一个不怎么喜欢麻烦的人，但她的心里还是有数的。

她既然选择了和霍衍结婚，肯定不会这么任性。

所以当霍衍问她，想要什么场地的时候，她选择了一个让大家都满意的场地。

其实无论在哪里举办婚礼，只要是和自己相爱的人，那这些便不是什么问题。

相爱才是最重要的。

婚礼现场来的人很多，绝大多数都是霍家那边的人。

徐一言这边的亲戚不多，其实本来就没有什么亲戚，再加上后来家里出了事情，亲戚自然是更少了的。

婚礼举办得很盛大。

但意外的是，徐一言本以为会要请很多霍家的合作伙伴，实际上却是没有，来的人都是霍家的亲戚。

不过毕竟是霍家的人结婚，还是邀请了一家和霍家比较交好的媒体，给了他们独家拍摄权。

后来徐一言从陆谦那边得知，为什么婚礼不邀请那些合作伙伴，是因为霍家过见太多这种明面上打着婚礼的幌子，实际上是一个大型交易所的事情。

以霍家现在的地位，完全不需要拿小辈的婚礼来做什么文章。

霍衍娶的是什么人，对方是什么身份，是什么工作，他们不会干涉，唯一要求的，就是人品。这是霍家的传统，没有爱情的婚姻是很难长久的。

正式举行婚礼的那天，阳光明媚。

后来在徐一言的印象中，和相爱的人结婚的日子，是最好的日子，她这辈子都不会忘记。

向彤也从海城赶回来，参加了徐一言的婚礼。

她是自己一个人来的，丈夫并没有跟来。向彤似乎是不怎么喜欢提起他，徐一言也没有问。

各种流程走完，徐一言被向彤拉到一边说话。

"你竟然结婚了。"向彤看着徐一言，似乎还能想起当年她们两个人读书时候的场景。

"年纪已经不小了。"

"是啊，我们早就长大了。"

向彤像是想起来了什么："哎，你们俩真的没签婚前协议？"

"没有。"徐一言笑着摇头，似乎早就料想到向彤会问这样的问题。

"霍衍可真勇啊。"向彤有些感叹。

霍衍虽然没大怎么管理霍家公司，但私下里的资产应该也不少。

徐一言笑了笑，转移视线，将视线放在了不远处的男人身上。

他站在不远处，几个人围着他，手中拿着酒杯。

头顶上的水晶吊顶折射出来的灯光打在他的身上，落在他分明的五官上，他还是没怎么变，和别人说话的时候，总是眼眸微垂，一副漫不经心的样子。

他三十七岁了，年岁的增长似乎并没有让他有什么变化，他依旧还是她一直喜欢的样子。

她注意到了，他和别人说话的时候，总是会时不时地朝她这边看过来，他总是会下意识地去寻找她的身影。

无论在什么地方，无论在什么时候。

寻找到了她的身影，他发现她也在看她。

她穿着洁白的婚纱，站在暗处，半明半暗的灯光中，她朝着他笑。

那是他的新娘。

那是他的妻子。

那是他要共度余生的人。

两个人四目相对。

霍衍突然笑了，和身边的几个人打了声招呼，便朝徐一言走来。

他走到她的身边，牵住了她的手。

她手上戴着的钻戒在灯光的映照下闪闪发光。

这枚戒指与之前送给她的那一枚不一样。

是她答应了他的求婚之后，他重新定做的。

之前那枚是个对戒，可以用作平时佩戴，这枚是结婚戒指。

那天他听了沈临南的话，说女人都喜欢大钻戒，他老婆楚梦就特别喜欢，每次惹楚梦不开心了，就买个钻石来哄她，特别管用。

有老婆的季行止听了沈临南说的话，笑了笑，不发表任何见解，毕竟在牧遥那里，钻石是没有用的，再说了，他也不会惹自己老婆生气，这种事也就沈临南能做出来。

倒是霍衍听进了心里，第二天就定做了这枚戒指。

是一个梨花形状的钻戒。

中间是一颗小钻石，周围环绕镶嵌着几枚大钻石，在灯光的折射下散发出淡淡的粉红色。

这是他送给她的结婚戒指。

看着站在她的面前，牵着她的手的霍衍。

徐一言笑得明媚。

晚上回家的时候，霍衍喝得有些多。

两个人坐在车后座，司机开车送他们回家。他难得地，将头微微靠在她的肩膀上，眼睛微微闭着，一只手握着她的。

徐一言穿着单薄的礼服裙，霍衍让司机将车内的温度调高了些。

车内的温度高，两个人的手紧紧地握在一起，始终没有分开。徐一言似乎还能感受到霍衍手心里传出来的微微湿润的感觉。

她笑着，将头和他的微微靠在一起。

这天是这个春天里普通的一天。

但是这一天却是徐一言记忆中，最难忘的一天。

这天的阳光很好。

他们在这一天举行了婚礼。

车子驶过 A 大校园门口，经过鼎铭会所，经过 BLUE，经过国贸，徐一言微微侧头看着窗外，往事一幕幕在眼前回放。

第一次遇见他那年，她十八岁，正是处于一个青春懵懂，对爱情充满无限幻想的年纪。

现在的她二十七岁，她嫁给了十八岁那年喜欢的人。

徐一言二十八岁这一年，程橙从国外回来，带回来了她在国外交的男朋友。

那一天陆谦像是发了疯似的，将BLUE乱砸一通。

没有人阻止，大家都只是静静地看着。

有些人，是真的会遭到报应的。那些所欠下的一切，终将会一一归还到自己的身上。

那天包厢里，程橙只对他说了一句话。她说：怨吗？痛吗？这些你都得受着，因为这是你的报应。

那天之后，陆谦发了疯似的报复，打压程橙男朋友的产业。陆家为了让陆谦不再发疯，将他送去国外的分公司工作。

同年，徐一言怀孕。

那天她在工作室，听着工作室里的几个小姑娘聊八卦，突然想到自己的例假很久没来了。

她去医院检查，确实是怀孕了。

并没有太意外，因为她和霍衍两个人很早就在备孕了。

这个孩子的到来，在意料之中。

十月怀胎。

徐一言在她二十九岁生日刚过的时候，生下了一个女儿。

这是霍家这一辈第一个孩子，而且还是女孩儿，家里男孩子多了，就比较喜欢女孩子，一出生便是霍家的掌上明珠。

霍衍给女儿取名"霍窈"。

取自："窈窕淑女，君子好逑。"

徐一言躺在病床上，看着霍衍站在窗边，抱着尚在襁褓中的女儿，阳光洒在父女俩的身上。

她眯着眼，嘴角微微扬起。

她啊，用了这么多年，终于攀登上了霍衍这座高山。

从此，他们站在一起。

远山

彼此相爱。

携手一生。

你说爱是这个样子的，我说爱是那个样子的，那爱究竟是什么样的？

有的人不屑于说爱，但是做的事情，处处都体现爱。有的人嘴上说爱，但是做的事情，却丝毫没有爱。

爱不仅仅要说出口，爱更是要体现在行为上。

爱是有重量的，爱是挑剔的，同时，爱又是自重，要自爱，才能真正得到爱。

梦想我们要去追逐，爱情也是。

不妥协，不低头，勇敢去爱。

番外三

夫妻日常

（一）

两个人蜜月旅行的第一站选择的是奥地利维也纳，世界艺术和音乐之都。

徐一言非常喜欢的一部电影，《爱在黎明破晓前》中，男女主角约定的城市，就是维也纳。

她打卡了电影中的很多取景地。

第一个打卡的是 TEUCHTLER&NEU 唱片店。第一次去的时候是周日，赶到的时候，唱片店已经关门了，后来打听到唱片店每周日是不开门营业的，平时的营业时间是下午一点到六点，周六的营业时间是上午十点到下午一点。

两个人第二次去是在周一的下午，万里无云，阳光明媚，阳光洒落在古建筑教堂上，洒在两人紧紧牵着的手上。

唱片店面积不大，里面密密麻麻的货架上摆放的全部是各种各样的唱片。老板娘很热情，热心地询问着他们两个人的需求。

两个人逛了一会儿，最后买了一张电影原声唱片《Come Here》。

There's a wind that blows in from the north

And it says that loving takes this course

Come here come here

No I'm not impossible to touch

I have never wantend you so much

Come here come here

北方吹来一阵风

带来了爱的讯息

到这里来

现在我遥不可及

却从未这么渴望得到你

到这里来

徐一言特别喜欢这首歌。

这首歌表达出来的，像是当年她对霍衍爱而不得的情绪，明明遥不可及，但是却想要得到你。

可是现在——

徐一言侧头看了一眼牵着她的手走在广场上的霍衍。这么多年了，他好像一直都没有变过，恍惚间，好像还是当年第一次见到他的那个样子。

几个小孩子打闹着跑过，广场上的鸽子被惊扰到，纷纷飞起，扑扇着翅膀，伴随着行人惊呼的声音，从头顶飞过。

霍衍侧头看着她笑。

她突然想起了《爱在黎明破晓前》中的一句台词——

"仿佛我们在一起的时间只属于我们，它是我们创造出来的，就像是，我置身于你的梦中，你置身于我的梦中。"

两个人从维也纳离开之后，又去了北欧的几个国家。

霍衍不像他的其他朋友那样，有大把的假期和时间，医院里面的事情还有很多，他很忙，所以两个人没有在国外多待，玩了一段时间便回去了。

自从结婚之后，两人就正式搬进了他新买的小别墅里面。

别墅在市中心的位置，闹中取静，环境很好，距离医院和她的工作室都很近，交通便利。

他医院的工作很忙，而她除了偶尔去趟工作室，参加一些演出，剩下的时间都待在家里面，经常坐在花园的秋千上，轻轻荡着秋千，看着正值花期的玫瑰。

那天徐一言像往常一样，在小花园里面晒太阳，家里的门铃突然响了起来。

这里平时没有人会来，霍衍这个时间也不会从医院回来，就算是回来，他也不需要按门铃。

徐一言开门便看见了站在门口的牧遥。

她一头黑色长发，又直又顺，穿着一件米白色的吊带长裙，长度到脚踝之上的位置，露出了白皙的脚踝，外面是一件淡紫色的薄开衫。

徐一言每一次见牧遥，总是会感慨，感慨这个世界上为什么会有气质这么清冷的女人。

她想起很久之前，在包厢里面看见季行止的样子，想起在陆谦的口中听到的关于季行止很久之前的那些事迹，听到那些似真似假的传闻，总是忍不住感慨，像季行止这样的男人，能娶到牧遥这样的老婆，真是太难得了。

如果是她，她绝对不会像牧遥一样回头。

牧遥这天过来，带着季言昭，小姑娘一看见开门的徐一言，就挣脱开了妈妈的手，朝着徐一言扑了过来。

"干妈！"软糯糯的声音，特别甜。

"昭昭！"徐一言接过着她扑过来的季言昭。

小姑娘穿着一件白色的蓬蓬公主裙，扎着丸子头，小脸白净，软软的，像是棉花糖一样，特别可爱。

徐一言忍不住轻轻捏了捏季言昭的脸蛋儿："想干妈了吗？"

"想了！昭昭好想干妈的！"

"干妈也想昭昭。"

"哥哥没跟着过来吗？"

"锡锡要上课，没带他过来。"

牧遥将手里面拎着的东西递给徐一言。

"沈临南找人带回来的点心，我正好有空，顺路把你的这一份给你带过来。"

"谢谢。"徐一言接过东西。

"不用。"牧遥垂眸笑了笑。

"进来坐坐？"

"不了，锡锡还在家等我们。"

"好。"

霍衍傍晚的时候下班回家。

这个时候家里的阿姨已经做好了饭，看见霍衍开门进来，将饭菜端到餐桌上，见霍衍视线环视，像是再寻找着什么，心中了然道："太太在楼上琴房里练琴。需不需要我上去把太太喊下来？"

"不用，我上去叫她。"

霍衍一边上楼，一边将身上的西装脱下来，随意搭在手臂上。

琴房在二楼最角落里的那个房间，当初装修这栋别墅的时候，特意给她装了一个隔音特别好的琴房，可以放下他给她买的大提琴，琴房里面还装了个很大的落地窗，这样她可以沐浴在阳光下拉琴。

霍衍打开琴房的门，听见了里面传来的悠扬琴声，一眼就看见了背对着他拉琴的她。

一身白色的纱裙，裙摆映在阳光里，隐隐约约可以看见裙子下面修长白皙的小腿。

开门的声音吸引了徐一言的注意，她停下拉琴的动作，琴声随即停止，转头看见了站在门口的霍衍，眼睛亮了亮，起身站起来："你回来啦！"

"嗯，回来了。"

霍衍牵住她的手，带着她下楼："阿姨做好晚饭了，下去吃饭吧。"

"好。"

阿姨做好晚饭就回去了，家里面就只有徐一言和霍衍两个人。

霍衍看见餐桌上放着的点心，很熟悉。

记得沈临南说过要他们几个人去他那边拿，他下班之后忘记去了，没想到给送到家里面来了。

"沈临南送来的？"

徐一言摇了摇头："是牧遥送来的。"

"她怎么有空跑一趟？"

"不知道。"

想起了下午看见昭昭那个小姑娘，她笑了笑："她带着昭昭来的，他们把昭昭养得真可爱，小姑娘眼睛亮晶晶的，就那么看着我，看得我心都软了。"

霍言闻言，抬眸看了她一眼："喜欢？"

"当然喜欢啊，昭昭那么可爱。"她对小孩子完全没有抵抗力，尤其是漂亮可爱的小姑娘。

"喜欢我们也生一个。"霍衍夹了一筷子菜到她的碗里面，漫不经心道，"我年纪也不小了，季行止的孩子都那么大了，我连个孩子都没有。"

这句话明明听着很随意，但是徐一言还从中听到了一丝着急的意味。

"好。"

徐一言想起他的朋友们，好像结婚生孩子的也没几个。不过他的年纪确实是不小了，而她也到了生孩子的年纪了。

"你喜欢男孩儿还是女孩儿？"

"都行，你生的我都喜欢。"

男孩儿女孩儿其实都无所谓，无论男女，都是他和她两个人的孩子，他都喜欢。

"我还是比较喜欢女孩儿，你们家的男孩子已经足够多了，还是女孩子比较贴心。生个像是昭昭那样可爱的小姑娘，多好啊。"

"好。"他笑着应下。

"好什么？"她看他。

"生个女儿。"

"生男生女是你能决定的吗？"听他说话，感觉男孩儿女孩儿他能够决定一样，这事是想生什么就能生什么的吗？

"不能，许愿生个女儿，改天带着你去寺庙拜一拜，求菩萨给我们一个女儿。"

看着他一板一眼说出这样迷信的话，徐一言突然有些想笑，还是第一次见这样的他。

"你什么时候这么迷信的？"

"宁可信其有不可信其无。"

自从两个人决定要孩子，之后就再也没有做过避孕措施。一切都顺其自然，孩子会在该来的时候来。

时间一天一天地过去。

霍衍医院很忙，已经连续值了三天的夜班了，他晚上在医院值班，白天回家的时候，徐一言已经去工作室了，两个人一天见面的时间都没有特别多。

那天她自己一个人在家吃午饭，刚刚吃完午饭，就感觉到一阵恶心，想吐。她本来没怎么在意，也没想那么多，只当是肠胃不好。

但是她一连几天都有这个反应，才发觉到不对劲儿。

有过前车之鉴，徐一言没有去买验孕棒，直接给霍衍打了电话，电话响了好久，他没接，应该是有手术。

她换了衣服，自己一个人去了医院，挂了号。

做完检查之后，她便坐在医院的长椅上等着结果。

长长的仿佛看不到尽头的走廊，来来往往的人，徐一言一个人坐在长椅上，手攥着包带，因为用力，骨节微微发白。

还没等到结果，率先等到的却是刚刚下了手术的霍衍。

他脚步很快，脚下生风，走过妇产科的拐角，就看见了坐在走廊尽头长椅上的徐一言。她孤零零的一个人，背着包坐在椅子上，不知道在看什么，一动不动的样子。

徐一言还没有反应过来，就被霍衍轻轻搂进了怀里。

他身上带着浓重的消毒水味道，还有略微粗重的呼吸声。

徐一言："你怎么来了？"

"刚刚下了手术，就看见了你打来的电话，妇产科王医生说你自己一个人过来做检查。"

徐一言刚刚想要问为什么妇产科的王医生会认识她，但是这句话还没有问出口，就想起了他们两个人刚刚结婚的时候，他带着她来医院发喜糖，虽然只发给了他科室的同事，但后来听说他们两个人的照片被拍下来发进了医院的大群里面，医院里的人几乎都知道了霍医生新婚妻子的样子。

那个时候她以为，随着时间的过去，这件事医院里面的人应该不会记得，也会渐渐忘记她的样子，但没有想到的是，今天她来医院竟然被认出来了。

他看了一眼时间，问她："结果还没有出来吗？"

她摇了摇头："还没有，不过应该快了。"

徐一言坐在霍衍的身边，侧头看了他一眼。见他脸上没有什么表情，像是平常一样，好像并没有因为这件事情而产生什么情绪。

"也不知道是不是怀孕。我最近几天总觉得恶心，一开始没觉得是怀孕，也没当回事儿，但是后来越想越觉得不对劲儿，我也不敢自己测试，还是到医院来检查一下比较好。"

她不知道他在想什么，两个人坐在椅子上等结果，大脑一片空白，想说点什么调节一下紧张的气氛，但是话说出来，完全没有逻辑。

霍衍顿了顿，握住了徐一言的手，微微用力。

无须多言。

当霍衍握住她手的时候，她就已经足够明白霍衍此时此刻的情绪。

他并不是一个会紧张的人，医院空调开得很足，但是此时此刻他的手心里却满是汗。

"我很紧张。"

他在告诉她。

在等着这个结果的时候，他也很紧张，紧张到手心都出汗。

刚刚做了一台很难的手术，病人在手术途中差点没救回来，当面临着生死攸关的重要时刻时，他也没有紧张，而是淡定地做着他所能做的。但是此时此刻等着徐一言的检查结果，他却紧张到手心出汗。

"我也是。"她紧紧地握着他的手，他们一起等待着最终的结果。

最终的结果并没有辜负两个人的期待，徐一言怀孕了。

霍衍手中拿着几张单子，最后的结果已经很明显了，但作为医生的霍衍，还是看了又看，像是要将单子上面的每一个字都看一遍似的。

"这是我第一次做爸爸。"他的视线从单子上转移到徐一言的脸上，语气有些激动。

她看着他，突然笑了，声音隐约有些颤抖："也是我第一次做妈妈。"

霍衍握着徐一言的手微微收紧："那，我们一起学习怎么做好一对合格的爸爸妈妈。"

"好。"

（二）

怀孕期间，徐一言的妊娠反应很大，一点油腥味都不能闻，但凡闻见一点，就直犯恶心，有很长的一段时间都吃不下饭。

徐一言没有什么亲人了，所以过来照顾她的都是霍家那边的人。

她不习惯和陌生人相处，更加不习惯被别人照顾，一直以来在家里给他们两个人做饭的阿姨，也是用了很长的时间才和徐一言熟悉了起来，但是除了做饭的时间，其他的时间都不待在一起。

除了做饭的阿姨，霍衍将季行止家里的阿姨请了过来照顾徐一言，这个阿姨很有经验，当初牧遥怀孕的时候，一直都是这位阿姨照顾。

阿姨是季家多年的老人了，很熟悉，也比较放心。

霍衍医院工作忙，没有办法一整天都待在家里面照顾她，只能每天下班的时候快一点回家看她。

自从徐一言怀孕，为了保护她，霍衍什么事情都不让她做。

徐一言提出来想要去商场买衣服，霍衍不许她自己一个人出去，安排保镖跟着她。几个从季行止那边借过来的保镖，一身黑色的西装，只要出门就会跟在她的身后，走在路上特别显眼，搞得徐一言都不想出门了。这样正合了霍衍的意，他直接让品牌经理将她尺码的衣服送到家里来，让徐一言挑。

因为徐一言一丁点油腥味都闻不得，在吃的方面就更加严格了，三餐有固定的食谱。

别人怀孕都会胖，但是徐一言却硬生生瘦了十多斤。

不是她平时不吃饭，她吃，但是吃完了又会吐掉。

霍衍很着急，但是又不知道应该怎么办，找了很多的方法，都没有用。

一直到了孕中期的时候，情况才慢慢地好转了。

那个时候的徐一言已经很瘦了，霍衍也跟着瘦了一大圈儿。

好不容易徐一言能吃下东西了，霍衍变着花样给她做好吃的，有的时候阿姨不在，他就学着做给她吃，他学习能力强，在做饭这方面也很有天赋。

两个人吃完饭，霍衍搂着徐一言半躺在小花园的秋千上，慢悠悠地荡着，看着天空中的月亮，这天正好是中秋节，月亮半挂在天空上，又大又圆。

徐一言靠在霍衍的肩膀上，看着天上的月亮。

"霍衍。"

"嗯？"

"我在想，我们的孩子要取个什么名字比较好？"自从怀孕，她就一直在想这件事情。

霍衍轻笑："还不知道是男是女。"

"我有一种预感，应该是个女孩子。"

"这么肯定？"

"嗯，我前几天做梦，梦见了一个小姑娘在喊我妈妈，俏生生的小姑娘的声音，我感觉是女儿。而且，之前你带着我去过寺庙祈福，说不定观音娘娘听见了我们的愿望，真的会赐给我们一个漂亮的小公主。"

霍衍搂着徐一言的肩膀，往自己的怀里带了带，沉思了片刻，缓缓地开口："霍窈。"

徐一言抬头看他。

听见他说："窈窕淑女，君子好逑。"

"霍窈，窈窈。"徐一言笑了笑，摸了摸自己的肚子，"真好听。"

徐一言在预产期的前几天就提前住在了医院里，霍衍不能整天待在家里面陪着她，别人陪着她，他又不放心，所以提前让她住进了医院里，这样他能经常去看她，有什么事情也能够及时处理，他比较放心，也比较安心。

在医院里面住的这几天，徐一言的肚子安安静静，一点动静也没有。连护士长都忍不住好奇，别的孕妇在最后这几天应该会多少有点反应了，但徐一言看着却像是个没事人一样。

检查做了好几遍，没有发现问题，众人悬着的心才放了下来。

那天晚上霍衍值夜班，徐一言和一直陪着她的阿姨待在病房里面，前半夜的时候霍衍过来看了徐一言一眼，那个时候她正在睡觉，不知道他来看过她，他待了一会儿就走了。直到后半夜的时候，徐一言被疼醒了，额头上出了薄薄的一层汗。

阿姨看着徐一言醒过来，看见了她额头上的汗，连忙查看她的情况，看出来应该是要生了，立马跑出去找了医生。

医生赶来几分钟之后，霍衍也赶了过来。

直到徐一言即将被推进产房的时候，霍衍依旧紧紧地握着她的手。

他本来是想要跟着进去的，却被徐一言阻止了。

他这天晚上是要值班的，她这一进去，还不知道什么时候才能出来，他那边要是发生了什么突发事件，被耽误了可不行。

果然，徐一言刚刚被推进了产房，霍衍那边便接到了一个紧急的病人，他本来是想要赶回去的，但是被同事制止了。同事知道霍医生的妻子刚刚进了产房，没有让他回来，对霍衍说他们能处理，让霍衍安心等待着妻子从产房里出来。

产房里面还没有传来消息，霍家的人也都赶过来了。

一起来的还有陆谦、季行止、沈临南几个人。他们在接到消息的第一时间就赶了过来，三个人都是从家里面出来的，陆谦头发都乱糟糟的。

所有人都站在产房的门口等着，只有霍衍自己一个人坐在椅子上，双手紧握，微微抬头，眼睛盯着产房门口亮着的灯。

之前一直都是作为医生在里面，但是这次作为家属坐在外面，他第一次感受到了紧张和担心。

这是霍衍这辈子第二次紧张到双手出汗，第一次是在检查室门口等着结果的时候，第二次是徐一言在产房里面的时候。这一次比上一次更加紧张，紧张到好像没有办法站起来，身上的力气好像都在慢慢地流失，只要一站起来，就会立马倒下。

时间一点一点过去，凌晨两三点左右进去的，到现在还没出来。

清晨，当黎明的第一缕光从窗户照进来的时候，产房门口的灯灭了。

医生从里面走出来，在产房外面环视了一周。

"徐一言的家属？"

霍衍猛地从椅子上站起来，眼前一黑，有些没站稳，幸好站在他身边的陆谦扶了他一下。

"她怎么样了？"

医生认出了霍衍，笑了笑："恭喜，母女平安。"

"谢谢。"霍衍微微低着头，连忙向医生道谢。

紧张了半个晚上的心，此时此刻终于放了下来。

孩子被抱出来的时候，霍家的人都涌了上去，围在一起争着抢着看孩子。霍衍并没有上前，而是等着徐一言从里面出来。

徐一言被推出来的时候，脸色苍白，没有一丝血色，额头上的碎发都被汗水打湿了。

霍衍走到她的床边，握住了她的手，微微俯身轻轻吻了吻她的侧脸，将她脸颊上的碎发捋了捋。

"辛苦了。"

她笑着摇了摇头，微微张口，说话似乎是有些费力："女儿，怎么样了？"

"很好，她很好。"

徐一言闻言，笑了笑。

徐一言在医院的这几天，霍衍也没有回家，一直待在医院里，不是在科室上班，就是守在徐一言的病床前陪着她和孩子。

后来的几天里，霍家的人，霍衍的几个朋友，还有一些不认识的人，一群人轮流来医院看她，送礼物。尤其是霍家的几个人，这个孩子是霍家的第一个女孩子，是唯一的小公主，是需要如珍如宝来守护的，来的人聚集在一起看着还在保温箱里的小公主。

大家谈论着给小公主起一个什么名字，他们家没有那么些规矩，孩子的名字必须长辈来取，几个小辈聚集在一起谈论着，你说一个我说一个。

说着说着，竟然还吵了起来，谁也不让着谁。

站在一群人身后的霍衍有些无奈，缓缓地开口："霍窈，我女儿叫霍窈。"

"霍窈。"

"那个窈？"

"窈窕淑女的窈。"

"好名字啊，窈窕淑女，君子好逑。"

"还是二哥有文化。"

生下小公主第三天的时候，接到消息的程橙从国外赶了回来，给徐一言和霍窈带了礼物。

徐一言躺在病床上，程橙坐在椅子上看着小公主。

徐一言轻声开口询问道："这次回来还走吗？"

程橙点了点头："嗯，明天的机票。"

"怎么不多待几天？"

"没什么重要的事情，还是早点回去比较好。这次回来主要是看我们漂亮的窈窈，我们的小公主。"程橙说着用指腹轻轻碰了碰小公主的小手。

看了小公主一会儿，她随后站起来背上包："走了，下次回来也不知道是什么时候，等我下次回来的时候，我们窈窈说不定已经长成小美女了。"

"你不再等等吗，他今天也说要过来。"

程橙知道徐一言说的是谁，她笑了笑。

"他来不来，和我没有关系。"

"你还爱他吗？"

"爱不爱，有那么重要吗？"程橙笑着看着病床上的徐一言，"人生那么长，我不想把所有的时间都浪费在那可笑的爱情上面。"

程橙："你不是也见过我和他在一起时的样子吗？那个时候的我，连我自己都讨厌。

"有些亏，吃过一次，永远铭记，且永不再犯。"

"可是你明知道，这并不完全是他的错。"徐一言下意识地替陆谦辩解。

"是,他没错,但是他也不无辜,他那种人,都烂透了,我当初就是瞎了眼。"

程橙和陆谦纠缠的时间已经很长很长了。

年少时的怦然心动,一直蔓延到长大之后的很多年,好像眼睛里面再也放不下除了他之外的人。别人都说他是烂泥扶不上墙,说他是一个浪子,说他这辈子也就这样了,但是她偏偏就不信邪,后来她如愿和他在一起了,那段时间她真的很开心。

只是最后才发现,那些浪子回头的事情,可以发生在季行止的身上,可以发生在沈临南的身上,可以发生在很多人的身上,却绝对不会发生在陆谦的身上。

像他这样的人,就应该烂在泥土里。

等陆谦赶来的时候,程橙已经离开了,两个人没有见上一面。

后来听说程橙离开的时候,陆谦去机场追她了,究竟追没追上,徐一言也不知道。

她只看见了,他们两个人从病房里面离开的时候,脸上失落的表情,如出一辙。

(三)

霍窈生下来的时候,不哭也不闹,所有人都以为她以后一定是一个安静温柔的美少女,走淑女路线。

可是等着霍窈长到四五岁的时候,本性就全部都暴露了出来,完全不是众人想象中的小公主形象。

在家里面还好,在学校里面完全不听管教,好像谁都管不住她。

直到徐一言第三次被班主任叫到学校的时候,终于忍不住了。

她从小到大就是老师眼里面的三好学生,学习成绩好,规规矩矩,一直没有犯什么错误,几乎没被老师批评过。直到现在一连好几次被幼儿园老师叫了家长,徐一言实在是受不了了。

从幼儿园回家之后，她脸色一直不好，霍窈似乎也知道自己惹妈妈生气了，不敢说话，回家之后就默默地回到了自己的房间里面玩玩具，没开门出来。

霍衍下班回家的时候，家里特别安静，阿姨将饭菜端到餐桌上。

"家里怎么这么安静？"以往的这个时候，他家小公主应该跑着到门口来迎接他了。今天竟然没有看见她，有些意外。

"太太接窈窈回来之后，脸色就不好，也不说话，一直待在厨房里面。窈窈回来之后，就去自己房间里面玩游戏了，也没出来过。"

霍衍心中了然。前几天就听徐一言一直念叨着她已经被老师叫到学校去批评很多次了，想来今天也应该是因为这件事情。

徐一言很少生气，这次看来是真生气了。

霍衍走进厨房，看见徐一言正在煮汤，心不在焉的。

他放轻脚步走过去，从背后搂住她，下巴轻轻靠在她的肩膀上，轻声询问道："怎么了？"

徐一言眼眸低垂，很不开心，连说话的声音都有一些低沉："以后老师喊家长你去，我再也不想去学校了。"

"好，以后我去。"

意料之中的答案，她微微叹了一口气："算了吧，你整天那么忙，哪有时间去学校，还是我去吧。"

她的视线转移到面前正冒着热气的汤上。

"其实……"徐一言声音有些小。

"我是第一次做妈妈，我不知道怎么做才是对的，今天窈窈打人是因为别人欺负她，我没有想要责怪她的意思。只是我突然想起来了，我们竟然还没有教窈窈怎么正确地保护自己。

"我就是感觉自己做妈妈很失败。

"我不是一个合格的妈妈。"

"别想太多，没有谁一开始就能做好爸爸妈妈。"霍衍亲了亲她的侧脸，

"窈窈知道你生气了，自己一个人在房间里面也不敢出来，我去看看她。"

上楼敲了敲房间的门，霍衍开门走了进去。

公主风装修的房间，房间很大，墙角的位置铺着一块很大的毛茸茸的地毯，地毯上摆放着各种各样的玩偶，堆成了一个小山。

霍窈正坐在毛茸茸的地毯上玩着玩具。

听见开门的声音她立马转头，眼睛亮了亮，看见了从门口走进来的霍衍。

没有见到想见的人，她有些失落，亮起来的眼神突然灭了，轻轻喊了一声："爸爸。"

霍衍坐在霍窈的身边，将她搂进怀里，摸了摸她柔软的头发。

"惹妈妈生气了？"

霍窈没说话。

"你又做了什么？老师又把妈妈喊去学校了？"

霍窈手里还攥着玩具，犹豫了片刻，缓缓地开口："坐在我后边的那个男生总是拽窈窈的头发，窈窈很生气。"

这还是霍衍第一次听见有这么一回事，他皱了皱眉："你和老师说了吗？"

"说了，但他还是拽窈窈的头发。"

"然后你就打人家了？"霍衍了解自己女儿的脾气，她虽然爱玩不听管教，却不是一个会欺负别人的小姑娘。

霍衍："爸爸妈妈没有教过你，不准打人的吗？今天你妈妈很生气，你知道是因为什么吗？"

霍窈："因为窈窈打人了。"

"不是因为这个，你打人是为了保护自己，保护自己是正确的。"

小姑娘有些不懂，抬头看着霍衍，一双水汪汪的大眼睛，看得人心都软了。

以她这个年纪，一些大道理她可能听不懂，但霍衍还是说了。

"解决问题的方式有很多种，你可以回家将这件事情告诉爸爸妈妈，爸爸妈妈是世界上最爱你的人，一定会帮你解决。

"妈妈不知道你在学校被同学欺负，她很自责，觉得自己没有保护好她的女儿。

"妈妈很伤心，你一会儿吃饭的时候安慰安慰她。"

霍窈连忙点头："好的，窈窈知道了。"

"乖。"

吃饭的时候，徐一言的脸色还是不好。

霍窈一下楼就跑到了徐一言的身边，迈着小短腿，双手扒拉着椅子，想要上去。

她还小，吃饭的时候都会被人抱上椅子，但是今天徐一言没有管她，霍衍看见了，也当作没看见。

霍窈上不去，仰头看着坐在自己身边的徐一言，一双大眼睛水汪汪地看着她。

徐一言看了一眼霍衍，见他没有反应，最后还是狠不下心来，伸手将霍窈抱上了椅子。

吃饭的时候，一向挑食的霍窈，连爸爸夹给她的青菜都吃了。

明明不想吃，但还是忍住了，吃的时候一直皱着眉头。

徐一言实在是看不下去。

"不想吃就别吃了。"

听见徐一言的话，霍窈立马将嘴巴里面的青菜吐到了小盘子里。她怯生生地看着徐一言："窈窈乖乖听话，妈妈不要生气。"

一直以来，霍窈不喜欢的，他们两个人从来都没有逼着她去做，她不喜欢做的事情，她不喜欢吃的食物，他们都没有逼着她去克服。

他们的女儿，无论什么时候，都可以做自己喜欢做的事情，拒绝所有自己不喜欢的事情。

她是自由的，是洒脱的，无论做了什么事情，身后都有人为她兜着底。

徐一言夹了一块她最喜欢的糖醋排骨，看了她一眼："吃吧。"

"好！"妈妈终于和自己说话了，霍窈特别开心。

霍衍看着一脸别扭的徐一言，笑了笑没说话。

第二天，徐一言和霍衍一起送霍窈去了学校，看到她进了班级之后，两个人去了主任办公室。

到了主任办公室的时候，校长也已经早早地来到办公室等着他们。

两个人主要说明了关于霍窈的一些事情，以及霍窈的班主任老师对于同学之间这些事情的处理办法，大事化小小事化了，一直不放在心上，直到事情发展严重了才通知家长。

两个小朋友之间的事情没有谁对谁错，但作为老师，应该起到协调作用。这件事明显是老师失职造成的。

后来班主任老师向家长道了歉。

小朋友之间的关系很单纯，两个人很快就和好了，最后还成了好朋友。

很快，就到了霍窈的生日。

小孩子总是对这种日子很期待。

本来过生日，陆谦想要举办一个很大很热闹的 party，来庆祝他干闺女的生日，但是被霍衍拒绝了，霍窈最近感冒了，举办 party 太折腾人了，等下一次生日的时候再办。这次就他们一家人简单过一下就行了。

这天霍衍下班早，开车去拿了订好的蛋糕。

回家的时候，饭菜都已经做好了。

霍窈穿着新买的公主裙，坐在椅子上等着他回家。

霍衍准备了两份礼物，一份是给霍窈的，另一份是给徐一言的。

"我也有礼物收？"徐一言打开长方形的盒子，看见盒子里面的钻石手链，在灯光的映照下闪闪发光。

"我家大公主也有礼物。"

徐一言笑了笑，将手链从盒子里面拿了出来，准备戴在手上，一只手戴手链不方便，霍衍伸手将扣子给她扣上。

徐一言的手很好看，戴什么都好看。

霍衍平时除了喜欢给徐一言买大提琴之外，还喜欢给她买手链和戒指，看见好看的就会买回家。

每次收到这些东西，她都会很开心。

霍窈知道自己妈妈的生日是在什么时候，还没到妈妈的生日，不明白爸爸为什么给妈妈也准备了礼物。

"妈妈的生日也在今天过吗？"

"妈妈的生日不是在今天。"霍衍摸了摸她的头发，笑着说，"但是今天是妈妈辛苦将窈窈生下来的日子，是一个值得纪念和奖励的日子。"

霍衍至今还记得，那天从午夜到清晨，那几个小时的时间里，是他这辈子最紧张和焦急的时候，在后来的很多个日子里再次想起那一天，总是会不自觉地后怕。

他是一个医生，看多了生离死别，但是当他的爱人进入到手术室里的时候，即使之前已经做了所有的检查，他还是害怕。

"妈妈把窈窈生下来辛苦了，窈窈最爱妈妈了。"

"只爱妈妈？"

"爱妈妈和爸爸。"

"妈妈和爸爸也爱你。"

徐一言看着坐在自己身边的霍衍，突然笑了。

她突然想起了第一次见他的时候，在医院大厅，他帮她捡起来了掉落在地上的单据。那个时候的她一定没有想到，多年以后他们会结婚，会有一个可爱的女儿。

她也没有预料到在后来的那些日子里，会和他有那么多的纠缠，只是依旧清晰地记得，他那时候说话的声音，以及看见那张他的一寸照片，心脏像是被击中一般的，失去了原有的频率。

突然想起博尔赫斯的一句诗——

"我度量时间的方式不是三餐四季，而是昼夜交替，而是是否和你在一起。"

回首半生，无论是追梦还是追爱，她都一一实现了。

- 全文完 -

后记

这本小说，我用了很大的篇幅在写徐一言"登山"，也就是她努力和霍衍在一起的过程。

他们本身是完全天差地别的两个人，他们是两条永远都不会相交的线。可是他们遇见了，这是他们命定的缘分。

其实我更想表达的，是徐一言追梦的过程。

爱情在她的生命中，并非全部。她有梦想，有追求，她不会因为一个男人而停下脚步。

爱情固然重要，能找到一个对的人，相知，相爱，相伴，相守，那很重要，也是很多人正在追求的。可是，爱人先爱己，先自爱，再爱人。

徐一言就是这样的一个人。

希望我们都能像她一样，爱人先爱己。

写这段后记的时候，是一个雨夜。傍晚下班回家，雨水落在地上，砸出一个又一个的水坑，即使打着伞，裤脚也全部被淋湿了，不小心踩进了水坑里，鞋也湿了。

雨声，耳机里面音乐的声音，路上汽车鸣笛的声音……

在公司楼下的面包店里买了两个面包，回家一边吃面包一边码字。

写到这里的时候，手边放着双雪涛的《平原上的摩西》，这本书是朋友送的，我还没有读完，记得里面有一句话我很喜欢——

"有好多个傍晚，我年纪轻轻，无所事事，就站在这儿看夕阳落山。那些时光在过去的几年里，完全被我遗忘，好像从来没有发生过，好像一瞬间，我就成了现在的样子。"

突然想起来那天读王小波老师的《黄金时代》，里面同样有一句我很喜欢的话——

"那一天我二十一岁，在我一生的黄金时代，我有好多奢望。我想爱，想吃，还想在一瞬间变成天上半明半暗的云。后来我才知道，生活就是个缓慢受锤的过程，人一天天老去，奢望也一天天消失，最后变得像挨了锤的牛一样。可是我过二十一岁生日时没有预见到这一点。我觉得自己会永远生猛下去，什么也锤不了我。"

我好像已经记不清我很久之前有过什么想要实现的梦想，那些儿时的梦想，现在想想，好像遥不可及，像是天边抓不到的云。只是记得二十一岁那一年，坐在学校图书馆里，同学在刷题，我在写小说，那个时候下定决心一定要写一个很好很好的故事。

虽然直到现在我还没有写出来，不过我一直都在努力。

一个人有想要实现的梦想是一件很酷的事情，它会促使我们不断努力，不断靠近那个想要抵达的终点。

最后，希望你我梦想成真。

沈逢春